Thomas Brussig

Wasserfarben

Roman

Deutscher
Taschenbuch
Verlag

dtv

Ungekürzte Ausgabe
Dezember 1994
2. Auflage Januar 1997
Deutscher Taschenbuch Verlag GmbH & Co. KG,
München

ISBN 3-351-01871-1
Der Roman wurde bisher unter dem Pseudonym
Cordt Berneburger veröffentlicht.
Gestaltungskonzept: Balk & Brumshagen
Umschlagbild: ›Nocturne, Westminster Palace‹ von
James McNeill Whistler
Gesetzt aus der Garamond 10/11'
Satz: Ebner, Ulm
Gedruckt auf säurefreiem, chlorfrei gebleichtem Papier
Druck und Bindung: C.H. Beck'sche Buchdruckerei,
Nördlingen
Printed in Germany · ISBN 3-423-12319-2

»Ich beginne mal über den November letzten Jahres zu erzählen, und zwar mit dieser Woche, in der alles danebenging ...« Anton Glienicke steht kurz vor dem Abitur: Streß, Entscheidungen, Abschiede sind angesagt. Dabei ist ihm nach allem anderen zumute, als »erwachsen« zu werden, was immer das auch bedeuten mag ... Er hat Probleme mit der Schule, mit seinen Eltern und natürlich – mit Mädchen. Ihm fehlt jeglicher Plan, was er mit seinem Leben anfangen will, aber eins weiß er genau: Verbiegen läßt er sich nicht!

Thomas Brussig, 1965 geboren, Schule, Berufsausbildung (Baufacharbeiter) mit Abitur, danach Wehrdienst bei der Bereitschaftspolizei und mehrere Jobs (u.a. Museumspförtner, Fabrikarbeiter, Hotelportier, Reiseleiter, Möbelträger und selbstverständlich auch Tellerwäscher), parallel dazu die Arbeit an ›Wasserfarben‹ (also 1985–89), ab 1990 Studium (zuerst Soziologie an der FU Berlin, ab 1993 Dramaturgie an der Filmhochschule in Babelsberg). Alles, bis auf den Wehrdienst, spielte sich in Berlin ab. Weitere Buchveröffentlichung: ›Helden wie wir‹ (1995).

Mit den Widmungen ist das so eine Sache; immer wieder muß man affiges Zeug lesen. (»Meinem Lehrer Sowieso, der mich lehrte, die Dinge so zu nehmen, wie sie sind« bzw. »nicht so zu nehmen, wie sie sind.«)

Es ereignete sich nach einem Konzert in Potsdam, kurz nach meiner Armeezeit. Das Licht im Saal war wieder an, die Leute waren fast alle raus, und wir bauten ab. Noch auf der Bühne, aber nicht mehr im Spot. Am Ende des Saales lehnte im Türrahmen ein Typ, der älter war als die anderen hier. Ungefähr vierzig. Barfuß, ein Weinglas in der Hand. Er war der Mann, der nach keiner Pfeife tanzt. *Er war halbwegs besoffen. Unsere Blicke trafen sich. Ich war neunzehn, ich war groggy, und ich sah wieder mal überhaupt nicht durch. Wir waren beide heruntergekommen, jeder auf seine Art. Erst grinste er, dann hörte er auf zu grinsen* und nickte mir langsam zu. *Es ging mir gleich besser. Ich packte den Snare noch mal aus, setzte mich und trommelte einen Wirbel. Er lachte, prostete mir zu, trank aus und ging.*

Ich möchte mein Buch dem Mann widmen, der mir einmal und für immer klarmachte: Alle, die je Gewalt über mich wollten, konnten noch nicht mal den nächsten Sommer verhindern.

Wenn Sie je versucht haben, ein Buch zu schreiben, dann wissen Sie, daß das eine verrückte Angelegenheit ist. Besonders der Anfang. Man sitzt da und weiß genau, daß man eine Menge aufschreiben könnte, aber man bringt kein Wort aufs Papier. Weil man den Anfang nicht findet. Das ist ungefähr so wie bei diesen beknackten Briefen. Da muß man sich auch immer elend abmühen, und trotzdem schreibt man im ersten Satz garantiert nur Stuß. Ehrlich. Erst Eric, ein achtjähriger Knirps, der einen Viertelliter Milch in fünf Sekunden aus*soff*, hat die richtigen Ideen gehabt. Das war im letzten Sommer. Eric schrieb nur an seine Großmutter. Ganz verschärfte Sachen. »Liebe Oma! Seit heute hat mein Kopf wieder eine Beule.« Tatsache, nur solche Dinger.

Ich wollte mich aber nicht großartig darüber auslassen, wie man vielleicht Briefe anfängt. Es hat genaugenommen nichts mit der Sache zu tun. Ich könnte ebensogut über Eric schreiben, wie er jeden Morgen seine Milch um die Wette soff und wie er immer laut lachte, wenn er gewonnen hatte, so daß man seine riesige Zahnlücke sah, und wie er immer die Augen aufriß, wenn er schluckte – aber das hat auch herzlich wenig mit der eigentlichen Geschichte zu tun. Eine »eigentliche Geschichte« gibt es auch nicht. Es geht um die Monate vor dem Abi, genaugenommen um November bis Juni. Ich bin jetzt runter von der Schule und weiß nicht, was ich anfangen soll.

Im übrigen ist es jetzt halb vier morgens. Ich weiß nicht, zu welcher Zeit so ein Schriftsteller sein Buch anfängt, aber halb vier morgens dürfte wohl kaum allgemein üblich sein. Ich will damit nur sagen, daß ich nicht nur nicht richtig wußte, wie ich im ersten Satz anfangen sollte, sondern, zweitens, auch nicht um zehn Uhr vormittags, ausgeschlafen und gut gefrühstückt, zu schreiben beginne. Halb vier – das ist eine undurchsichtige Tageszeit. Ich kann nicht mal sagen, ob das jetzt noch der alte oder schon der neue Tag ist. Solange ich noch nicht geschlafen habe, denke ich, es ist immer noch der alte Tag. Aber draußen ist es nicht mehr richtig dunkel, der Morgen graut, und man kann sogar schon ahnen, was für ein Tag es wird. Man weiß, wie das Wetter wird und so, aber es ist eben noch nicht so weit. Vielleicht, weil die Sonne noch nicht scheint.

Genau. Erst muß die Sonne scheinen.

Die Schule war eine ziemlich durchschnittliche EOS*. Nichts Außergewöhnliches. Ein paar Lehrer, allen voran der Direktor, glänzten trotzdem mit Sprüchen der Preislage, daß wir zur Elite der Nation, der Führungsgarde von morgen herangezogen werden und blablabla. Die bekämen wahrscheinlich die schlimmsten Minderwertigkeitskomplexe, wenn sie nicht die Illusion hätten, die Elite heranzuziehen. Das war mir von der ersten Sekunde an klar. Eine ganze Menge Schüler steht aber auf solche Sprüche. Die fühlen sich sonstwie bei diesen Aussichten. Die Schule hatte wirklich nichts Außergewöhnliches, aber alle machten tierisch einen auf Kaderschmiede. Die Zeugnisausgabe – in ein paar Tagen ist Zeugnisausgabe – wird im *Marx-Engels-Auditorium* sein. Falls es Ihnen nichts sagt, das ist der größte Hörsaal der Humboldt-Universität. Offenbar der geeignete Platz für die Zeugnisausgabe an die nachrückende hoffnungsvolle Wissenschaftlergeneration. Das Ganze wird natürlich als Höhepunkt unseres Lebens begangen. Da drunter machen sie's schon nicht mehr. Oh, Mann, wird das peinlich. Die Mütter werden zusammengeknüllte Taschentücher in den Händen halten, die Väter werden den Sprößlingen auf die Schultern klopfen, und die Lehrer werden mit bedeutender Miene kundtun, daß sie uns mit gutem Gewissen ins weitere Leben entlassen. Alles nur fauler Zauber. Die ganze Schule war ein einziger fauler Zauber. Wirklich. Die Lehrer haben uns ständig versichert, daß sie sooo viel Vertrauen in uns haben und uns für sooo erwachsen halten, aber trotzdem haben sie andauernd unserer Evelin Zahn zugesetzt,

* Erklärungen des Autors zu Abkürzungen und Begriffen aus dem DDR-Alltag finden sich am Schluß des Bandes.

ob denn der Kai Wenner wirklich der richtige Freund für sie sei. Sie kamen so auf die Tour mit Partnerschaftsberatung von wegen mehr Lebenserfahrung, aber in Wirklichkeit paßte es ihnen nicht, daß es bei Evelin *ausgerechnet der* sein mußte. Kai war nämlich bekannt dafür, daß er sich jeden Tag sein Bier mitbrachte, und wenn er sah, daß der Direktor – er heißt Schneider – am Hoftor wartete, um ihn zu filzen, dann machte er sein Bier *vor* der Schule auf und prostete Schneider zu. So ein Typ war Kai. Außerdem wußte jeder, daß er in einer Punkband mitmischt und daß er außerhalb der Heizperiode in einer Wohngemeinschaft wohnt. Nur unser Klassenlehrer wußte es nicht. Wir haben uns bepißt vor Lachen, als Kai erzählte, daß unser Klassenlehrer mal einen Hausbesuch bei ihm machen wollte und dabei in seine Punk-Wg geriet.

Ich kriegte zum Glück ziemlich schnell mit, daß diese ganze Schule eine Nummer zu affig für mich ist. Das war schon zu Beginn der Elften, kurz vor den GOL-Wahlen. Da gabs einen unglaublichen Zirkus um Mario Fechner. Er war auch in unserer Klasse. Sie hatten Fechner dran, weil er den Diskussionsbeitrag »Warum ich nicht RIAS II höre« nicht halten wollte. Er hatte mal fallenlassen, daß er prinzipiell kein RIAS II hört, und nun wollten sie, daß er der ideologischen Diversion offensiv begegnet. Fechner hatte im Sommer in einer Möbelfabrik drei Wochen neben einem Kollegen gearbeitet, der jeden Tag von früh bis spät RIAS II drin hatte. Fechner sagte zwar immer, daß er diesen RIAS-II-Sound einfach nicht mehr hören kann, aber sie redeten andauernd was von dürftigen Beweggründen, und daß es für einen politisch denkenden Menschen nicht nur eine Geschmacksfrage sein kann, kein RIAS II zu hören. Er hatte ein paar ätzende Aussprachen mit unserem Klassenlehrer, unserer Stabülehrerin und der stellvertretenden Direktorin a. T. All diese Leute eben. Sie wollten allesamt nicht gelten lassen, daß Fechner nur aus Geschmacksgründen kein RIAS II hört.

Jedenfalls hat mir diese eine Geschichte gezeigt, wo's

hier langging. Die Lehrer erzählten zwar ständig, daß sie um Verständnis bemüht sind und daß wir ruhig Vertrauen haben sollen, aber wer sich diesen Quatsch aufs Brot schmierte, dem ging es immer nur so wie damals Fechner. Sie wollten uns eben nur hinbiegen, aber geholfen haben sie uns nie.

Einmal habe ich an der Klotür eine Zeichnung gesehen. Es war so eine Karikatur von unserem Klassenlehrer. Er war bekannt dafür, daß er andauernd beteuerte, daß er ein großes Herz für uns hat. Er steht einem Schüler gegenüber, und der Schüler fragt ihn: »Warum hast du so ein großes Herz?«, und er sagt: »Damit ich dich besser fressen kann.« Genau so war es auch. Genau so eine Schule war das.

Die meisten Schüler kommen mit der S-Bahn. In der Nähe sind ein paar Cafés, und nach dem Unterricht konferieren da immer ein paar Schüler. Es dreht sich schätzungsweise um Selbstmord, Gandhi und Free Jazz. Das sind meistens die Lateiner. Wir haben nämlich ein paar Lateinklassen an der Schule, und die halten sich für furchtbar humanistisch gebildet. Als wir unsere Werkstattwoche hatten, hat eine Lateinklasse ein antikes Stück im Originaltext gespielt. Kein Schwein hat die verstanden, und die wußten das. Wir saßen da und mußten diesen Käse über uns ergehen lassen. Ich hatte schon nach einer halben Minute genug davon, aber das dauerte *zwei Stunden*. Also wenn ich in so eine Lateinklasse geraten wäre, dann wäre ich spätestens nach drei Tagen aus dem zwanzigsten Stockwerk gesprungen. Hätte sicher Gesprächsstoff fürs Café gegeben.

Wie dem auch sei, ich beginne mal über den November letzten Jahres zu erzählen, und zwar mit dieser Woche, in der alles danebenging. Es war sozusagen ein Einbruch auf der ganzen Linie. Es macht mir auch keinen besonderen Spaß, das alles zu erzählen, aber ich komme eben nicht drum herum.

Es ging damit los, daß ich am Montag beim Direktor

antanzen mußte. Es war belastend, total belastend. Ich hatte danach überhaupt keine Lust mehr, noch länger an dieser verklemmten Schule zu bleiben. Wenn ich was Besseres gewußt hätte und wenn meine Eltern nicht gewesen wären, dann wäre ich sofort und für immer von der Schule abgehauen, ich schwörs. Zwei Tage danach ist André von der Schule geflogen. Zwar noch nicht richtig offiziell, aber es war klar, daß er fliegen wird. André war mein Banknachbar und fast der einzigste in der Klasse, mit dem ich vernünftig reden konnte. An den übrigen Mitschülern hatte ich nicht viel. Sie langweilten mich irgendwie, weil sie diese ganze Schule so wichtig nahmen. Nicht alle, aber doch fast alle. Und die, mit denen ich gern etwas zu tun gehabt hätte, die sprangen total nicht an. Ich bin wahrscheinlich ein ziemlich unauffälliger Typ. Immer wenn ich Fotos von Klassenfahrten oder so durchsehe, finde ich kaum ein Bild, auf dem ich zu sehen bin, weiß der Kukkuck. Ich reiß mir nicht gerade ein Bein aus, um als toll zu gelten, aber es ist nicht eben schön, immer vergessen zu werden. André war nun der einzigste, der auch mal auf mich zukam. Und ausgerechnet er mußte von der Schule fliegen.

In dieser Woche hatte übrigens auch meine Mutter Geburtstag. Ganze Heerscharen ihrer Freundinnen fielen bei uns ein und kreischten und lachten und brüllten durcheinander. Als sie dazu übergingen, sich besser zu benehmen, suchten sie ein ernsthaftes Gesprächsthema und landeten schließlich bei mir und meiner weiteren Entwicklung. Das mußte ja kommen. Sie können sich nicht vorstellen, wie sehr es mich nervt, wenn mir irgendwelche halbfremden Frauen einen Lebensweg zurechtbasteln.

Zu allem Überfluß wandte sich auch noch Silke von mir ab. Um ehrlich zu sein, das war eigentlich das allerschlimmste in dieser beknackten Woche. Und den will ich erst mal sehen, dem so was egal ist.

Silke war meine Freundin, und was soll ich da groß sagen: Das Mädchen war einfach ein Engel. Manchmal fragte ich mich, was sie an mir fand, aber da war wohl wirklich was. Wir lernten uns vor dem Deutschen Theater kennen. Sie hatte eine Karte übrig, und ich brauchte noch eine. Sie hat mir ihre Karte gegeben. Nicht verkauft. Geschenkt. Im Theater saßen wir nebeneinander. Das Stück fand ich unmöglich, es war alles so düster und viel zu theatralisch, aber als wir uns in der Pause darüber unterhielten, erklärte sie mir, warum das Stück gut ist. So was war wirklich typisch für sie. Ihr entging wahrscheinlich nie etwas Gutes. Nach dem Stück lud ich sie noch auf ein Glas Wein ein. Mir fiel nichts Besseres ein, um mich für die Theaterkarte zu revanchieren. Ich weiß, es grenzt an Wahnsinn, nach dem Theater noch irgendwo zwei Plätze in einem Restaurant zu suchen, aber es machte ihr zum Glück nichts aus, auch in einer Kneipe Wein zu trinken. Da saßen wir dann und haben uns jedenfalls ganz schön lange unterhalten. Nein, da gibts nicht viel zu sagen: Es hat mich gleich voll erwischt. Es hat mich regelrecht umgehaun.

Doch sie war eben ein Engel, und ich kam mir dagegen vor wie so ’n dahergelaufener Lümmel, der für ausverkaufte Theaterstücke noch eine Karte ergattern will und dann das Stück nicht versteht, Sie wissen schon. Außerdem war sie ein Jahr älter, und sie wollte im September ein Germanistikstudium anfangen, und so hatte ich ganz einfach Angst, sie würde mich nicht für voll nehmen. Junge, sie war ein Jahr *älter*! Ich brachte sie aber trotzdem noch nach Hause, und als wir aus der S-Bahn stiegen, hing sie plötzlich an meinem Hals und an meinem Mund und so. Ich war völlig hin. So was kannte ich noch gar nicht. Ich war wirklich völlig hin.

Silke wohnte bei ihren Eltern in einem Einfamilienhaus in Grünau. Ihre Eltern waren von Anfang an ein Problem. Eltern von kleinen Engeln sind immer ein Problem. Das liegt wohl in der Natur der Sache. Und so kam es dann auch, daß ich mich schließlich mit den Eltern anlegte, aber ich will der Reihe nach erzählen.

Es war also der Montagvormittag dieser deprimierenden Woche, und ich kam von der Hofpause, als mir im Treppenhaus mein Klassenlehrer begegnete. Er heißt Kohnert und gab bei uns Englisch. Er hielt in der einen Hand das Klassenbuch, und in der anderen Hand hielt er auch irgendwas, ich weiß nicht mehr, was. Er hat nie eine Hand frei, wenn man ihm begegnet. Nie. Wenn er einen Klassenraum aufschließen will, muß immer einer neben ihm stehen, der erst mal seinen ganzen Krempel hält.

»Anton«, sagte er, »der Direktor möchte mal mit Ihnen sprechen. Er erwartet Sie.«

Er ließ diesen boshaften Unterton weg, mit dem er manchmal sprach, und deshalb fragte ich: »Wissen Sie, worum es geht?«

»Na, das wird er Ihnen schon selbst sagen.«

Lehrer halten zusammen. Das hätte ich eigentlich wissen müssen.

Ich holte meine Tasche aus dem Raum, in dem wir zuletzt Unterricht hatten, und ging ins Erdgeschoß. Der Schulhof war leer, mein Kopf war leer, und ich hatte kalte Finger, richtige Totenfinger. Das lag an diesen ungemütlichen Temperaturen. In der Schule ist es immer kalt, sogar im Sommer. Als ich den Gang zum Sekretariat runterging, überlegte ich, wie man zum Teufel noch mal geschliffene Betonfußböden nennt. Das Wort, das ich suchte, war irgendwie italienisch, aber es fiel mir nicht ein.

Die Tür zum Sekretariat stand offen. Die Sekretärin blickte mich kurz an und nickte rüber zur Tür des Direktorzimmers. Komischerweise fragte sie mich nicht, wer ich sei, oder zumindest, ob ich Anton Glienicke sei. Ich kann mich an absolut nichts erinnern, woher sie mich kennen könnte.

Die Tür zum Direktorzimmer stand ebenfalls offen. Der Direktor saß an seinem Schreibtisch und war in irgendwelche Unterlagen vertieft. Ich klopfte an die offene Tür, und er winkte mich kurz herein, ohne von seinen Blättern aufzusehen. Ich ging zwei Schritte in sein Zimmer und wartete. Im Sekretariat wurde getippt. Nach einer Weile murmelte er: »Machen Sie mal die Tür zu!«

Ich machte die Tür zu und stellte mich wieder dorthin, wo ich eben schon gestanden hatte, und wartete wieder. Ich war vorher noch nie im Direktorzimmer. Es sah aus wie jedes andere Direktorzimmer auch, mit Beratungstisch, Strohblumen und so. Auf einem Schrankunterteil stand ein Fernseher. Weiß der Geier, wozu da ein Fernseher stehen mußte.

Nach einer Weile entspannten sich die Gesichtszüge des Direktors, er schob seine Blätter von sich weg, faltete die Hände vor dem Bauch, streckte die Beine aus und kreuzte sie vor den Füßen. Das hielt er wahrscheinlich für die Pose, in der er mit mir sprechen sollte.

»Was meinen Sie«, fragte er hämisch, »weshalb wir Sie Ihr Abitur machen lassen?«

Mit solchen Fragen kann man mich plattwalzen. Ich weiß nie, was ich dazu sagen soll. Ich sagte nichts. Er dachte, daß ich etwas sage, aber ich sagte nichts.

»Als Sie sich um einen Abiturplatz beworben haben, mußten Sie einen ersten und einen zweiten Studienwunsch benennen. Wissen Sie noch, welche Wünsche Sie angegeben haben?«

»Ja.«

»Und?«

»Journalistik oder Außenwirtschaft.«

Das ist wahr. Ich wollte wirklich mal Journalist werden. Außenwirtschaft habe ich einfach nur so dazugesetzt. Es war in der alphabetischen Aufzählung der Studienrichtungen das erste Fach, das man mir vielleicht geglaubt hätte. Aber Journalist war echt. Natürlich ging's mir nicht um dieErnteberichte in der »Aktuellen Kamera«.

Dem Direktor gefiel offenbar meine Antwort. Er rekelte sich in seinem Sessel und verschränkte die Arme vor dem Bauch. Ich stand immer noch.

»Hm. Und wieso haben Sie sich jetzt weder für diese Studienrichtungen noch für ein anderes Studium beworben? Sie hatten doch klare Vorstellungen, als Sie an diese Schule kamen.«

»Es hätte wenig Sinn gehabt, wenn ich mich beworben hätte. Es hätte genaugenommen überhaupt keinen Sinn. Ich habe Westverwandte, und dadurch ist für mich weder Journalistik noch Außenwirtschaft drin.«

Das stimmt leider. »Kaderpolitische Voraussetzungen« heißt mein wunder Punkt. Konkret ist es die Schwester meiner Mutter. Meine Mutter war mit mir bei der Studienberatung. Wir haben händeringend beschworen, daß wir bereit sind, den Kontakt abzubrechen, aber das fiel nicht ins Gewicht. Ich kann nicht Journalist werden. Und ein paar andere Sachen kommen auch nicht in Frage. Meine Mutter hat sich bei der Studienberatung gleich sagen lassen, was ich mir ebenfalls abschminken kann. Wir haben dann zu dritt dagesessen – die Studienberaterin, meine Mutter und ich – und haben den Katalog zusammengestrichen. Die meisten gestrichenen Richtungen haben mich nicht weiter interessiert, aber ein doofes Gefühl war es trotzdem, das können Sie mir glauben. Man braucht nicht viel Phantasie, um sich das vorzustellen.

»Passen Sie mal auf«, fing der Direktor wieder an. »In den acht Klassen an meiner Schule, die jetzt Termin zur Studienbewerbung hatten, waren Sie« – das letzte Wort sprach er etwas lauter – »einer der ganz wenigen, die sich nicht für ein Studium beworben haben. Was glauben Sie denn? Glauben Sie denn, außer Ihnen hat keiner sonst an dieser Schule Verwandte im kapitalistischen Ausland? Und die haben alle ein Fachgebiet gefunden, das sie interessiert.«

Er rekelte sich schon wieder in seinem Sessel und spielte mit einem Bleistift zwischen den Fingern. Während er weitersprach, stierte er auf den Bleistift. Im übrigen sprach er sehr langsam. Es sollte nach »mit Bedacht gesprochen« klingen.

»Ich beobachte bei Ihnen eine gewisse Gleichgültigkeit. Gut, aus kaderpolitischen Gründen können Sie das Studium Ihrer Träume nicht aufnehmen. Aber warum bewerben Sie sich nicht um ein anderes Studium? Warum haben Sie sich in dieser Angelegenheit nicht vertrauensvoll an Ihren Klassenlehrer oder an mich gewandt? Wir hätten alles Erdenkliche getan, um Ihnen zu einer fristgemäßen Bewerbung zu verhelfen.«

Ich hörte, daß die Sekretärin nicht mehr tippte und daß sie den Bogen aus der Schreibmaschine zog. Schneider redete, und wir hatten nicht mal Nebengeräusche.

»Ich will Ihnen mal was sagen. Ihnen liegt gar nicht an solch einer Hilfestellung. Sie *wollen* sich treiben lassen. Ich warne Sie. Sollten wir weiterhin diese Tendenzen bei Ihnen beobachten, werden wir deutliche Konsequenzen ziehen. Einem Luftikus werden wir kein Reifezeugnis aushändigen, und wer weltfremden Illusionen nachjagt, der hat so manches noch zu lernen, und diesen Lernprozeß haben wir hier schon immer mit *Nachdruck* gefördert.«

Plötzlich fiel mir dieses italienische Wort ein. Es fiel mir in dem Moment ein, als er »der hat so« sagte. Er sprach das mit so einer eigentümlichen Betonung. Dadurch erinnerte ich mich wieder. Das Wort, das ich suchte, war Terrazzo. Es war ein irrsinniger Zufall, aber jetzt wußte ich es wieder.

Schneider lehnte sich etwas nach vorn. »Die Gesellschaft stellt Erwartungen, hohe Erwartungen an Abiturienten. Eine grundsätzliche Erwartung ist, daß er seinem Abitur einen Sinn gibt und ein Studium aufnimmt. Eine andere grundsätzliche Erwartung ist« – und jetzt ließ er den Bleistift ruhen und sah mich direkt an –, »daß er in der Frage des persönlichen Beitrages zur Landesverteidigung Partei für den Staat ergreift, der ihm diese hohe und kostspielige Ausbildung gewährte, daß er Partei ergreift, indem er sich für einen längeren Dienst entscheidet. Soweit ich informiert bin, ist in dieser Angelegenheit in Ihrer Klasse alles klar. Daß wiederum Sie zu der Ausnahme gehören, äh, wissen Sie, so langsam gewinne ich ein klares

Bild von Ihnen. Ich gebe Ihnen jetzt Gelegenheit, zu Ihrer Trägheit und Bequemlichkeit Stellung zu nehmen.«

Ich konnte nichts dazu sagen. Ich fing an zu reden, aber ich hätte lieber meinen Mund halten sollen. Ich sagte bloß deshalb etwas, weil es ziemlich peinlich gewesen wäre, wenn ich wieder nichts gesagt hätte.

»Herr Schneider, ich bin ja selbst nicht glücklich darüber, daß ich nicht weiß, was ich studieren könnte. Ich war auf Journalistik geeicht, und in den Sommerferien platzte dann die ganze Geschichte. Ich habe vorher nicht gewußt, daß mir Westverwandte durch ihre bloße Existenz die Tour vermasseln. Na ja, und von den Sommerferien bis zum Bewerbungstermin war auch nicht mehr viel Zeit, und von dieser Entscheidung hängt doch allerhand ab. Ich will mich jedenfalls nicht um ein Studium bewerben, das ich hinterher zurückgebe oder einfach schmeiße. Und was den Wehrdienst angeht . . .«

Hier geriet ich ins Stocken, aber er hatte ohnehin schon Luft geholt, um mich zu unterbrechen. Ich wollte sowieso nicht weitersprechen. Ich kannte diese Gespräche schon. Es hatte keinen Sinn. Er wäre mir nur mit seiner erwartungsvollen Gesellschaft gekommen, von der man nicht immer nur nehmen kann, sondern der man auch geben muß.

»Ja, was den Wehrdienst angeht«, fing er wieder an, »so hat Ihre FDJ-Gruppe den Beschluß gefaßt, daß alle Jungs der Klasse länger dienen. Sie setzen sich also noch obendrein über Beschlüsse der FDJ-Gruppe hinweg.«

»Ich habe dagegen ge . . .«

»Augenblick, *noch* rede ich! – Unter uns: Ich habe ja Verständnis dafür, daß Sie nicht gerade erwartungsfroh Ihrer Einberufung entgegensehen. Und wir haben auch deutlich gemacht, daß das Soldatenleben hart, entbehrungsreich und nicht immer angenehm ist. Aber wir haben genauso deutlich gemacht, daß dieser Dienst notwendig ist. Und gerade den Abiturienten, die morgen führend in unserer Gesellschaft sein werden, sollte – ach was heißt hier sollte –, *muß* diese Notwendigkeit einleuchten. Hier ist ganz konkret die Tat jedes einzelnen gefragt, und jeder einzelne muß sich auch gefallen lassen, danach beurteilt zu werden.«

Er schüttelte den Kopf. »*Sie* wollten Journalist werden, *Sie* wollten die komplizierten Kämpfe unserer Zeit schildern?« Er schüttelte noch mal den Kopf. Dann lehnte er sich wieder zurück, drückte sein Kinn an die Brust und warf mir diesen Blick zu, mit dem man als Schüler immer begutachtet wird.

»Und um noch einmal auf Ihre Bewerbung oder vielmehr Ihre Nicht-Bewerbung zurückzukommen: Ich habe die ganze Zeit über den Eindruck, daß Sie sich in Ihrer laxen Haltung sehr gefallen. Ich soll im Ernst glauben, daß ein junger Mensch in seinem zwölften Schuljahr noch keine fest umrissenen Vorstellungen davon hat, wo er seinen Platz in unserer Gesellschaft einnehmen soll? Das ist doch nicht normal! Allein schon Ihr schnoddriges – äh – Vokabular ist nicht normal: ›Studium schmeißen‹, ›die Tour vermasseln‹, ›die Geschichte platzte‹. Wenn Sie nirgendwo Verantwortung zu übernehmen bereit sind, dann müssen Sie sich . . .«

Es klopfte. Er rief zwar »Nein!«, aber er setzte sich sicherheitshalber doch etwas ordentlicher hin. ». . . dann müssen Sie sich erst mal über Grundsätzliches klarwerden. Ich jedenfalls kann das so nicht hinnehmen. Was wollten Sie noch sagen?«

Ich wollte gar nichts sagen. Ich schwieg. Ich könnte allem, allem widersprechen, aber wozu? Es entstand schon wieder so eine Schweigepause. Sie war mir kein bißchen peinlich. Meinetwegen konnten wir uns bis zum Schuljahresende anschweigen. Er soll mich in Ruhe lassen. Mehr wollte ich nicht. Aber er soll mich in Ruhe lassen.

Er ließ mich *nicht* in Ruhe. »Wenn Ihnen dazu nichts einfällt, wird es Zeit, daß Sie sich darüber endlich mal Gedanken machen. Ich erwarte morgen von Ihnen eine schriftliche Stellungnahme zu dem Problem. Die geben Sie bitte im Sekretariat ab. Ich gebe Ihnen den guten Rat, es nicht zu vergessen. Wir haben uns verstanden?«

Ich nickte. Mir blieb nichts anderes übrig.

»Gut. Dann können Sie jetzt wieder in Ihre Klasse gehen.«

Ich sagte auf Wiedersehen und ging. Draußen auf dem Gang holte ich erst mal Luft. So läuft das also ab an unserer Schule. Jetzt wußte ich es.

Ich stellte mich ans Fenster und kühlte mir die Nase und die Stirn an der Fensterscheibe. Der Schulhof war vollkommen tot. Ein paar Fetzen Papier lagen rum und nasse Blätter. Nasse, faulige Blätter.

Man muß sich höllisch vorsehen, daß sie einen nicht politisch drankriegen. Wie Obermüller. Obermüller haben sie drangekriegt. Obwohl da im Grunde gar nichts war. Aber sie haben es hochgespielt. Eine miese Geschichte. Und nun sind die bei mir. Schneider kam mir andauernd politisch. Ich habe aber nichts gesagt. Ich habe nichts gesagt, was er gegen mich verwenden kann. Das ist es nämlich. Erst machen sie einen auf vertraulichen Gesprächspartner, und dann drehen sie einem daraus 'nen Strick. Oder jedenfalls so ähnlich.

Das Dumme war nur, daß ich nicht wußte, *wie* heiß es überhaupt war. Diese Leute sind unberechenbar. Man weiß nie, ob sie einen echt drankriegen wollen oder ob sie nur einschüchtern. Oder ob sie vielleicht immer so mit einem reden. Das ist es ja. Man weiß überhaupt nicht, was man davon zu halten hat.

Außerdem sagte Schneider immer »wir«. »Einem Luftikus werden *wir* kein Reifezeugnis aushändigen« und so. Leider ist dieses »wir« nicht so dahingesagt. Diese »Wir«-Typen gibt es wirklich. Spätestens, wenn mal irgendwas ist, kriegt man schon mit, daß es sie gibt. Sie sitzen in allen möglichen Positionen und können so allerhand entscheiden. Und wenn man diesen Laden erst mal am Hals hat, kann man einpacken. Man wird dann meistens vor ein

Gremium geladen. Alles Leute, die man nicht kennt. Im Grunde nur ein Schwindel. Diese Gremien haben Vorurteile bis dorthinaus. Da hatte bis jetzt noch keiner eine Chance. Das ist es eben. Man muß immer vorsichtig sein, damit man gar nicht erst in was verwickelt wird. Besonders politisch. Man muß sich höllisch vorsehen, daß sie einen nicht politisch drankriegen.

Als ich zurück in die Klasse kam, mußte ich mich erst mal von allen anglotzen lassen. André kippelte mit seinem Stuhl wie immer. Ich sitze neben ihm, in der letzten Reihe am Fenster. Anderswo wäre es nicht auszuhalten.

Ich bin in der siebenten Klasse darauf gekommen, daß ich am Fenster sitzen muß. Und zwar hatte ich mich in ein Mädchen aus der Parallelklasse verknallt. Sie hieß Andrea Pawlowski, und sie hatte schwarze Haare, mit einem Blauschimmer – zumindest redete ich mir das mit dem Blauschimmer irgendwie ein. Außerdem war sie rank und schlank. Sie war haargenau der Typ, in den man sich in der siebenten Klasse verknallt. In jener Zeit hatte ich in den Hofpausen nichts anderes zu tun, als sie aus dem unbedingt entferntesten Winkel des Schulhofes zu beobachten. Ich wollte um alles in der Welt inkognito bleiben. Und wenn sie auf dem Schulhof Sportunterricht hatte, beobachtete ich sie auch. Zum Beispiel beim Weitsprung. Es war nun wirklich nicht das Erlebnis, sie springen zu sehen, aber wenn sie nach dem Sprung wieder zurück zu den anderen Mädels ging und sich dort unterhielt und lachte und mit ihren Armen und Beinen irgendwelche verrückten Bewegungen machte, um eine komische Geschichte zu erzählen – das mußte ich einfach sehen. Oder beim Ausdauerlauf. Sie trottete ihre Runden und schnatterte pausenlos mit ihrer Freundin, die nebenher trottete. Sie sah immer gut aus, die Andrea.

Ich habe ihr irgendwann mal einen Liebesbrief oder so was geschrieben. Sie hat sich schätzungsweise kaputtgelacht. Ich bin ein Rindvieh, und ich bin ein Rindvieh, solange ich mich kenne. Obwohl Andrea auch nicht viel besser war. Sie hat mich immer nur angekichert, und ich kriege heute noch Zustände, wenn ich sie sehe.

Als ich an die EOS kam, wollte ich unbedingt einen Fensterplatz. Ich war am ersten Schultag schon eine halbe Stunde früher in der Schule und machte den Raum ausfindig, in dem wir Unterricht haben sollten. Ich war wirklich der allererste im Klassenraum. Ich hängte meine Jacke über den Stuhl und sah mich ein wenig um. Es war das Russischkabinett. An der hinteren Wand war ein Spruchband ausgerollt.

EINE FREMDE SPRACHE IST EINE WAFFE IM KAMPF
DES LEBENS!
KARL MARX (1818-1883)

Das Spruchband sah aus wie von 1882, und daneben war ein Bild von Karl Marx. Solange ich allein war, studierte ich noch die Inschriften auf den Bänken. Es war größtenteils recht amüsant. Ein paar Porträts waren auch dabei, natürlich alles irrsinnige Karikaturen. Vielleicht ist so 'ne EOS doch eine Art Zentrum der witzigsten, geistreichsten, universellsten und genialsten Menschen zwischen sechzehn und achtzehn. An der alten Schule stand auf den Tischen nur »FC-Bayern München« oder »EISERN UNION« oder »The Cure«.

Als nächstes ging es darum, zu verhindern, daß sich Marco Czybulla neben mich setzt. Wir waren zusammen in der alten Klasse gewesen und nun an dieselbe EOS gekommen. Unterm Strich ist er ein unausstehlicher Typ, der ständig um Zensuren diskutiert und der schon in der Achten als einziger beim Klassenschwänzen nicht mitmachte, weil er pausenlos an seinen Abiturplatz dachte. Und dann, als er den Abiturplatz hatte, dachte er pausenlos an seinen Medizinstudienplatz. Neben so einem wollte ich auf keinen Fall sitzen. Leider bin ich nicht der Typ, der einem anderen sagen kann, daß er lästig wird. Selbst wenn so einer wie Czybulla aufdringlich wird, bringe ich es kaum fertig. Er hatte mich jedenfalls noch vor den Sommerferien gebeten, daß ich meinen Nebenplatz für ihn freihalte, und das in einem Ton, als ob wir nie etwas anderes als die dicksten Kumpels gewesen wären.

Wie gesagt, ich wollte auf keinen Fall neben ihm sitzen. Deshalb ging ich wieder aus der Klasse, ließ aber meine Jacke über dem Stuhl hängen. Als ich kurz vor Unterrichtsbeginn wiederkam, hatte sich André schon auf meinen Nebenplatz gesetzt. Czybulla saß irgendwo in der Wandreihe und hielt seinen Nebenplatz frei. Für mich. Es war kaum zu fassen. Ich konnte ihm sagen, daß ich schon 'nen guten Platz gefunden hatte, von dem ich nicht mehr weg wollte. Und mit André als Nachbarn hatte ich wirklich Glück. Wir verstanden uns. Wir redeten nicht übermäßig viel, aber wir verstanden uns. Zum Beispiel, wenn wir im Sportunterricht Fußball spielten und ein Ball ins Aus ging, den Czybulla vorher noch berührt hatte, was der in seinem *ehrenhaften* Ton bestritt, daß einem nur das Kotzen kam, dann sah ich zu André, und er sah zu mir, und wir grinsten uns an, weil wir wußten, daß wir dasselbe über Czybulla dachten, ohne daß wir nur ein einziges Mal über ihn gesprochen hatten. So meine ich das.

André wollte übrigens Schauspieler werden. Ich glaube, er hat wirklich das Zeug dazu. Er hat bei unserer Werkstattwoche sein eigenes Ein-Personen-Stück aufgeführt. Es heißt »Freiheitsberaubung (II)«. Es gibt schon ein Stück, das »Freiheitsberaubung« heißt. Es ist im Grunde auch ein Ein-Personen-Stück. Man sollte es kennen. Da hat 'ne Frau einen Waschlappen von verheiratetem Liebhaber in ihrer Wohnung eingeschlossen und dann den Schlüssel weggeschmissen. Sie will nämlich einen Skandal. In dem Stück erzählt sie einfach nur von sich. Was sie so denkt und all das. Das ist im Prinzip schon das ganze Stück. Ein einziger Monolog mit ein paar Liedern zwischendurch.

André hat sich dem Waschlappen gewidmet. Er hat sich ausgedacht, wie dessen Monolog aussieht, wenn er in der abgeschlossenen Wohnung hockt. Wir haben uns bepißt vor Lachen. Allein schon, daß er den ganzen Monolog durch gesächselt hat. André war der absolute Star der Werkstattwoche. Aber sie haben ihm den Preis nicht gegeben. Sie wollten eine kollektive Leistung sehen. Außerdem machte sich André damit bei manchen Lehrern unbeliebt. Einen Tag nach der Aufführung hatten wir gleich eine Klassenleiterstunde, und Kohnert, unser Klassenlehrer, sagte uns, daß viele Lehrer unangenehm berührt seien, weil sich unsere Klasse für ein Stück entschieden habe, dessen einziger Inhalt Spott und Satire für ein Mitglied der Partei der Arbeiterklasse sei. André hatte sich bei der Aufführung tatsächlich ein Parteiabzeichen ans Revers gesteckt. Kohnert sagte weiterhin, daß wir das Nötige tun sollen, um Spekulationen über ideologische Ungereimtheiten in unserer Klasse ein Ende zu machen. Die FDJ-Leitung solle erst mal eine Stellungnahme verfassen, die wir alle unterschreiben und die am Schwarzen Brett ausgehängt wird. Ansonsten sei das Stück eine Provokation, die die Parteigruppe der Schule nicht hinnehmen werde. Und so weiter. Mir war klar, daß Schneider die Sache eingerührt hatte. All diese beschissenen Formulierungen. So redet nur Schneider. Außerdem kannte Kohnert das Stück schon vor unserer Werkstattwoche. André hatte es uns mal vorgespielt. Damals stieß sich Kohnert nicht daran. Und dann so was. Wahrscheinlich war Kohnert froh, daß er wegen der Werkstatt weiter keine Arbeit mit uns hatte.

Unser FDJ-Sekretär – er heißt Martin Krawczewski – sagte okay, er werde mit seiner Leitung eine solche Stellungnahme verfassen. Er kam aber noch in der nächsten Pause zu André und sagte, er solle sich keine Sorgen machen. Die Stellungnahme werde nicht darauf hinauslaufen, daß man sich von André distanziert, sondern es solle vielmehr kundgetan werden, wie das Stück zu verstehen sei und wie man es auf keinen Fall verstehen darf. Damit, so hoffe er, ist die Angelegenheit erledigt. So was ist typisch für Martin. Er rettet, was noch zu retten ist. Er ist ein sehr guter Vermittler. Sie hätten diese Stellungnahme mal lesen sollen. Ein unangreifbares Plädoyer für André und sein Stück, gehalten in Schneiders Jargon. Martin hat wirklich Übersicht in solchen Dingen. Er kann alle möglichen peinlichen Geschichten sauber aus der Welt schaffen. Und damit *war* diese Geschichte aus der Welt.

André fragte mich leise, ob ich wirklich beim Direktor war. Ich nickte. Dann wollte er wissen, weshalb. Ich sagte nur, wegen Studium und Armee. Ich hatte überhaupt keine Lust, ausführlich zu erzählen.

»Hat er auch von mir gesprochen?« fragte er. Ich verstand die Frage nicht. Die Werkstatt war längst verjährt. Sie lag ein halbes Jahr zurück.

Nach der Stunde sagte André: »Ich muß dir was erzählen.« Er schleppte mich aufs Klo. Das ist der einzige Ort, wo man nicht gleich aufgescheucht wird. Er wollte mir offensichtlich eine umfangreichere Geschichte erzählen, aber wir hatten als nächstes ohnehin nur Physik. In Physik geht es immer drunter und drüber.

»Ich war am Samstag im Theater . . .«

»Was hast'n gesehen?« Er ist laufend im Theater.

»Ach – Romulus der Große. Von Dürrenmatt.«

»Und wie war's?«

»Reichlich dürre, reichlich matt. – Also, ich war . . .«

»Wie? Reichlich dürre, reichlich matt?« Von ihm kommen ständig solche Dinger.

»Na ja, ist nicht von mir. – Also, ich war am . . .«

»Wie war denn schnell noch mal dieser Brecht-Spruch?«

»Hör mir mal zu!«

»Nee, sag doch mal!«

»Mensch! Irgendwie so: Brecht nicht auf die Bühne! Brecht aus dem Fenster!«

»Genau den meine ich! Brecht nicht auf die . . .«

»Wunderbar. Also, ich war am Samstag im Theater, bis dreiviertel zehn. Danach wollte ich noch bei Kette auf Arbeit anrufen; Kette kennst du doch?«

Ich nickte. Kette heißt eigentlich Jürgen Kettner. André

hatte mich mal zu Kette mitgeschleift, zu einer Frikassee-Fete. Es waren fünfundzwanzig Leute eingeplant, und ganze sieben kamen. Kette hatte einen Eimer Frikassee gekocht, und wir mußten damit fertig werden. Wir schafften es auch, aber Kette fraß allein schon einen halben Eimer. Ich hatte damals den Eindruck, daß er auch den ganzen geschafft hätte, wenn es darauf angekommen wäre. Kette sah schlimm aus. Er schwitzte wie ein Tier, das Kinn war dermaßen vollgekleckert, daß die Soße schon den Hals runterlief, und auch aus den Mundwinkeln quoll ständig dieses dicke Zeug. Aber er schaufelte sein Frikassee rein wie nichts, und wenn er eine Pause machte, dann fragte er uns immer nur, ob wir nicht auch finden, daß es etwas weniger Muskat auch getan hätte. Sogar, als es ihm eigentlich schon aus den Ohren hätte rauskommen müssen, fragte er uns alle naselang, ob es etwas weniger Muskat nicht auch getan hätte. Als wir endlich den Eimer leer gekriegt hatten, fragte André: »Kette, findest du nicht auch, daß es etwas weniger Frikassee auch getan hätte?« – Das war im wesentlichen mein Erlebnis mit Kette.

»Also, Kette hatte am Samstag Spätdienst bis um zehn. Bis dahin mußte ich ihn anrufen. Ich hatte ihn nämlich gefragt, ob er mir am Sonntag mal sein Motorrad borgen kann. Er mußte aber noch was dran bauen, und deshalb sind wir so verblieben, daß ich ihn am Samstagabend noch mal auf Arbeit anrufe.«

Es klingelte. André sprach erst weiter, als es aufgehört hatte zu klingeln. Er sprach etwas gedämpft.

»Jedenfalls war es wieder ein Drama mit den Telefonen. Ein Drama in vier Akten. Die ersten drei Telefone hatten alle irgendwelche Macken. Also, entweder vollkommen tot oder mitten beim Wählen, so nach der dritten Ziffer, kommt plötzlich das Besetztzeichen und – ach ja, gleich beim ersten fiel mein Zwanziger immer wieder durch.«

»Na und? Ist doch nichts Neues.«

»Beim vierten . . . Ach so, zwischendurch bin ich noch an einem Telefon vorbeigekommen, das funktionierte, aber da stand eine Frau und quatschte und quatschte, obendrein noch Polnisch, nur Zischlaute . . . Beim vierten Telefon nehme ich den Hörer ab – tot. Zwanzig Pfennig rein – bleibt tot. Ich wähle die Nummer – nichts. Dann lege ich den Hörer wieder auf . . .«

». . . und der Zwanziger kommt nicht zurück.«

»Genau. Woher weißt'n das? Na ja, ist ja egal. Jedenfalls schlage ich gegen das Telefon, aber dieser blöde Zwanziger kommt nicht, und ich schlage immer doller und dresche zum Schluß regelrecht auf das Ding ein. Irgendwie bin ich zum Schluß so stinksauer, so wütend, weil keins von diesen Telefonen funktioniert, daß ich in meiner Wut den Hörer abreiße. Na ja, und auf der anderen Straßenseite stand eine Funkstreife. Die haben mich natürlich gleich eingeladen.«

»Au Mann«, sagte ich. Mehr kriegte ich nicht raus.

»Kette war ohnehin noch nicht fertig mit dem Bauen.« André wollte lachen, aber konnte es nicht. Kunststück.

»Und nun? Ich meine, hast du denn gesagt, daß du stinksauer warst, weil nun schon das vierte Telefon und so?«

»Klar habe ich das gesagt. Ich habe auch gesagt, daß es mir leid tut, daß ich auf einmal so unbeherrscht war. Ich weiß nur, daß ich darauf auch nicht stolz wäre, wenn sie mich nicht erwischt hätten.«

»Und was haben die gesagt?«

Er sprach mit verstellter Stimme: »›Ach so, da denken Sie also, daß Sie einfach das Telefon zerstören können, weil es ohnehin nicht funktioniert.‹ Ich habe gesagt: ›Nein, ich habe in dem Moment gar nichts gedacht.‹ Und die: ›So, Sie haben gar nichts gedacht? Aber Sie sind doch sonst so intelligent, ich denke, Sie sind Abiturient!‹ – War'n echt pfiffig, die Bullen.«

»Au Mann«, sagte ich wieder.

»Ich warte die ganze Zeit, daß Schneider den Anruf

kriegt und mich dann rufen läßt. Das dicke Ende kommt noch.«

Ich hätte ihm gern was gesagt, aber mir fiel nichts Ordentliches ein. Ich mußte immer nur daran denken, daß vielleicht was in der Zeitung steht, »Rowdy festgenommen« oder so was.

Wir sind dann in den Physikraum gegangen, und noch in derselben Stunde wurde André zum Direktor gerufen. Er hat mir danach erzählt, daß mit Schneider nicht zu reden war und daß er ständig den Eindruck hatte, daß Schneider seit der Werkstatt nur auf so einen Tag gewartet hat. Schneider sagte zwar, daß er Verständnis gehabt hätte, wenn ihm André selbst von der Sache berichtet hätte und nicht der zuständige ABV, aber das war sicher nur Taktik von Schneider. André war so oder so verloren.

Ein paar Tage später war sich André darüber im klaren, daß er von der Schule fliegen sollte, und da hat er sich einfach abgeseilt. Er kam von da an nicht mehr zur Schule.

Nach zwei Wochen wurde André dann auch von der Schule geschmissen. Schneider machte das richtig offiziell, mit Riesentamtam, Appell und so. Er kam uns mit einer Rede, die darauf hinauslief, daß er ohnehin schon seit längerem bedenkliche Tendenzen in der Persönlichkeitsentwicklung des Schülers André Sänger beobachtet. Nur Schnodder. Daß wir uns alle erinnern, daß dieser Schüler gestern noch mit einem politisch äußerst fragwürdigen Theaterstück für Unruhe und Empörung sorgte, und daß wir heute sehen müssen, daß dieser Schüler bedenkenlos dringend benötigte öffentliche Telefone zerstört – »Ja und morgen?« –, und daß mit der Relegierung die fällige disziplinarische Konsequenz aus dieser Entwicklung gezogen wird.

Allerdings hatte er keine Chance, uns André zu präsentieren. Er hatte alles, aber André hatte er nicht. An das letzte bißchen Würde ist er nicht rangekommen.

Mit der Stellungnahme für Schneider hatte ich meine Schwierigkeiten. Ich brachte es weder am Montag noch am Dienstag fertig, irgendwas zu verfassen. Ich versuchte es nicht mal. Erst am Mittwochnachmittag setzte ich mich mal an meinen Schreibtisch. Das Gefühl war etwa so, als ob man sich aufs Klo setzt, weil man schon den dritten Tag nicht hat und eigentlich längst was fällig wäre. Man sitzt dann da, und es kommt nichts.

Weil mir erst mal nichts einfiel, dachte ich an das Gespräch mit Schneider zurück. Er hatte sich in dieser ätzenden chefmäßigen Pose in seinen Sessel gefläzt und kam mir mit Trägheit und Bequemlichkeit. Und dann fragt er mich: Was meinen Sie, warum wir Sie Ihr Abitur machen lassen?

Mann! dachte ich. Dieser Mann ist großartig. Einfach großartig. Er läßt mich Rätsel raten. Im Stehen. Wahnsinnig konstruktive Atmosphäre.

Je mehr ich mich damit befaßte, desto mehr kam ich in Fahrt. Ich wurde richtig wütend über diesen niederträchtigen Schneider. Er läßt mich rufen, läßt mich warten, läßt mich nicht setzen und läßt mich nicht ausreden. Und weil dabei nichts rausgekommen ist, brummt er mir eine schriftliche Stellungnahme auf. So langsam kam es mir hoch. Ich hielt es nicht mehr am Schreibtisch aus, sondern stand auf, schnappte mir meine Jacke und ging runter.

Er ist mit mir umgesprungen, als ob er mir was beweisen wollte. Er hat mit mir geredet, als ob ich ihm seine kostbare Zeit stehle. Aber er wollte überhaupt nicht mit mir reden. Er wollte mich kleinkriegen. Genau das wars. Er wollte mich kleinkriegen, und er will es immer noch. Verdammt.

Ich habe ihm erzählt, warum ich mich nicht für ein Studium beworben habe, und ich könnte ihm erzählen, warum ich mich nur für den Grundwehrdienst mustern lasse – aber das interessiert ihn nicht. Er läßt einfach keine Gründe gelten. Er würde sich nicht mal anhören, was ich sage, sondern er würde mich unterbrechen und mit seiner Lieblingsplatte kommen. Er und seine Gesellschaft mit ihren Erwartungen, die gefälligst alle Schüler seiner Schule zu erfüllen haben. So einfach. Umgekehrt nie. Und das Ganze wird noch mit Sprüchen garniert. Von wegen, ich hätte mich vertrauensvoll an ihn wenden können. Das sollte wohl ein Witz sein. Er wäre der letzte. Ich würde eher einen Kleiderbügel als Vertrauensperson wählen, bevor ich zu Schneider renne.

Die FDJ-Gruppe der Klasse beschließt, daß alle Jungs der Klasse länger dienen. Wenn die FDJ-Gruppe vor der Klassenfahrt mit den Gegenstimmen der Mädchen beschließt, daß sich die Mädels den Jungs hinzugeben haben, dann wäre es ungefähr dasselbe, was mit mir hier veranstaltet wird. Und wie oft wir das schon gehört haben, daß das Soldatenleben »hart, entbehrungsreich und nicht immer angenehm« ist. Aber nie sagen sie, *wie* hart es denn ist und *wie* entbehrungsreich und *wie* wenig angenehm. So als ob man nur ein bißchen Harte-Männer-Romantik mitbringen und gelegentlich einen Seitenblick aufs Große Ganze werfen müßte. Mich törnt Gleichschritt eben nicht an, ebensowenig die Vorstellung, daß ich mir die Leute auf dem Zimmer nicht aussuchen kann. Vielleicht hat man da einen, der jede Nacht *schnarcht*. Außerdem bin ich überhaupt nicht scharf darauf, immer mit irgendwelchen LKWs durch die Gegend kutschiert zu werden und dabei nur Leute um mich herum zu haben, die bei jedem Weiberarsch losjohlen. Ich könnte Schneider ja sagen, daß ich unter anderem deshalb nur achtzehn Monate gehen will, aber er würde überhaupt nicht begreifen, daß das ernsthafte Gründe für mich sind. Vielleicht würden die Leute auf dem Wehrkreiskommando noch darauf eingehen können und mir einen Posten anbieten, bei dem man nicht zu marschieren braucht und ein Einzelzimmer kriegt und fast nie mit 'nem LKW durch die Gegend kutschiert wird. Es gibt ja die ausgefallensten Jobs bei der Asche. Aber wenn ich auch dazu nein sagen würde und mit meinem wirklichen Grund rausrücke, dann kämen die auch nicht mehr mit. Und Schneider schon gar nicht. Mein wirklicher Grund ist der, daß ich nicht mehr mir selbst gehöre, wenn ich bei der Armee bin. Wirklich, das ist mein Grund. Und nun zeigen Sie mir mal den EOS-Direktor, der so einen Grund gelten läßt. Da können Sie lange suchen.

So 'n Zeug dachte ich, als ich durch die Straßen rannte und mich aufregte. Der Gipfel kam aber erst, als ich mit dem Bus wieder zurückfuhr. Da zerrissen sich zwei sechzigjährige Weibsbilder das Maul über die Jugend heutzutage, der es ja viel zu gut geht. Ich brauche Ihnen wohl nicht zu sagen, wie mir dabei zumute war.

Zwei Tage danach wollte ich bei meinem Bruder vorbeischauen. Es war der Freitag, an dem unsere Mutter Geburtstag hatte. Er hatte es im letzten Jahr vergessen und sie damit sehr verletzt. Es hat ihm von Herzen leid getan, aber es war nicht mehr zu ändern. Ich wollte ihn an den Geburtstag erinnern. Es war eine reine Vorsichtsmaßnahme. Das Verhältnis zwischen Leff und meinen Eltern ist nicht das beste.

Ich ging zu Fuß. Man kann auch die S-Bahn nehmen – es gibt eine günstige Verbindung –, aber ich wollte lieber laufen. In der Kiefholzstraße schrie ein Knirps zu seinem Kumpel rüber auf die andere Straßenseite: »Der Dollar ist heute nur noch eine Mark siemunsiemzick wert!« Der Schreihals war allerhöchstens zehn Jahre alt. Außerdem hatte er eine riesige Beule auf der Stirn. Ich fragte ihn, ob er gegen eine Laterne gerannt sei. Er sah mich groß an, sagte »Nö!« und rannte weg. Dabei lachte er wie einer, der sich darüber freut, daß er was ausgefressen hat. Solche Piepels vertreiben sich die Zeit immer mit Klingelstreichen. Ich kenne sie.

Leff ist jetzt neunundzwanzig. Das einzige, was ich absolut und definitiv von ihm sagen kann, ist, daß er ein wirklich großer Künstler ist. Ich habe ihn mal auf der Bühne erlebt, als er sagte, daß es mit dieser *Scheiß-Resigniererei* nicht so weitergehen kann. Das war fesselnd wie nur irgendwas. Genaugenommen ist er Rocksänger. Ein echter Frontmann. Er kniet sich rein. Leff steht sagenhaft gern auf der Bühne – ich weiß es –, und er will voll für die Leute dasein, die in seine Konzerte kommen. Ein Kritiker schrieb mal: »Gäbe es den Begriff ›Hinwendung‹ noch nicht, dann müßte er für ihn erfunden werden.« – Ein wahreres Wort ist nie gesprochen worden.

Leff war leider nicht zu Hause. Ich klingelte zweimal und horchte ein bißchen an der Tür, aber drinnen regte sich nichts. Er ist so gut wie nie zu Hause. Ich hätte ganz gern mit ihm gesprochen. Ich kam nicht nur, um ihn an den Geburtstag zu erinnern. Sondern auch, weil ich nicht wußte, was ich machen sollte. Zum Beispiel hatte ich die Stellungnahme nicht beim Direktor abgegeben. Ich hatte sie noch immer nicht geschrieben. Ich wußte nicht einmal, was ich schreiben sollte. Immer wenn ich heucheln soll, kriege ich Krämpfe.

Aber Leff war nun mal nicht in seiner Wohnung, und da war nichts dran zu machen. Auf dem Rückweg ging ich viel langsamer. Ich war nicht gerade versessen darauf, nach Hause zu kommen. Die Atmosphäre war schon nervend genug gewesen, als ich ging. Meine Mutter rannte pausenlos durch die Wohnung und machte Wellen. Sie macht sich jedesmal verrückt, wenn Besuch kommt. Mein Vater verkrümelt sich bei den Gelegenheiten meistens in die Küche. Er macht sich zwar nicht heiß, aber er will auch nicht, daß sich meine Mutter allein abstrampelt. Meistens märt er an irgendwelchen Salaten rum. Mein Vater hat Talent für Salate, das muß man ihm lassen. Dazu kommt, daß er eine absolut coole Art hat. Wenn der Besuch immer auf Verzückung macht, von wegen der tollen Salate und so, dann sitzt mein Vater nur da und zuckt höchstens mal mit den Schultern. Er hat eben die Ruhe weg. Obendrein hat er das richtige Gemüt, um strapaziöse Geburtstage zu ertragen. Von meinem Vater kann ich in der Hinsicht lernen, echt. Er ist cool und maulfaul, und es macht ihm nichts aus, wenn sich auch mal jemand durch ihn brüskiert fühlt. Er steht sozusagen über den Dingen. Aber trotzdem kommt er gut an. Ehrlich, er ist ziemlich beliebt. Wenn ihm danach ist, kann er auch herzlich sein. Ich meine nicht diese Routine-Herzlichkeit oder Hektik-Herzlichkeit oder die von der Sorte, wo man unbedingt originell sein will. Das macht er aber nur, wenn ihm danach ist.

Meine Mutter ist das genaue Gegenteil. Sie ist ein Nervenbündel und sonst nichts. Anders kenne ich sie gar nicht. Meine allererste Erinnerung ist, daß meine Mutter in helle Aufregung geriet, weil sie einen Beutel in der S-Bahn stehenließ. Sie merkte das sofort und rannte gleich zum Bahnhofsvorsteher, und der veranlaßte, daß der Beutel auf der nächsten Station aus dem Zug geholt wurde. Das kriegte ich gar nicht mehr so richtig mit, aber die Aufregung von meiner Mutter, die habe ich noch sehr gut in Erinnerung. Es war nichts Besonderes drin in dem Beutel, aber Hektik machte sie, als wären mindestens die Kronjuwelen den Bach runter.

Meine Mutter ist nicht mal temperamentvoll, sie ist einfach *nur* hektisch. Manchmal wundere ich mich darüber, wie ein Mensch tagaus, tagein so hektisch sein kann. Irgendwann müßte sie doch auch mal groggy sein und einfach nicht mehr *können*. Manchmal hat sie auch Gelegenheit, einfach *nichts* zu tun, aber wenn sie auch nur fünf Minuten ruht, kommt sie sich gleich verdächtig vor und ruft irgendeine Freundin an und schnattert idiotisches Zeug. Oder – was ich unangenehmer finde – sie stört mich bei irgendwas und raubt mir die Ruhe. Zum Beispiel wenn ich Musik höre. Ich habe mir vielleicht gerade eine Platte geborgt, und wenn ich die hören will, erscheint mittendrin meine Mutter auf der Bildfläche und fragt mich etwas, was mir im Moment sehr egal ist. Zum Beispiel, ob sie fürs Abendbrot Hackepeter mitbringen soll. Ich sage dann ja oder nein, aber damit ist ihr Auftritt nicht beendet, sie fragt vielmehr, ob sie nicht vielleicht Currysalat kaufen sollte. Dann will sie wissen, was ich da für Musik höre und ob mir das gefällt und ob ich das überspielen will und ob ich wieder Kassetten brauche ... Und wenn ich ihr irgendwann sage, daß sie mich jetzt gewissermaßen stört und daß sie mich bitte einstweilen in Ruhe lassen soll, ist sie so vor den Kopf gestoßen, daß ich mir wie ein sehr schlechter und herzloser Mensch vorkomme. Und dann mache ich mir Vorwürfe und kann die Platte, die ich gerade höre, gar nicht mehr richtig genießen. Andererseits hätte es auch gar keinen Sinn, sie darum zu bitten, daß sie mich eine Dreiviertelstunde *nicht* stört. Sie würde mich trotzdem nach Hackepeter fragen. So gesehen ist meine Mutter ziemlich anstrengend. Mein Vater ist der einzigste, der sie noch zügeln kann. Wenn er merkt, daß sie sich wieder aufreibt und planlos hin und her stürzt, dann umarmt er sie nur und fragt sie ruhig und sanft, was wieder los sei mit ihr. Meistens macht sie noch irgendwelche hilflosen Versuche, sich zu befreien, aber mein Vater läßt sie einfach nicht los. Komisch wird es immer dann, wenn meine Mutter in den Armen meines Vaters hektisch wird. Sie schnuppert plötzlich und fragt, was das für ein After Shave sei, das rieche ja toll, und wo er das schon wieder her habe. Mein Vater sagt darauf ungefähr etwas von der Art, daß er das nur verraten würde, wenn sie endlich sagt, wie teuer die Schuhe waren, die sie sich letzte Woche gekauft hat. Darauf geht natürlich meine Mutter mit keiner Silbe ein, statt dessen will sie von meinem Vater wissen, ob ihm eine Frau das neue After Shave geschenkt habe. Ehe mein Vater antworten kann, jammert meine Mutter los, daß sie vom Herrgott zu allem Überfluß auch noch mit einem treulosen Ehemann gestraft wurde. Das nimmt sie nicht mal selber ernst. Sie liegt ja immer noch völlig wehrlos in den Armen meines Vaters. Der flüstert ihr was ins Ohr, sie kichert, und er drückt sie fester an sich, und sie seufzt, macht die Augen zu, lehnt den Kopf an seine Schulter, beriecht heimlich sein neues After Shave und beruhigt sich halbwegs. Mein Vater ist der einzigste, der meine Mutter noch zurückreißt. Er kann es einfach. Er macht es jedesmal anders, aber es klappt immer. Er hat ein sehr genaues Gefühl dafür, wann sein Moment wieder dran ist.

Um das Bild von meiner Mutter abzurunden, muß ich sagen, daß sie Augenärztin ist. Das war für mich ein großes Handicap, als ich in das Alter kam, in dem man Erbsengewehre baut. Diese Phase der Kindheitsentwicklung ließ meine Mutter kurzerhand ausfallen. Sie ließ mich nicht mal spielen gehen, denn die anderen Kinder *hatten* ja die Erbsengewehre. Die Erbsengewehr-Saison war in der dritten/vierten Klasse von Frühjahr bis Herbst, und genau in dieses Dreivierteljahr fallen auch ihre Versuche, aus mir einen Pianisten zu machen. Aber dafür war ich zu unmusikalisch, und außerdem wußte ich, was da laufen sollte. Ganz zu schweigen davon, daß ich aufs Klavierspielen noch weniger Lust hatte als auf die Schularbeiten. Und die waren bis dahin das Grauenhafteste.

Mein Vater war wieder mal der große Retter. Er schenkte mir einen echt guten Lederfußball. Erbsengewehre waren von da an out. Ich war mit meinen Kumpels nur noch auf dem Fußballplatz. Kurzum – ich habe auch mal eine Schaufensterscheibe eingeschossen. Das war auf dem Weg vom Fußballplatz nach Hause. Wir spielten im Gehen erst ein bißchen hin und her, und mit der Zeit schossen wir immer schärfer. Wie das so ist – der Ball flog genau in die Mitte der Scheibe, und im ersten Moment dachte ich, sie bliebe vielleicht doch noch ganz – der Ball prallte nämlich wieder ab –, aber da splitterte es schon. Es sah toll aus. Die Scheibe sackte regelrecht in sich zusammen. Leider war ich nicht gerade in der Stimmung, mich an dem Anblick zu ergötzen.

Es war ein Werkzeugladen. Der Verkäufer rannte raus und zog mich an meinem Ohr bis nach Hause. Meine Mutter war da. Sie gab mir zwei Wochen Stubenarrest, schickte mich sofort ins Bett, und ich flennte. Als mein Vater kam, erzählte sie ihm natürlich gleich davon; ich konnte es hören. Er kam in mein Zimmer, machte aber das Licht nicht an. Er setzte sich an mein Bett, und ich tat so, als ob ich schlafe. Er saß eine Weile da, dann kicherte er und sagte: »Und ich habe mir schon Sorgen gemacht, daß du womöglich niemals Fensterscheiben einschießt.« Mann!

So ein Typ ist mein Vater. Es gibt ihn, und so ist er. Es ist mir egal, ob es außer ihm noch viele Väter gibt, die dasselbe sagen, wenn ihr Sproß eine Schaufensterscheibe zerdeppert hat. Für mich ist das wesentliche an der Geschichte, daß es *mein* Vater ist, der so was gesagt hat.

In manchen Dingen ist meine Mutter aber auch ganz in Ordnung. Zum Beispiel Musik. Ich will die Mutter sehen, die gegen keine Lautstärke etwas einzuwenden hat. Meine Mutter ist in der Beziehung völlig unproblematisch. Ich meine, ich höre ja meine Musik nicht immer mit dem Lautstärkeregler im oberen Anschlag, aber wenn ich mal laute Musik hören will – und das kommt vor, nicht oft, aber es kommt vor –, dann sagt meine Mutter nichts dagegen, und sie *hat* auch nichts dagegen.

Mit meinen Eltern habe ich großes Glück – ich weiß das –, aber sie sind nun mal dreißig Jahre älter und für manche Fragen nicht mehr zu gebrauchen. Ich bin ihnen ja dankbar für vieles und weiß, daß ich Grund genug hätte, sie gern zu haben, und, mein Gott, ich hab sie ja auch gern! Aber sie können mit mir nicht durch dick und dünn gehen. Zumindest kommen wir gut miteinander aus, haben keinen ernsthaften Zoff und sind uns auch sonst nicht lästig. Wir sind uns ein bißchen fremd, das muß ich zugeben. Aber das ist kein Drama. Vielleicht noch eher für die Eltern. Weiß nicht.

Ich bin mir nicht klar darüber, ob es nötig ist, all dieses Zeug über meine Eltern zu erzählen. Es ging eigentlich um meine Mutter, die durch die Wohnung rannte und sich fix und fertig machte, und um meinen Vater, der in der Küche an seinen berühmten Salaten bastelte. Ich hatte mich in mein Zimmer verkrümelt und fing eine elend lange Englischübersetzung an, die ich schon vor sechs Wochen aufbekommen hatte. Ich hatte nie besondere Lust gehabt, sie zu machen, aber jetzt mußte es sein, denn nächste Woche mußte ich den ganzen Trödel abgeben. Ein paarmal unterbrach mich meine Mutter, weil ich ihr irgend etwas helfen sollte, Wäsche abnehmen und so was.

Die Freundinnen meiner Mutter brachen ungefähr gleichzeitig über uns herein. Insgesamt waren es fünf. Sie waren sehr laut, aber das sind sie ja immer. Sie benehmen sich wie auf dem Rummel, wenn sie zusammen sind. Ich ließ mich nur mal kurz auf dem Flur blicken. Es gab ein Riesengeschrei, als ich rauskam. Ich murmelte nur »'n Abend« und gab jeder die Hand. Dann trollte ich mich wieder in mein Zimmer und quälte mich weiter durch die Übersetzung. Ich mußte jedes zweite Wort nachschlagen, echt. Die Meute lärmte im Wohnzimmer weiter; ich konnte es hören. Wenn mal für einen Augenblick Ruhe war, gabs schon in der nächsten Sekunde ein total hemmungsloses Lachen und Kreischen. Sie mußten einen tollen Witzbold dabeihaben.

Unterm Strich sind die Freundinnen meiner Mutter nichts als ein Haufen lärmender Gänse. Wenn sie sich müde geschnattert hatten und anfingen, sich zu unterhalten, sind sie über Leff hergezogen. *Jedesmal.* Das war ein ideales Thema für diese Weibsbilder. Sie fragten dann meine Mutter nach Neuigkeiten über Leff aus. Sie war immer sehr in Sorge um Leff und schüttete bei jeder Gelegenheit ihr Herz aus. Sie erzählte alles, was sie über ihn wußte.

Leff war problematisch, das ist wahr. Mal wohnte er in einer Wohngemeinschaft, mal in seiner völlig verrümpelten Wohnung. Eine Zeitlang ging er arbeiten, dann wieder nicht. Meistens machte er dreckige Arbeit oder Schichtarbeit, weil die gut bezahlt wurde. Am liebsten war ihm dreckige Schichtarbeit. Acht Jahre lebte er so. *Acht Jahre.* Zuvor hatte er sein Musiklehrerstudium geschmissen, weil ihm das Studium für die Band nichts brachte.

So was begriff meine Mutter nicht. Ihre Freundinnen schon gar nicht. Sie hielten ihn für asozial und so. Es lag sozusagen außerhalb ihres Horizontes, daß ein Abiturient sein Studium schmeißt und malochen geht. Oder daß er auf'm Fußboden schläft und nicht mal einen Fernseher hat. Oder daß er mal hier und mal da wohnt.

Die Band hielten alle bloß für eine fixe Idee, und sie erwarteten ständig, daß sich das endlich legt. Für sie war die Band einfach eine lasche Sache. So als ob nichts dazugehört, so was auf die Beine zu stellen. Leff sah das natürlich anders. Die Band war *sein Leben,* und dafür riß er sich auf. Ohne Wenn und Aber.

Doch das, was Leff tat, hatte für meine Eltern überhaupt keinen Wert. Sie wußten zwar nicht, was er konkret tat, aber selbst wenn sie es gewußt hätten, wären sie allein schon aus Prinzip unbeeindruckt geblieben. Außerdem kam der Durchbruch relativ spät. Ich wußte im übrigen auch nicht, was er konkret tat. Wenn wir uns sahen, sprach er zwar immer von der Band, aber ich war nie bei einer Probe.

Als ich ihn das erste Mal auf der Bühne erlebte, war ich zutiefst erschüttert. Er spielte zweieinhalb Stunden. Ich hatte ihm nicht zugetraut, daß er jemals so gut sein würde. Ich meine nicht nur die Musik und die Texte – er schrieb alles selber –, sondern vor allem seine Art. Keine verlogenen Posen, keine platten Sprüche. Nie habe ich ihn so ernst genommen wie in diesen zweieinhalb Stunden. Man kam gar nicht umhin, ihn ernst zu nehmen. So etwas war noch nie dagewesen.

Zwischen den Liedern redete er viel, er predigte sozusagen. Er ließ keine Sekunde den Verdacht aufkommen, daß er eine graue Masse abfrühstücken will. Er war der erste, der absolut allererste, der wirklich wußte, was Rock'n'Roll ist und wie man ihn anpacken muß. Ich konnte es einfach nicht fassen. Ich hatte eben selbst schon diesen ganzen hirnrissigen Reden von Mutters Freundinnen geglaubt. Diese Weiber kannten seine Texte nicht und haben ihn nie auf der Bühne gesehen. Aber daß er sein Bettzeug ein Vierteljahr nicht gewaschen hatte, das wußten sie. Es ist sehr beschämend für mich, aber diese blödsinnigen Diskussionen haben wirklich einmal Eindruck auf mich gemacht.

Nach den ersten zwanzig Minuten dieser Invasion kam mein Vater in mein Zimmer und sagte, daß wir jetzt Abendbrot essen. Ich ging ins Wohnzimmer, wo die Frauen am Tisch saßen. Sie redeten dreimal so laut wie nötig, aber wenn ich sage, worüber sie sich unterhielten, dann glaubt mir das kein Mensch. Sie führten eine Unterhaltung über *Rasenmäher.* Ich spinne nicht. Es drehte sich tatsächlich um Rasenmäher. Sie hatten alle ihren Garten und eine von den Fünfen, ich glaube, es war Waltraut, hatte sich im Shop einen Rasenmäher gekauft. Sie heimste eine Menge Ehrfurcht ein für ihren Shop-Rasenmäher. Die anderen gaben auch Geschichten über ihre Rasenmäher zum besten, und zwar in einer Lautstärke, als würden sie neben einem Kompressor sitzen. Als Irmgard *verkündete,* daß sie das Messer ihres Rasenmähers jedes Jahr aufs neue anschleifen läßt, hatte mein Vater seine erste starke Szene. Er fragte, ob wir nicht lieber übers Wetter reden wollen. Dazu machte er ein total ungerührtes Gesicht. Sieglinde rettete leider die Situation und lobte das Essen. Für meinen Vater war das kein Grund, an seinem Gesichtsausdruck Veränderungen vorzunehmen oder etwas zu sagen. Die Idee kam aber ganz gut an, und alle lobten das Essen. Außer Irmgard. Die hatte die Bemerkung meines Vaters noch nicht verkraftet.

Danach brachte jemand das Gespräch auf ein neu eröffnetes Restaurant. Ich glaube, es war Renate. Sie lobte in einer Tour das *Niveau* dieses Restaurants. Es interessierte mich nicht besonders, aber das Geschrei und Gekreisch hatte sich fürs erste gelegt. Ich konnte wenigstens in Ruhe essen.

Trotzdem passierte mir etwas sehr Blödes: Ich biß mir aus Versehen auf die Zunge. Es tat höllisch weh. Ich habe mir in meinem Leben ungefähr schon vierzigmal meine blöde Zunge abgebissen.

»Anton, was ist denn los?« wollte meine Mutter wissen. Ich zog ein Gesicht, als hätte ich mir gerade auf die Zunge gebissen.

»Hast du dir auf die Zunge gebissen?« Ich brauchte nicht mal zu nicken.

»Au, das tut weh!« Heiderose. Heiderose ist normalerweise Weltmeister im Beipflichten.

Nun wiederholte jede mindestens ein dutzendmal, daß es weh tut, wenn man sich auf die Zunge beißt. Sie beglotzten mich aus mitleidsvollen Gesichtern wie aus Kellerfenstern und hätten für ihr Leben gern »Der Junge braucht ein Pflaster!« geschrien.

Sieglinde sah mich scharf von der Seite an. »Du solltest rohes Eiweiß lutschen, das wird helfen.« Großer Gott!

Es ging mir auf die Nerven, daß sie mich immer noch beglotzten, und ich stöhnte gestreßt: »Ja doch, ich bin übern Berg.«

Es folgte der größte Stuß, der je zwischen Menschen zusammengeredet wurde. Ich weiß nicht mehr, wer was sagte, aber *was* die zusammenredeten, weiß ich noch sehr gut.

»Jaja, das ist schmerzhaft, wenn man sich auf die Zunge beißt.«

»Unangenehm, wirklich. Gott sei Dank, passiert mir das nur selten. Aber den Musikantenknochen stoße ich mir öfter.«

Alle: »Oouu!«

»Manchmal könnte ich heu-len, wenn ich mir den Musikantenknochen stoße. E-kel-hafffft.«

»Aber der Schmerz hält sich aber auch lange!«

»Ja, eben!«

»Ich kriege regelrecht weiche Knie vor Schmerzen!«

»Wasss?«

»Ja!«

»Doch, das habe ich auch schon erlebt!«

»Mir wird regelrecht schlecht vor Schmerzen, richtig speiübel!«

»Ja! Ja!«

»Allerdings ist mir das noch nicht beim Musikantenknochen passiert . . .«

»Doch! Ich habe regelrecht Schwierigkeiten zu atmen!«

». . . Nierenkolik . . .«

». . . sondern wenn ich mir die Finger in der Tür einklemme.«

Alle: »Oouu!«

»Dabei kann mir re-gel-recht schlecht werden. E-kelhafffft.«

»Das stimmt. Ich habe mir letzten Sommer erst die Tür, äh, die Finger in einer Taxitür eingeklemmt.«

»Maxitür??«

»*Taxi*tür!!«

». . . Nierenkolik . . .«

»Nee, also da passe ich wirklich auf. Ich gehe prinzipiell nicht mit meinen Fingern in den Türspalt.«

»Ja! Ja! Ja! Ja! Ja! Völlig richtig! Vollkommen richtig!«

»Ich habe mir mal als Kind die Finger in einer schweren Eisentür eingeklemmt . . .«

Alle: »Oouu!«

». . . und seitdem bin ich sehr vorsichtig, was Türen angeht.«

»Eben, eben.«

»Obwohl mein Vater die Tür sofort zurückriß. Wer weiß, was ansonsten passiert wäre.«

»In der Unfallchirurgie habe ich schon ein paarmal Hände gesehen, die von Eisentüren eingeklemmt wurden . . .«

»Als erwachsener Mensch steckt man doch seine Finger nicht . . .«

»Ja, sind die denn von allen guten Geistern verlassen??«

»Ach, erwachsene Menschen sind manchmal die größten Kinder.«

»Ja! Ja! Erwachsene Menschen . . .«

»Was wir da schon reingekriegt haben! Gestern hatten wir einen Koch mit Verbrennungen an Hand und Unterarm. Der hat ins kochende Wasser gegriffen, um seine Uhr rauszuholen.«

»Ach, die war ihm wohl reingefallen?«

»Also, da muß man sich doch ernsthaft fragen, wo diese Leute ihren Verstand gelassen haben. Also, so ein Koch muß doch eigentlich wissen, daß man nicht in kochendes Wasser fäßt.«

»Faßt.«

»??«

». . . nicht in kochendes Wasser *faßt.*«

»Ach soooo!«

Ich für meinen Teil hatte die ganze Zeit weitergegessen. Sie machten mir nichts aus, die Gespräche über zerquetschte Finger und so. Es machte mir allerdings etwas aus, daß sich mittlerweile drei Frauen eine Zigarette angesteckt hatten. Sie hätten wenigstens auf die Idee kommen können, mich zu fragen, ob es mich stört. Ich hätte zwar wieder heucheln müssen, daß es mich nicht stört, aber sie hätten wenigstens fragen können. Sie tun alle wie Damen von Welt, aber im Grunde haben sie nicht mehr Benimmse als die Vitalienbrüder.

Mir fiel der Tip von Sieglinde ein, daß man rohes Eiweiß lutschen soll, wenn man sich auf die Zunge gebissen hat. Wenn man dieser Weiberbande nur zehn Minuten zuhört, weiß man hinterher nicht mehr, welcher Stuß der schlimmste war. Sie reden pausenlos Blech.

Als ich mit dem Essen fertig war – ich war der letzte –, räumte mein Vater den Tisch ab. Der Weiberhaufen erhob sich und drängelte zum Couchtisch. Meine Mutter hatte mir schon Tage vorher das Versprechen aus dem Kreuz geleiert, wenigstens bis Mitternacht zu bleiben. Ich muß nicht ganz bei Trost gewesen sein. Nie wieder lasse ich mich in so einer Angelegenheit breitschlagen.

Sie redeten weiter und suchten nacheinander das Klo

auf. Ich will nicht sagen, worüber sie sich unterhielten. Ich will Ihnen das alles ersparen. Sie machten im Wesen keine Fortschritte.

Einmal, als ein zweiter Aschenbecher gebraucht wurde, stand ich auf und holte ihn. Das hätte ich nicht tun sollen, denn dadurch fiel ich nur auf. Bis dahin hatten sie mich noch gar nicht so richtig wahrgenommen.

»Sag mal, Anton, du bist doch jetzt in der zwölften Klasse?«

»Mmh.«

»Da war doch jetzt Termin für die Studienbewerbung?«

»Mmh.«

»Und – äh – wofür hast du dich beworben?«

»Ich habe mich überhaupt nicht beworben.«

»Wieso denn dasss?« fragte Renate. Die Frage klang ziemlich fassungslos, aber Waltraut fragte fast gleichzeitig: »War da nicht mal was mit Journalistik?«

»Nee, das geht nicht«, sagte meine Mutter. Sie gab sich Mühe, möglichst unspektakulär zu sprechen. »Westverwandte.« Meine Mutter sagte es so beiläufig, wie sie nur konnte. Es war fast nicht zu verstehen. Es klang wie »Erntedankfest«. Leider ließ sich das alles nicht mehr beilegen, denn zu den Westverwandten hatte jede was zu sagen. Ach so und Das kann doch wohl nicht wahr sein und Doch, doch, auch die Tochter von Dingsbums durfte damals nicht, jaja . . . Und so weiter. Alle waren jetzt heiß und mußten mitmischen.

»Nun hast du dich also überhaupt nicht beworben?« Eine ziemlich geistlose Frage, denn immerhin hatte ich sie schon mal beantwortet.

»Nö«, sagte ich bloß. Ich gab mich so maulfaul wie möglich. Vielleicht kriegt dieser *Geburtstagsmob* irgendwann mal mit, daß es nicht grad mein Lieblingsthema ist.

»Warum hast du dich denn nicht beworben?« Das war wieder Renate. Sie ist ungefähr so unaufdringlich wie eine Schwingtür. So was nervt. Himmel, wie das nervt!

»Ich wußte einfach nicht, *wofür.*« Es war zum Auswachsen.

»Wenn du dich nicht beworben hast, was machst du denn dann?«

»Weiß ich noch nicht.«

»Noch so'n Fall!« Renate stöhnte. Sie spielte auf Leff an. Man hätte sie rausschmeißen müssen. Ich wurde tatsächlich auch etwas ärgerlich, aber das wirkte nur komisch, fürchte ich.

»Wenn ich eben nicht weiß, was ich werden will, dann weiß ich es eben nicht. Man kann doch so eine Sache nicht . . . aus dem Hut zaubern. So was – naja, so was entwickelt sich doch.«

»Da hat er allerdings recht«, sagte Heiderose, und danach sagte Waltraut dasselbe, und zum Schluß sagte auch Irmgard: »Ja, da hat er allerdings recht.«

Renate machte: »Hm.«

Zu allem Überfluß griff auch noch Sieglinde ein. Sie hatte schon wieder ihre verdammten Komplexe, daß sie jemanden erretten müsse. »Hast du dir wenigstens Gedanken gemacht?« fragte sie. Allmächtiger, was für eine Frage!

»Natürlich habe ich mir Gedanken gemacht. Ich mache mir pausenlos Gedanken. Aber ich sehe nichts wirklich Interessantes für mich.«

»Anton, nun mach mal 'n Punkt. Du bist jung, du bist intelligent, irgendwas muß dich doch interessieren. Ich kann mir einfach nicht vorstellen, daß dich nichts interessiert.«

Diese Renate. Sie fällt mir wirklich auf den Wecker. Ich habe überhaupt genug von diesen Sprüchen. *Irgend etwas muß dich doch interessieren.* Ich kann das nicht mehr hören. Ich kann das nicht mehr hören. Aber Sieglinde bleibt hart.

»Du hast also überhaupt keine Idee, während Torsten immerhin diese Band im Auge hatte.«

Das war ja nun das Schärfste. Die kommen mir mit

Leff. Das war klar. Das mußte noch kommen. Sie hätten mir sicher auch seine Zielstrebigkeit und so vorgehalten, aber zum Glück blockte das meine Mutter ab. Sie war die einzige, die noch nicht vollkommen verblödet war. Sie sagte einfach, daß Leff kein Maßstab ist. Darauf will irgendeine dieser Irmlindes oder Heidetrauts mit »Ja, aber . . .« kommen, aber ich hörte nicht mehr zu. Ich höre nicht mehr zu. Die können reden, was sie wollen. *Sie erreichen mich nicht.* Aber das muß auch so sein. Wenn es nach ihnen gegangen wäre, würde Leff heute vor einer Klasse stehen und den Rest seines Lebens Dur-Tonleitern erklären. So großartige Ratgeber sind das.

Sieglinde fing trotzdem noch mal an. Ob ich nicht, wie meine Mutter, in die Medizin gehen wolle. Dabei machte sie ein Gesicht, als ob ich im Zehnten auf dem Fensterbrett stehe. Mir hat es wirklich gereicht. Ich wurde mit einem Male sehr grimmig. Junge, so grimmig habe ich mich selten erlebt. Ich stand auf, bedankte mich ziemlich ruppig und brabbelte los, von wegen, daß die Idee super sei, und ich werde jetzt gleich meine Bewerbung schreiben. Dann ging ich raus. Ich hatte große Lust, die Tür zu schmeißen. Aber ich kriegte mich noch rechtzeitig in den Griff. Ein Glück. Immerhin hatte meine Mutter Geburtstag. Und da sollte ich nicht mit den Türen schmeißen. Das ist etwas, was Mütter nicht verkraften.

Ich flüchtete zurück in mein Zimmer, ließ mich auf mein Bett fallen und machte die Augen zu. Diese Weiber machen einen krank. Wahrscheinlich denken sie beim Reden nicht mehr nach als beim Geschirrspülen oder beim Rasenmähen mit ihren Shop-Rasenmähern. Leider bin ich nicht der Typ, der das so einfach wegsteckt. Ich bin eben nicht souverän genug. Nicht genug abgebrüht, Sie wissen schon. Ich mußte wieder an meinen Bruder denken. Er ist da wirklich anders. Er hat schon ein paar tolle Dinger gedreht. Davon kann ich nur träumen. Zum Beispiel hat er sich seinen Namen selbst gegeben. Er heißt normalerweise Torsten. Zumindest steht das in seiner Geburtsurkunde. Als er zehn Jahre alt war, ist er mal im Ferienlager gewesen, und da hat er irgendwie aufgeschnappt, daß Lew eigentlich Löwe heißt. Er wollte unbedingt diesen Vornamen haben. Allerdings dachte er, daß man es »Leff« schreibt. Jedenfalls schrieb er sich nach den Ferien auf alle seine Schulhefte »Leff Glienicke«, und davon ging er nie mehr ab. Meine Mutter hat mir von der Sache schon fünfzigmal erzählt. Diese Geschichte endet immer mit seiner Umschulung, die damit zusammenhing, daß ich geboren wurde und unsere Familie in eine größere Wohnung umzog. An der neuen Schule soll Leff dafür gesorgt haben, daß da erst gar nichts einreißt von wegen Torsten. Er kann sehr trotzig sein, wenn es um solche Dinge geht. Ich nehme sogar an, daß Trotz eine seiner Haupteigenschaften ist.

Manchmal ist er aber auch so herrlich versponnen. Er sagt öfter, daß er den Kopf voller Ideen hat, die ihn allesamt verrückt machen. Genau so: »Ich habe den Kopf voller Ideen, die mich alle verrückt machen.« So was sagt er nicht dahin. So was sollte man bei ihm lieber ernst nehmen. Er hat mir zum Beispiel mal erzählt, daß er eine Reise um die Welt machen will, und zwar mit ganzen drei Dollars in der Tasche. Er wollte beweisen, daß es geht. Er brannte für diese Idee – ich erinnere mich sehr deutlich –, aber die Sache ließ sich natürlich nicht anpacken. Es war eben eine von diesen Ideen, die ihn mal verrückt machten. Ich habe natürlich auch Träume, klar, aber das sind eigentlich nur ganz verschrobene Sachen. Ich würde nie zugeben, solche Träume zu haben. Einmal habe ich zum Beispiel eine Sinfonie oder so was gehört, und da habe ich mir sehr gewünscht, der Dirigent zu sein. Oder wenn ich im Film einen Jeep sehe, der den Strand runterschießt, dann will ich auch so was machen. Dieser Käse fällt mir immer bloß ein. Nichts Vorzeigbares. Wirklich bloß Käse.

Tja, Silke, was soll ich da groß sagen: Mein Mund war immer trocken wie ein Bierdeckel, wenn ich zu ihr rausgefahren bin. Ich kannte mich selbst nicht mehr. Zum Beispiel bin ich urplötzlich auf Liebesgedichte abgefahren. Solche Sachen wie »Oh, Holde, wende hinab dein hehres Haupt« und »Fürwahr, du bist mir gut« und all so was. Ich war regelrecht scharf auf solche Gedichte. Es war mir echt nicht zu blöd, solche Sachen zu lesen. Kurzum, verknallt ist gar kein Ausdruck.

Leider waren ihre Eltern überaus ätzend. Ich sags nicht gern, aber es war wirklich so. Wahrscheinlich hätte ich mindestens Chirurg oder Architekt sein müssen. Jung, dynamisch, moderat – das war wohl das einzige Kaliber, das sie hingenommen hätten. Nicht, daß ich mufflig war – nur, sie hatten sich bestimmt was ganz anderes unter dem Freund ihrer Tochter vorgestellt. Eben einen stattlichen jungen Mann, dem der Erfolg schon aus den Knopflöchern quillt, weiß der Geier.

Jedenfalls verfielen sie auf die Tour, uns möglichst voneinander abzuschirmen. So fuhren sie mit Silke an den Wochenenden neuerdings zu irgendwelchen Verwandten, was sie vorher nie taten. In der Woche gingen sie mit ihr ins Kino oder ins Theater oder ins Konzert, was sie ebenfalls vorher nie taten. Das Ganze wurde unter dem Motto »Familienleben« abgezogen, und damit war ich von vornherein ausgebootet. Zwar paßte das alles auch Silke nicht, aber sie war nicht der Typ, der seinen Willen gegen die Eltern durchsetzt. Sie hatte übrigens ihre Eltern sehr lieb, besonders ihren Vater. Immerhin durchlebte sie eine Kindheit, die man im nachhinein »sorgenfrei und unbeschwert« nennt. Ich glaube, ich sagte schon, daß ihr gerade die guten Dinge nicht entgingen.

Einmal schickte mich ihr Vater an der Tür mit der Begründung fort, Silke halte gerade ihr Mittagsschläfchen. Er nahm nicht mal die Mühe auf sich, den Umstand zu bedauern. Ich machte ihm klar, daß ich mit Silke verabredet sei, aber er zuckte nur mit den Schultern und sagte: »Tja – jetzt schläft sie.« Er sagte nicht: »Komm doch nachher noch mal vorbei!«

Eine Dreiviertelstunde später stand ich wieder vor der Tür. Ich wurde hereingelassen. Natürlich freute sich Silke riesig, daß ich kam, aber sie glaubte allen Ernstes, ihr Vater hätte mich nur deshalb weggeschickt, damit sie ruhig weiterschlafen könne. Manchmal war ihr wirklich nicht zu helfen.

Kurzum, an jenem Samstag, als ich mich mit den Eltern anlegte, ließ es sich nicht vermeiden, mich an den Abendbrottisch zu bitten. Silkes Mutter starrte die ganze Zeit in den Fernseher. Seitdem sie einen Farbfernseher hatten, lief der mindestens achtzig Stunden täglich. Es hatte gerade eine dieser scheußlichen Shows angefangen, und nach allem, was ich mitkriegte, stellte einer dieser unverbindlich plaudernden Entertainer seine Kandidaten vor.

Der erste war ein Arzt, der in Bangladesh Elend lindern half. Der redete, ohne Luft zu holen, und ließ den Showmaster nicht mehr zu Wort kommen. In Bangladesh gäbe es eine Million Blinde, von denen neunhunderttausend durch eine sehr einfache Augenoperation, die ganze fünfundzwanzig Mark kostet, geheilt werden können. Man solle sich bitte mal vorstellen, was es bedeutet, *blind* zu sein, sagte der Arzt immer verzweifelter, und da ist es doch unglaublich, daß die relativ geringen Mittel nicht bereitstehen, um hunderttausende Menschen aus ihrer Lage zu erlösen. Er rief zu Spenden auf, und der Showmaster versprach, die Nummer des Spendenkontos zum Schluß der Sendung einzublenden. Der Arzt war entsetzlich verzweifelt. Der Showmaster gab sich ebenfalls zerknirscht, aber er ließ natürlich das Publikum kommen, das wie verrückt klatschte.

In gewisser Weise löste sich auch bei uns am Tisch die Spannung. Die Unterhaltung bestand ohnehin nur aus Sätzen wie »Möchtest du noch Tee?« oder »Kann ich mal bitte die Butter haben?« Gegen einen laufenden Fernseher kommt man einfach nicht an. Und wenn Lottozahlen ausgespielt werden – man kommt gegen ihn nicht an.

Der nächste Kandidat war ein Videoproduzent, der durchweg teuerste Videos produziert. Der Mann eignete sich hervorragend für ein zwangloses Schwätzchen. Sein teuerstes Video dauerte sieben Minuten und kostete vier Millionen Dollar. Der Showmaster streute noch ein, daß dies auch im Guinness-Buch der Rekorde nachzulesen sei. Offenbar hielt er es für eine Großtat, vier Millionen Dollar in einem Siebenminutenvideo zu verballern. Offenbar kam er überhaupt nicht auf die Idee, mal eben nachzurechnen, wie vielen Blinden der Arzt mit diesem Geld helfen könnte. Statt dessen ließ er wieder das Publikum kommen, das wie verrückt klatschte. Wenn Sie 'ne Masse Idioten auf einem Haufen erleben wollen, dann sehen Sie sich Fernsehshows an. Manchmal glaube ich wirklich, diese Scheiß-Glotzen sind nur dazu da, uns zu verhöhnen.

Die erste Auseinandersetzung war an sich eine harmlose Sache, nur daß es eben eine Auseinandersetzung war. Ich hatte mir etwas Butter aufs Brot geschmiert und nahm zwei Scheiben Schinken vom Wurstteller. Es war dieser Schinken aus dem Freß-Ex, mit Gewürzallerlei drumrum. Ich zog von meinen beiden Scheiben den Gewürzrand ab und legte ihn auf den Teller. Und schon gings los.

»Warum lassen Sie denn die Pelle nicht dran?« fragte mich Silkes Mutter. Glauben Sie nicht, daß sie vielleicht neugierig fragte. Sie fragte schon eher vorwurfsvoll, mit einer Spur Aggressivität, die sie noch so gut wie möglich unterdrückte. Sie konnte mich wirklich nicht leiden.

Ich tat erst mal so, als sei es das Normalste von der Welt, derartige Fragen zu beantworten. »Der Gewürzrand ist nur dazu da, das Gewürzaroma während der Lagerung einziehen zu lassen. Mitgegessen wird er nicht.«

Es verhält sich tatsächlich so. Aber mir stand es wohl nicht zu, Belehrungen in Sachen Delikatessenverzehr zu erteilen. Es war schon beschämend genug, daß ich »Gewürzrand« und Silkes Mutter »Pelle« sagte.

»So wie der Schinken auf Ihrem Brot liegt, ist er ja nicht besser als Schinken ohne . . . Gewürzrand.«

Das kam von Silkes Vater. Das Wort »Gewürzrand« betonte er äußerst verächtlich.

Und nun konnte Silkes Mutter noch einen nachlegen: »Beim Fleischer kosten hundert Gramm Schinken eine Mark acht, aber von diesem Schinken kosten hundert Gramm zweidreißig.«

Das gab mir den Rest.

Ich aß das deprimierendste Schinkenbrot meines Lebens, und als ich damit fertig war, fragten mich weder Silkes Mutter noch Silkes Vater, ob ich nicht noch etwas essen möchte. Es war ihnen zweifellos aufgefallen, daß das eben erst meine zweite Scheibe Brot war, und sie gehörten garantiert zu den Leuten, die einen immer mit ihrem ewigen Nun-greifen-Sie-doch-zu! nerven. Ich muß gestehen, daß mich diese Art von Verachtung ganz schön traf, und ich kam mir mit einem Mal – es klingt blöd – einsam vor.

Ich weiß, Silke saß direkt neben mir. Wir berührten uns fast schon. Aber ich war einsam. Einsam wie Sau. Ich weiß nicht, ob Sie das verstehen.

Es geschah aber noch etwas. Genaugenommen geschah folgendes: Silke beugte sich nach vorn und ließ den Kopf fast auf die Tischplatte sinken. Plötzlich war auch im Fernseher Stille, richtige atemlose Stille. Und in diesem Moment wandte sie ihren Kopf zu mir, sah mich mit einem Romy-Schneider-Blick von unten an und sagte: »Anton – möchtest du nicht noch etwas essen?«

Diese Geste war unwiderstehlich. Ich war so verdammt froh darüber. Ich mußte lächeln und nickte. Sie lächelte zurück, richtete sich wieder auf und reichte mir den Brotkorb. Im Fernsehen ging die Show weiter, und auch die Eltern lösten sich aus der Erstarrung. Von dem, was Silke tat, waren auch sie in gewisser Weise angetan. Ich glaube, sie hätten ihr nie diese *Unwiderstehlichkeit* zugetraut.

Auch nach dieser Szene wurde nicht viel gesprochen. Silke und ich wollten noch weggehen. Wohin, wußten wir noch nicht, und es hätte keinen Sinn gehabt, diese Frage in Gegenwart der Eltern zu klären. Diese Atmosphäre war zu unerträglich, als daß wir länger als unbedingt nötig geblieben wären. Natürlich stöhnte Silkes Mutter noch über den Abwasch, aber das tat sie nur, damit sich Silke irgendwie schuldig fühlt. Die Tour war nicht neu, wahrlich nicht. Aber diesen ganzen Zirkus durchschaute Silke nicht einmal. Sie fühlte sich statt dessen tatsächlich immer irgendwie schuldig.

Als ich Silke in den Mantel half, kam aus der Küche in diesem Eine-Mutter-ruft-ihrer-aus-dem-Haus-gehenden-Tochter-hinterher-Tonfall: »Silke, läßt du die Schlüssel hier, du weißt doch, Papa hat Bereitschaftsdienst und seine Schlüssel verlegt.«

Ehe Silke etwas sagte, kam ihre Mutter in den Flur. Sie band sich gerade ihre Schürze um und mühte sich mit der Schleife ab, die sie sich auf dem Rücken binden wollte. Sie lächelte Silke an, ging auf sie zu und bat: »Komm, hilf mir mal!«

Ich ließ die Klinke wieder los. Die Mutter hatte Silke den Rücken zugewandt, und Silke band eine Schleife. Währenddessen sprach Silkes Mutter weiter, und zwar in einem Tonfall, der so *anständig* klang, daß jede Widerrede taktlos wirken mußte. »Papa kann deinen Schlüssel nehmen. Wir bleiben auf, bis du wiederkommst.«

Das war schon wieder so ein Manöver. Es war jetzt viertel vor neun, und Silkes Mutter wußte genausogut wie ich, daß Silke spätestens ab elf nur ans Nachhausegehen denkt – um ihren Eltern den Schlaf zu gönnen.

Silke war jetzt mit der Schleife fertig. Sie wollte nicht so recht antworten und fragte: »Kannst du Papa nicht deinen Schlüssel geben?«

Die Mutter hatte sich wieder zu uns umgedreht und

sah Silke ins Gesicht. Sie war fast einen Kopf kleiner als Silke.

»Ich muß doch nachher noch mal mit dem Hund raus, und wenn just in diesen zwanzig Minuten Papa angerufen wird, muß er doch das Haus abschließen können, wenn er geht. – Sieh mal, wir bleiben doch auf, bis du wiederkommst, da brauchst du doch keinen Schlüssel.«

Man konnte wirklich glauben, es drehte sich allen Ernstes einzig um den Schlüssel, denn sie sagte das alles sehr schön gespielt freundlich und bittend und kein bißchen ungeduldig. Ich setzte in demselben Tonfall, an Silke gewandt, fort: »Und wenn es doch etwas später werden sollte, kannst du auch bei mir schlafen.«

Ich muß verrückt gewesen sein. Echt. Ich bin der verrückteste Mensch, den ich kenne. Fragen Sie mich nicht, was das sollte. Es war nur so eine bekloppte Provokation. Dieses scheinheilige Getue von Silkes Mutter war mir nämlich wirklich über. Ich kann Ihnen sagen, ich hatte die Nase voll von diesem Getue. Im Ernst. Natürlich ging meine Bemerkung nach hinten los und so. Wissen Sie, Silke ist nämlich gegen Provokationen. Sie war ziemlich betroffen darüber, daß ich mich in diesem Stil mit ihrer Mutter anlegte.

Naja, und ihre Mutter machte auf Fassungslosigkeit. Sie trug ganz schön dick auf. Sie gab sich allergrößte Mühe, fassungslos zu sein. Sie machte einen auf hektische Fassungslosigkeit und kriegte es auch ganz gut hin. Sie war sicherlich viel zu angespannt, um etwa sprachlos zu sein. Genaugenommen war sie sogar froh, sich endlich echauffieren zu können. Natürlich hatte auch Silkes Vater seinen Auftritt. Der Ernährer der Familie greift ordnend ein und so. Er kam aus irgend so 'nem Nebenzimmer getrottet, kratzte sich am Hinterkopf und verbreitete Wirkung. Er war ein vierschrötiger Kerl, schwer wie ein Gewichtheber und mindestens einsneunzig groß. Einsneunzig. Kurzum, er brauchte nicht lange, um Wirkung zu verbreiten.

Er sagte zu Silke, sie solle heut Abend besser ganz zu Hause bleiben, und zu mir sagte er, er hätte es ganz gerne, wenn ich jetzt ginge.

Natürlich hatte ich keine Chance mehr. Ich hatte voll verspielt. Trotzdem sagte ich noch zu Silke, sie soll jetzt einfach mitkommen, damit diese Bevormundung endlich mal aufhört, und wenn sie sich das alles gefallen läßt, dann hört das nie auf und so. Ich wußte natürlich, daß ich keine Chance mehr hatte, und war ziemlich verzweifelt. Ich hätte mich noch stundenlang über die Verlogenheit der Eltern auslassen können, aber als ich sagte, sie anflehte, sie soll doch bitte, *bitte* mitkommen, schüttelte sie nur den Kopf, mit einem ganz, ganz traurigen Gesicht. Das war so niederschmetternd, daß ich nicht weitersprach. Wissen Sie, dieses traurige Gesicht, das kam daher, weil sie über mich traurig war. Das war ja das schlimme. Sie war mir nicht böse, sie war traurig darüber, daß ich so einen hirnverbrannten Streit provoziert hatte. Manchmal bin ich ein selten dämliches Rindvieh.

Ich ging dann auch gleich. Ich war mit einem Mal viel zu niedergeschlagen, als daß ich noch irgendwie bleiben konnte. Vor lauter Niedergeschlagenheit konnte ich mich nicht mal verabschieden. Ich drehte mich nur um und nahm die Türklinke in die Hand. Bevor ich sie runterdrückte, rammte ich meinen Kopf an die Tür und stöhnte. Das war nicht mal Theater oder so.

Silkes Eltern sagten die ganze Zeit kein Wort mehr. Sie standen zwar noch rum, aber sie sagten nichts und griffen auch sonstwie nicht ein. Selbst als ich auf Silke einredete, von wegen Bevormundung und so, taten sie nichts. Weiß der Kuckuck warum, aber sie ließen mich wenigstens da in Ruhe. Ich bin nahe dran, ihnen das hoch anzurechnen.

Wenn mir etwas zuwider ist, dann sind es Kapitelanfänge der Art: »Draußen empfing mich ein kalter, scharfer Nordost.« Ich war viel zu sehr mit mir selbst beschäftigt, als daß ich irgendeinen kalten, scharfen Nordost hätte registrieren können. Also fragen Sie mich nicht nach dem Wetter.

Kann sein, daß ich erst mal sehr schnell ging und erst mal kein Ziel hatte. Ich rannte wohl nur so umher, und alles wurde nur noch schlimmer. Ich hatte plötzlich den verrückten Wunsch, daß Winter ist und Schnee liegt und daß ich mich in den Schnee legen kann und dann sterbe. Ich wäre wirklich ganz gerne gestorben, zumindest für ein paar Wochen.

Die ganze Zeit redete ich wie ein Besengter auf Silke ein, daß sie sich so was nicht bieten lassen soll, daß sich das alles ändern muß und daß es sowieso eine miese Tour von den Eltern ist und so. Natürlich nützten meine endlosen Plädoyers nichts. Blöderweise war ziemlich alles sinnlos. Ich hätte am liebsten geheult, aber das wäre bestimmt nichts geworden. Mit Tränen und so. Das wäre das deprimierendste gewesen, wenn ich echt versucht hätte zu heulen und es nicht geklappt hätte. Es klappte ja überhaupt nichts mehr bei mir.

Kurzum, irgendwie lief ich stadteinwärts. Ich wollte nicht mit der S-Bahn fahren, auf keinen Fall. Ich wollte laufen bis zum Umfallen. Wirklich, bis zum Umfallen. Dabei fiel mir der Ausdruck »vor sich selbst weglaufen« ein. Ich begriff mit einem Mal sehr deutlich, daß ich genau das tun wollte. Es wäre da unerträglich, in einer S-Bahn zu *sitzen* oder vorher auf dem Bahnhof zu *warten*.

Bis zu mir nach Hause brauche ich ungefähr weiß-ich-wie-lange, aber ich wollte vorher unbedingt noch mit jemandem sprechen. Vielleicht hätte mir irgendeiner helfen können. Einfach nur ein bißchen trösten. Es würde mir schon reichen, wenn einer nur sagt »Wird schon wieder werden!« oder so was und mich dabei fest ansieht und selbst hofft, daß alles wieder wird. Das hätte mir schon gereicht. Ehrlich, ich schwörs. Aber in dieser ganzen beknackten Stadt gab es keine Menschenseele, von der ich das erwarten konnte. Kein Schwein würde darauf kommen, »Wird schon wieder werden!« zu sagen und selbst daran zu glauben. Naja, mein Bruder war nicht in Berlin. Er ist nie da, wenn ich ihn brauche. Er ist schon ganz richtig, aber er ist nie da, wenn ich ihn brauche.

Ich ging nach Hause. Von Grünau bis zur Sonnenallee ist es nicht eben ein Katzensprung. Vielleicht würde mich die lange Strecke müde machen, so daß ich groggy in mein Bett fallen könnte. Das war mir noch das liebste. Wenn schon nicht sterben, dann wenigstens schlafen. Hauptsache, man merkt erst mal nichts mehr.

Meine Eltern waren zum Glück nicht da. Ich wollte keinen Menschen sehen, der mich nicht trösten könnte. Ich knallte mich auf mein Bett und war leider nicht müde genug, um zu schlafen. Ich versuchte nur eine Sekunde lang zu schlafen. Als es nichts wurde, legte ich eine Kassette ein, setzte mir Kopfhörer auf und legte mich wieder hin. Ich wollte dieses Lied vom ollen Bob Dylan hören, wo er von dieser Frau singt, die ihn mal fallenließ. Er kommt mir da immer so mutterseelenallein vor. Und so enttäuscht. Es ist nicht gerade erfreulich zu singen: »Wenn wir uns mal wiedersehen und uns als alte Freunde ausgeben, dann laß dir nicht anmerken, daß du mich zu einer Zeit gekannt hast, als ich *hungrig* war und dir die Welt gehörte.«

Dieses Lied ist gleich das erste auf meiner Dylan-Kassette, und ich mußte ziemlich lange warten, bis es endlich anfing. Es fing partout nicht an. Erst dachte ich, daß ich mich in meinem Zustand ohnehin auf kein Zeitgefühl verlassen kann, aber als einfach keine Musik kam, sah ich doch noch einmal nach.

Ich hatte die Löschtaste gedrückt.

In der Zentralheizung waren ein paar Geräusche, sonst war es still. Ich nahm die Kassette aus dem Deck und drehte sie in meiner Hand hin und her. Dann hielt ich sie einfach nur so und starrte auf die Schrift. »Scotch Superferric« stand auf der Kassette, aber die Schrift sah ich bald nur noch verschwommen. Das kam, weil ich erst mal heulte und so. Ich heulte und schniefte und hörte zwischendurch die Geräusche aus der Zentralheizung. Einmal steckte ich die Fingerkuppen von meiner blöden linken Hand in den Mund und biß darauf, bis es weh tat. Ich hatte mich überhaupt nicht mehr richtig lieb. Ich wollte nicht mehr mein Freund sein, weil ich dachte, ich bin einfach zu blöd für alles und stehe mir bloß im Wege und bereite mir immer bloß Ärger und Kummer. Ich dachte an diese bescheuerte letzte Woche und an all das und glaubte, daß ich es noch irgendwie gepackt hätte, wenn ich nicht diese taube Löschtaste gedrückt hätte. Aber man drückt ja immer eine Löschtaste, wenn man glaubt, daß man es noch irgendwie packt.

Einige Wochen danach, so ungefähr in der Weihnachtszeit, rief mich André an. Er fragte mich, ob wir uns nicht mal wieder treffen wollen. Es war nicht gerade berauschend, wie ich mit ihm sprach. Meine Laune war an dem Tag nicht die beste.

Er erzählte mir, daß er einen Job als Tischler gekriegt hatte. Meine Mutter plärrte andauernd dazwischen. Sie sagte, daß ich André fragen soll, ob er das Abi jetzt an der Abendschule macht. Sie war noch vor mir am Telefon gewesen.

Ich wollte André zum Feierabend abholen, um mit ihm mal wieder ein Bier zu trinken. Er sagte mir, wo er arbeitet und wann er Feierabend hat. Er sagte nur Adresse und Uhrzeit. So was ist typisch für ihn. Hundertfünfzig Prozent der Menschheit halten einander für so begriffsstutzig, daß sie immer drei Stunden erklären, wo sie arbeiten.

Als ich aufgelegt hatte, fiel mir noch etwas ein. Ich wollte André was fragen. Er hatte mir mal erzählt, daß er nach der Schule sofort mit dem Rauchen aufhört. Er hatte damit angefangen, als er zur EOS kam. Mit mir war es fast genauso. Ich erinnere mich ziemlich deutlich. Es war während dieser Hausarbeitswoche.

Wir machten die Aufgaben zusammen. Weiß der Kukkuck, aber ich baute ziemlich schnell ab. Es war ätzend. André sagte, das sei genau die Situation, in der eine Zigarette helfen kann. Er hatte erst kurz zuvor angefangen, aber er hatte keine Probleme mit der Konzentration. Naja, jedenfalls habe ich dann auch angefangen. Wir schworen uns aber, nach der Schule damit aufzuhören, zumal ich Rauchen ansonsten blöd finde. Ich konnte Raucher nie leiden, besonders wenn sie sich am Postschalter von der Seite randrängeln und die Postleitzahl von irgendeinem Nest wissen wollen und dabei aus dem Maul stinken, daß einem alles vergeht und so. Es ist nur wegen dem Leistungsdruck. Ganz im Ernst.

Meine Eltern waren natürlich nicht begeistert. Insbesondere meine Mutter. Ich konnte es ihr aber noch halbwegs erklären. Sie ist zum Glück nicht so eine Mutter, die nie aufhört zu jammern; sie ist höchstens ein bißchen naiv. Auf der nächsten Elternversammlung hat sie allen Ernstes vorgeschlagen, daß alle Abiturienten noch vor Beginn der EOS obligatorisch im autogenen Training unterwiesen werden sollen. Ich war sehr berührt, als ich davon hörte. Es ist ja ein verdammt zweckmäßiger Vorschlag, aber er ist so himmelschreiend naiv. Leider ging das auch wieder nach hinten los. Auf der Elternversammlung blubberte Kohnert was von wegen erhöhter psychischer Anforderungen an Abiturienten – natürlich wisse er das und kenne das Problem –, aber in einer harmonischen Umgebung und einer ungestörten Lernatmosphäre zu Hause, ach, all diesen Mist eben. Jahr für Jahr unterbricht ein schlappes Dutzend Schüler allein aus unserer Schule den Lernprozeß, um sich in einer psychiatrischen Klinik wieder hinbiegen zu lassen. Und die hatten alle ihre harmonische Umgebung und ihre ungestörte Lernatmosphäre zu Hause. Und ich habe das auch, und trotzdem bin ich ein blöder Raucher geworden. Obwohl ich seitdem besser klarkomme, ehrlich. Aber wenn ich mit der Schule fertig bin, höre ich auf.

Ich wollte André fragen, ob er Schluß gemacht hat mit dem Rauchen. Ich wollte es auf keinen Fall vergessen. Als ich in der U-Bahn saß und zu seiner Tischlerei fuhr, hatte ich die Hände in meiner Manteltasche und spürte die Zigaretten. Dadurch fiel es mir immer wieder ein.

Als der Zug Dimitroffstraße hielt, stieg ich aus. Ich mußte mit der Straßenbahn weiterfahren. Ich wäre lieber in der U-Bahn geblieben. Ich reiße mich nicht danach, mir den Arsch abzufrieren. Es war so lausig kalt, und ich hatte mir den Mantel bis oben zugeknöpft, aber an den Ohren fror ich. Ich hatte keine Mütze auf. Mit Mützen mache ich mich bloß lächerlich. Ich errege immer ein ungeheures Aufsehen, wenn ich eine Mütze auf dem Kopf habe. Meine Tante hat mir schon Tausende Mützen gestrickt, geknüpft, gehäkelt und was nicht noch, aber da ist nichts zu wollen: Ich mache mich mit Mützen nur lächerlich. Einmal – ich war vielleicht zehn, und da *mußte* ich im Winter noch eine Mütze aufsetzen –, einmal jedenfalls haben mir irgendwelche Jungs aus den oberen Klassen die Mütze vom Kopf gerissen. Das war auf dem Schulhof. Es fing damit an, daß sie sich über meine Mütze lustig machten, und einer kam dann an und riß sie mir vom Kopf. Er war aus der Neunten, aber Angst hatte ich nun nicht gerade. Ich wollte sie wiederhaben und rannte ihm hinterher, aber der warf sie Sven Weißbach zu. Weißbach war ein rothaariger Schläger mit einem abgebrochenen Schneidezahn, dicken Lippen und einer Unmenge von Sommersprossen in seinem dämlichen Gesicht. Er war so was wie der Chef bei seinen Leuten. Weißbach lachte dreckig, und ich rannte zu ihm, und der warf die Mütze einem anderen zu und so weiter. Ich rannte immer hinterher und wurde richtig schlimm jähzornig, und jede Vernunft setzte aus. Je dreckiger die lachten, desto wütender wurde ich, und die lachten dann nur noch dreckiger. Es war einfach irrsinnig, ich war allein, und die waren viel mehr und viel älter, aber ich habe mich fast umgebracht um diese blöde Mütze. Schließlich habe ich vor Wut geheult, aber ich konnte nicht mehr anders. Ich war fix und fertig und heulte. Irgendeiner von Weißbachs Leuten machte die Mütze voll Schnee und zog sie mir über den Kopf und sagte, er gibt mir die Mütze jetzt zurück, damit ich es nicht so kalt am Kopf hätte. Ich habe mit Mützen wirklich nichts im Sinn.

Ich stand an der Haltestelle, aber meine Bahn war gerade weg, und die nächste kam erst in einer Viertelstunde. Ich wollte nicht so lange auf der Straße stehen und frieren, sondern lieber irgendwo warten, wo's warm ist. Mir wird immer gleich kalt. Auf der anderen Straßenseite war eine Broilerbar, und auf meiner Seite eine kleine Galerie. Ich überlegte, ob ich in der Broilerbar einen Grog oder einen Glühwein trinken sollte, aber dann ging ich doch in die Galerie. Normalerweise ist das nicht meine Art. Ehrlich, ich habe von Bildern und so keine Ahnung. Es gibt zwar Bilder, die mir gefallen, sogar sehr viele, aber meistens sind die von total unbekannten Malern. Wenn ich mal in eine Ausstellung gerate, passiert es mir ziemlich häufig, daß ich vor irgendeinem Aquarell oder so eine Ewigkeit stehe und mich einfach nicht satt sehen kann, während die anderen Leute dieses Bild überhaupt nicht beachten. Und die Bilder, vor denen die größten Drängeleien sind, die sind überhaupt nichts für mich. Eigentlich recht praktisch.

Die Galerie war nicht größer als ein geräumiges Wohnzimmer. Die Wände waren hoch und weiß. Die Decke war auch weiß. Mir fiel sofort die Beleuchtung auf. Schwarze Strahler, die an einem Gestänge von der Decke hingen. Jedenfalls nicht diese tauben gerippten Verkleidungen, die in jedem Wartezimmer hängen.

Außer mir waren noch sechs Leute in der Galerie. Eine dreißigjährige Frau mit Seitenscheitel unterhielt sich sehr gedämpft mit einer etwa Gleichaltrigen, die sich bald verabschiedete und ging, während die Frau mit Seitenscheitel in einem Büroraum verschwand. Dann war da noch ein Mann mit einer hellbraunen dicken Lederjacke, der sich sehr zielgerichtet nur einige Bilder betrachtete. Natürlich schlenderte auch ein Pärchen durch die Ausstellung. Das sowieso. Wann immer eine Ausstellung geöffnet ist – es ist immer ein Pärchen unter den Besuchern. Immer.

Das wichtigste war der Gitarrist. Er saß in einer Ecke, war vielleicht fünfundzwanzig und hatte Jeans und Pullover an. Wahrscheinlich war er ein Musikstudent oder so was. Er hatte eine richtige klassische Haltung, mit Fußstütze und so, aber er kam ohne Noten aus. Ich hatte noch nie gehört, daß in einer Galerie Musiker spielen.

Die Bilder gefielen mir. Zumindest einige. Ich kann

mich aber nur noch an sehr wenige Bilder erinnern. Da war eine Federzeichnung von einem Grabstein neben einer abgestorbenen Eiche. Rechts war die Eiche und links davon der Grabstein, der immer noch rechts von der Bildmitte war. Das war schon alles. Den Rest mußte man sich denken. Ich weiß wirklich nicht, warum mir dieses Bild so gefiel. Der Grabstein stand ausgerechnet unter dem dicksten Ast. Ich glaube nicht, daß das Zufall war. Ich meine, der Maler wußte sicherlich, wie man so ein Bild macht. Daß man den Grabstein unter den dicksten Ast setzt und daß der Baum keine Blätter haben darf und so.

Ein anderes Bild war das mit dem alten Mann in den zerlumpten Kleidern, der ein riesiges Bündel Reisig auf dem Rücken hatte. Es war eine Bleistift- oder Federzeichnung, ich weiß es nicht mehr. Der Mann hatte einen zerrissenen Filzhut auf, der wahrscheinlich gelb gewesen war. Jedenfalls stellte ich mir das so vor. Der alte Mann stützte sich mit beiden Händen auf einen Stock, aber trotzdem stand er etwas gebückt. Sein Reisigbündel war wirklich gewaltig. Sein Gesicht war das, was man »verwittert« nennt. Vor allem aber war da was mit seinem Blick. Von seinem Blick konnte ich mich erst mal nicht losreißen; ich studierte ihn sozusagen etwas eingehender. Er sah einen an, als ob er etwas sehr, sehr Wichtiges vom Leben wüßte, und zwar etwas sehr, sehr Wichtiges, was wir nicht wußten. Und er schien sich mit seinem Blick auch darüber lustig zu machen, daß wir es nicht wissen, obwohl wir es gerne wissen wollen. Ich stand eine ganze Weile vor dem Bild und überlegte, was er wohl weiß, aber nicht verraten will, und ich wünschte mir, auch einmal etwas Grundlegendes vom Leben zu wissen, das so entscheidend ist, daß ich in Lumpen und mit einer schweren Last auf dem Rücken so *gelassen* bleiben kann.

Ich sah mir noch all die anderen Bilder an, und der Gitarrist spielte die ganze Zeit, als wäre er allein. Das Pärchen und der Mann mit der Lederjacke gingen wieder auf die Straße, so daß ich mit dem Gitarristen allein in der Ausstellung blieb. Ich hörte ein bißchen der Musik zu, und auch die Musik gefiel mir. Sie gefiel mir sehr gut. Er spielte vollkommen ruhig und machte keine Fehler, und die Gitarre hatte einen sehr weichen und runden Klang. Eine gute Gitarre kostet wahnsinnig viel Geld. Die Stücke spielte er vielleicht etwas langsamer, als sie gewöhnlich gespielt werden, aber das störte überhaupt nicht. Sie wurden dadurch nur noch musikalischer.

Die meisten Stücke kannte ich schon. Ich meine, man hört doch gelegentlich was auf der Gitarre. Es waren nicht gerade irgendwelche ausgefallenen Sachen. Aber er war sehr musikalisch, das muß man ihm lassen. Außerdem war hier sowieso alles sonderbar. Hier war es warm und ruhig, und draußen war es laut und kalt. Man war hier ganz woanders.

Ich machte die Augen zu und sah plötzlich einen Stummfilm mit einem Baby, das in einem Gitterbett lag und strampelte und schrie. Es hörte mit einem Mal auf zu schreien und machte große Augen. Ich konnte direkt sehen, daß es über irgendwas erschrocken war, aber ich hatte keine Ahnung, worüber. Dann fing das Baby an zu wachsen. Es wuchs sagenhaft schnell, es blähte geradezu. Es wurde so groß, daß es mit dem Kopf ans Kopfende stieß. Und da platzte es auf, nicht nur am Kopf, sondern auch am Bauch, an den Armen, den Beinen – überall. Lange, tiefe Risse. Es war aber kein Blut zu sehen. Aus den Wunden quoll dafür etwas Klebriges, Durchsichtiges. Vielleicht Honig. Oder Harz. Ich weiß nicht, was da rauslief, aber ich glaube, es war das *Beste* an diesem Baby. Es lag jetzt kraftlos auf der Seite und schlief, oder es war ohnmächtig, und das Gesicht sah grau und verwelkt aus.

Als das Stück zu Ende war, stellte ich die sagenhaft blöde Frage, was das für ein Stück war. So ein Esel bin ich manchmal. Ich will immer alles ganz genau wissen und denke nie daran, daß dann dieser ganze Reiz dahin ist. Jeder konnte vorher so tun, als ob er allein ist. Wenn Sie je in einer Galerie mit einem Musiker allein sind, sprechen Sie ihn auf keinen Fall an. Nur ein blödes Trampeltier wie ich bringt so was fertig.

Er antwortete, daß er das erste der fünf Präludien von irgendeinem Komponisten mit einem Doppelnamen spielt. Den Namen habe ich wieder vergessen. Ich hatte ihn auch nie zuvor gehört. Wahrscheinlich ist es mein Schicksal, daß mir immer nur die Unbekannten gefallen.

Der Gitarrist fing wieder an. Vermutlich spielte er die übrigen vier Präludien. Allerdings war dieser merkwürdige Zauber dahin. Es war nicht mehr so wie vorher. Ich konnte nicht mehr so zuhören, und auch mit den Bildern war es irgendwie vorbei. Das ging sogar so weit, daß ich mich damit beschäftigte, mein Spiegelbild im Wechselrahmen zu suchen, um meinen Bartwuchs zu begutachten. Mir fiel auch wieder meine Straßenbahn ein, und ich sah auf die Uhr. Meine Bahn hatte ich um zwanzig Stunden verpaßt. Es war echt schon viel zu spät, um André zu treffen. Als ein gleichaltriges dickes Mädchen mit Nickelbrille ziemlich unentschlossen vor der Tür stand, ging ich. Die Tür ließ ich offen. Ich half somit ihrem Entschluß ein wenig nach. Komisch, man muß den Leuten immer nur eine Sache vorschlagen. Dann wissen sie immer sehr genau, wie sie sich entschließen sollen.

Die Straßenbahn kam sofort. Ich wollte sie einstweilen nehmen. Es interessierte mich, wo André arbeitet. Die Toreinfahrt und der Hof und so. Ich stieg in den letzten Wagen ein. Er war leer.

Ich dachte an dieses und jenes und an den alten Mann mit dem Reisigbündel und an den Gitarristen, und ich fragte mich, wieso der den ganzen Tag in einem Ausstellungsraum spielt. Vielleicht war es in seiner Wohnung zu kalt, und er wollte nicht heizen, aber er mußte trotzdem üben, weil er wahrscheinlich bald sein Staatsexamen oder so was hat. Vielleicht gefiel ihm auch diese Atmosphäre mit der Ruhe und Wärme und Erholsamkeit. Es tat mir leid, daß ich ihn angesprochen hatte. Danach war seine

Einstellung zum Spielen und so wahrscheinlich hinüber. Das war wirklich blöd von mir.

Genaugenommen beneidete ich den Gitarristen sogar. Er tat jedenfalls etwas, womit er allen Leuten in der Galerie *Freude* brachte. Immerhin war fast Weihnachten.

Als die Straßenbahn hielt, stiegen zwei zehnjährige Schreihälse ein. Sie wollten wahrscheinlich zum Fußballtraining. Sie waren ganz schön laut. Es drehte sich um Fußball. Der eine – er kaute Kaugummi und machte immer Blasen, wenn er nicht redete – erzählte, was er letztens wieder für ein Tor geschossen hatte. Der andere, ein kleiner Pummliger mit einem blauen Anorak, war sagenhaft stolz darauf, daß er im Sportunterricht den Ball aufs Turnhallendach gekriegt hatte. Er sprach mit einer echten Schreihals-Stimme. Als die Bahn wieder hielt, stieg eine alte Frau ein. Der mit dem Kaugummi sprang sofort auf und bot ihr seinen Platz an. Die alte Frau war sehr erschrocken. Sie verstand die Welt nicht mehr.

»Aber hier ist doch alles frei . . .«, sagte sie. Sie war völlig verunsichert.

Der Pummlige lachte schreiend los. Es war wirklich irgendwie komisch.

Jedenfalls fing der Pummlige wieder an: »Hast du schon mal den Ball auf die Turnhalle geschossen?«

»Klar! Sogar schon zweimal. Ist aber beide Male wieder runtergerollt.«

»Bei mir ist er liegengeblieben. – Eh, willste 'n Lederball? Liegt auf'm Turnhallendach. Wenn du ihn holst, isses deiner.«

Der mit dem Kaugummi hatte gerade mit seiner Blase zu tun. Es war ein ganz schöner Ballon. Das Ding platzte, und er angelte mit der Zunge nach dem herabhängenden Zeug. Als er alles wieder in seinem Mund hatte, kaute er weiter und fragte: »Wieso, gehört er dir nicht?«

»Nö.«

»Wem?«

»Der Schule.«

Der mit dem Kaugummi dachte nach. Dann fing der Pummlige wieder an: »Eh, ich hab sogar mal 'n Ball bis auf dein Haus geschossen!«

»Auf mein Haus? Glaub ich nicht!«

»Doch!«

»Schaffst du nicht! Schaffst du nie!«

»Klar!«

»Nie im Leben!«

Nie im Leben.

»Klar schaff ich das!«

»Nie im Leben!«

Nie im Leben. Ich drehte das ein paarmal hin und her. Es gibt Dinge, die schafft man in seinem ganzen Leben nicht. Man hat vielleicht siebzig, achtzig Jahre Zeit, und trotzdem gibt es Dinge, die man nie im Leben schafft. Das muß man sich mal überlegen! Man hat soviel Zeit, und die reicht trotzdem nicht aus. Ich fand plötzlich, daß es ein Unding ist, einfach in der Straßenbahn zu sitzen. Ich wollte schleunigst so was wie mein Lebensziel anpacken. Nie im Leben. Mein Gott, die Zeit rinnt mir durch die Finger. Es gibt so viele Dinge, die ich nie im Leben schaffen werde. Vor fünf Jahren hätte ich das nie geahnt. Nie im Leben werde ich Stuntman sein. Nie im Leben werde ich Weltmeister. Nicht mal im Angeln. Nie im Leben werde ich so gut Gitarre spielen wie der Gitarrist in der Galerie. Es war unerträglich, all so was zu denken. Nie im Leben. Ich stieg an der nächsten Haltestelle aus. Stahlheimer Straße. Die übrigen Stationen ging ich zu Fuß. Ich mußte mir das alles noch mal durch den Kopf gehen lassen. Alle Welt redet auf einen ein: Du-bist-doch-jung-dir-steht-doch-der-Himmel-offen. Das ist Quatsch. Ich will wissen, was die sich dabei denken. Mir steht der Himmel nicht mehr offen. Ich muß das in Zukunft berücksichtigen. Ich muß mir ganz fest versprechen, von nun an immer dran zu denken, daß mir der Himmel nicht mehr offensteht. Ich muß mich zum Beispiel nach einem ziemlich durchschnittlichen Beruf umsehen. Kosmonaut oder so ist nicht mehr drin. Nicht mal Journalist.

Ich habe mich immer gefragt, wo etwa die Kindheit aufhört und so. Was an Kindern anders ist. Und irgendwo in der Stahlheimer hab ich kapiert, daß der Unterschied zwischen einem Kind und einem Erwachsenen einfach nur der ist, daß ein Kind überhaupt keinen Grund hat, mit beiden Füßen auf der Erde zu stehen. Kinder spielen Zukunft. Für Erwachsene ist die Zukunft schon vorbei. Nie im Leben.

Vielleicht klingt es zu pathetisch oder so, wenn ich sage, daß ich irgendwo in der Stahlheimer begriff, daß ich rettungslos kein Kind mehr bin. Auf jeden Fall war es kein sehr angenehmes Gefühl.

Wahrscheinlich werden Sie vermuten, daß ich bei der nächstbesten Gelegenheit zu André gefahren bin. Das ist allerdings ein Irrtum. Ich bin nämlich in mancher Hinsicht sehr träge. Im Ernst. Zum Beispiel hätte sicher jeder *andere* an meiner Stelle irgendwann wieder bei Silke angerufen oder so. Ich muß dazu sagen, daß ich das mit Silke nicht nach ein, zwei Wochen abhaken konnte. Genaugenommen ging mir das alles sehr nah, und zwar stets und ständig. Es gab aber einen einfachen Grund, weshalb ich nichts tat. Es wäre wahrscheinlich furchtbar deprimierend gewesen, wenn ich sie noch mal getroffen hätte. Wissen Sie, sie ist so ein Typ, den man nicht ein einziges Mal enttäuschen darf. Ich meine nicht, daß sie kleinlich ist – das sicher nicht –, aber man darf sie auf keinen Fall enttäuschen. Sie kommt einfach nicht mehr weg davon. Man ist dann immer nur der, der sie mal enttäuscht hat. Dagegen ist man vollkommen machtlos. Manchmal habe ich daran gedacht, daß ich sie anrufen könnte, aber dann ließ ich es doch immer bleiben. Zum Beispiel wollte ich um keinen Preis mit den Eltern reden, zumindest vorerst nicht. Oder wenn Silke selbst abgenommen hätte und ich gespürt hätte, daß sie enttäuscht von mir ist. So was kann mich total fertigmachen, besonders bei Silke. Ich kriege dann nie ein vernünftiges Wort heraus. Ich gerate sehr schnell aus dem Konzept. Es reicht schon, wenn sie einfach sagt, daß ich nachher noch mal anrufen soll, weil sie vielleicht gerade etwas kocht. Sie kocht öfter mal was auf indisch oder sonstwie. Ich meine, wenn ich anrufe, ist einfach nicht abzusehen, was passieren wird. Ich kann doch furchtbar schnell in etwas hineingeraten, was mir plötzlich entsetzlich peinlich wird. Ich habe offensichtlich Schwierigkeiten, mich zu motivieren.

Manchmal denke ich auch, daß sie vielleicht nur darauf wartet, daß ich mich wieder melde. Daß sie das alles nicht mehr so dramatisch sieht. Sie ist wirklich nicht kleinlich – ich sagte es schon –, aber ich kann mir einfach kein Bild machen. Ich stelle mir manchmal vor, daß ich sie anrufe oder rumkomme und sie sich riesig freut und sagt, daß sie nicht verstanden hat, warum ich untergetaucht bin und so. Dieser Gedanke macht mich krank. Im Ernst. Aber ich werde mich trotzdem nicht bei ihr melden. Es geht einfach nicht. Ich bringe es nicht fertig. Das zeugt wahrscheinlich nicht gerade von menschlicher Größe.

Manchmal wünsche ich mir, ich wäre ein Macho oder sonstwer, eben einer, dem solche Geschichten nichts anhaben können. Einer, der in der Bar sitzt, seine letzte Zigarette ausdrückt, die Kellnerin »Schätzchen« nennt, seinen Hut aufsetzt, den Trenchcoat über den Arm legt und dann seinen Weg durch die Nacht geht. Leider bin ich nicht der Typ dafür. Manchmal versuche ich es. Aber an der nächstbesten Ecke renne ich schon wieder, weil ich meine S-Bahn kriegen muß. Ich eigne mich offenbar nicht zum eisenharten Macho.

Ich hatte bereits erwähnt, daß ich viel zu träge war, um mich mit André zu treffen. Normalerweise hätte ich ihn angerufen, aber er hatte kein Telefon. Schließlich rief er mich an. Es war an einem Samstagabend, als meine Eltern nicht da waren. Ich war allein zu Hause. André fragte mich, ob ich schon was vorhätte. Ich sagte dreimal abwechselnd ja und nein. Ich bin zuweilen ein sehr umständlicher Typ. Ich hatte schon etwas vor, aber es war nichts Unumstößliches. Ich wollte mir nur eine ganz bestimmte Platte reinziehen. Das Ding kann man nur hören, wenn es draußen dunkel ist und man allein zu Hause sitzt. Eine richtige Selbstmörderplatte. Direkt unheimlich. Es war überhaupt nicht schlimm, daß André anrief. Genaugenommen freute ich mich darüber, sehr sogar.

Er fragte mich, ob wir uns in der Mokka-Milch-Eisbar am »International« treffen könnten. Er sagte, daß sie dort die geilsten Eisbecher Berlins hätten. Ich sagte, daß wir jetzt *Januar* haben, aber er wollte sich unbedingt dort mit mir treffen. Er meinte noch, daß wir danach eine Disco stürmen könnten. Er sagte tatsächlich: Disco stürmen. Man rennt doch ohnehin schon viel zu oft in diese Scheiß-Diskotheken.

Ich zog mir trotzdem ein frisches Hemd an und dieselte mich mit einem Deo ein. Ein übles Zeug. Es gehört meinem Vater. Er sollte sich eigentlich auskennen.

Dann ging ich los. Es war ziemlich matschig. Normalerweise hätte ich Stiefel angezogen, aber damit wäre ich in der Disco verloren gewesen.

Ich fuhr haargenau die Strecke, die ich immer zur Schule fahren muß. Von Baume bis Jannowitzbrücke. Bis Ostkreuz war allerdings Pendelverkehr. Die S-Bahn war gerammelt voll. Ostkreuz stieg ich um und fuhr weiter Richtung Alex.

André und ich waren mal richtig dicke Kumpels. Um ein Haar wären wir sogar zusammen nach Ungarn gefahren. Wir hatten es fest eingeplant. Doch dann hatte er plötzlich 'ne Freundin, nach der er ganz verrückt war. Er machte mit ihr zusammen Urlaub. Ehrlich gesagt, sie behagte mir nicht. Sie hatte immer eins dieser Ich-und-Über-Ich-Bücher von rororo in der Hand und redete stundenlang über Ödipuskomplexe und Befreiung der Frau. Außerdem sprach sie immer sehr *laut.* Man mußte sie andauernd bitten, ihre Stimme zu dämpfen. André sagte zwar, sie sei unternehmungslustig und so. Das kann schon sein. Ich sah jedoch nichts, was man an ihr richtig liebhaben konnte, aber André war ganz verrückt nach ihr.

Ich stieg Jannowitzbrücke aus und ging die restlichen zehn Minuten zu Fuß. André war schon da. Er hatte mich kommen sehen, aber er winkte nicht. Er saß allein an einem Dreiertisch, hatte die Beine ausgestreckt, rührte in einer Tasse Kaffee und grinste mich an. Er war ganz der alte.

Ich hängte meinen Mantel an und ging zu ihm rüber.

Ich fing dann mit dieser Tunten-Nummer an. Wir haben das früher manchmal gemacht.

»Darf ich mich vielleicht zu Ihnen setzen?« fragte ich so tuntig, wie ich nur konnte.

»Bei diesen Augen! Wie soll ich da nein sagen!« Es war klar, daß er mitmacht.

»Ohh, Sie schamloser Charmeur, Sie!« sagte ich sozusagen kokett und setzte mich.

»Ach du . . .!« Dieses »Ach du . . .!« war seine Spezialität. Das hatte er wirklich gut drauf. Damit beenden wir jeden unserer Tunten-Sketche. Er sprach völlig normal weiter.

»Nee, mal im Ernst: Ich komme letzte Woche mal abends am Fernsehturm vorbei. Saukalt wars. Vor dem Fernsehturm stehen zwei, die sich küssen. Von weitem denke ich noch: Hoppla, sind das etwa zwei Männer? Ich komme näher und näher, die küssen sich immer noch . . .«

»Was du nicht alles siehst!«

»Nee, aber es waren wirklich zwei Männer.«

»Ja, und?«

»Na was: ›Und?‹ – Hast du so was schon mal gesehen? Es gibt doch schon Geglotze, wenn zwei Schwule mal Hand in Hand gehen.«

»Jaja. – Nee, aber so was hab ich noch nicht gesehen.«

»Aha. Und was würdest du denken, wenn du so was siehst?«

Ich zündete mir eine Zigarette an.

»Was würdest du denken?« fragte er noch mal.

»Weiß ich nicht. Wahrscheinlich wäre ich platt.«

»Eben. Und das zeigt mir . . .«

Die Kellnerin kam.

»Was darf es bei Ihnen sein?« fragte sie mich. Sogar sehr fröhlich. Man konnte jedenfalls glauben, daß es ihr einen Riesenspaß machte, mich zu bedienen.

»Äh – einen Kaffee. Komplett bitte.«

Sie nickte.

André bestellte noch zwei Eisbecher. Ich hatte ohnehin keine Ahnung, welches Eis hier so super ist. Ich ließ ihn das machen. Dann fing er wieder an. Offenbar hatte er das Thema noch nicht satt. Es muß ihn wahnsinnig beeindruckt haben.

»Ja – wie gesagt, das zeigt mir . . .«

Ich verstand nicht ganz. »*Was* zeigt dir was?« fragte ich.

Er holte tief Luft.

»Anton, wenn du hier so reingeschneit kommst und mit mir so vordergründig linksrum sprichst, dann ist irgendwas an deiner Sexualität nicht normal. Mag . . .«

»Na hör mal! Glaubst du etwa, ich *bin* schwul?«

»Wenn es nur das wäre! Dann wüßtest du zumindest, wo du hingehörst. Aber offenbar macht es dir Spaß, nur so zu tun, als ob. Und deine . . .«

»Oh, Mann! – Sag mal, hast du das aus Pias Büchern?« Pia war seine Freundin.

»Und wenn. Jedenfalls ist an deiner Sexualität irgend etwas nicht normal.«

Ich schwieg, aber ich wußte natürlich, daß er recht hat. Ich komme mit meinem Sexualleben wirklich nicht klar. Die schönste Sache der Welt, daß ich nicht lache. Ich habe das mal mitgemacht. Allerdings nur ein einziges Mal. Ich will nichts mehr davon wissen, aber ganz so einfach ist das auch nicht. Mit meiner Sexualität ist es wahrscheinlich wirklich nicht normal.

»Wie gehts eigentlich Pia?« fragte ich. Es interessierte mich nicht sonderlich. Ich wollte lediglich von diesem sexuellen Thema wegkommen.

»Ich weiß nicht, wie's ihr geht. Wir sind auseinander und . . .«

»Schön!« unterbrach ich und grinste.

»Maul!« sagte er lässig und grinste ebenfalls. »Als ich den Job hatte, ging uns der Gesprächsstoff aus. Wir haben nämlich immer nur um die Wette gefrustet, und auf einmal ging's mir blendend. Sie ging mir einfach auf den Keks mit ihren ewigen Identitätskrisen.«

Die Kellnerin brachte den Kaffee und das Eis. Sie machte immer einen Knicks, wenn sie etwas vom Tablett nahm und es auf den Tisch stellte. Drei Knickse machte sie.

Als sie wieder weg war, fragte ich André: »Und jetzt?«

»Nichts. Seitdem herrscht Weibermangel.« Er hat schätzungsweise schon eine Million Worte wie »Weibermangel« erfunden.

»Und wie ist das mit deinem Job? Erzähl doch mal! Wie bistn da rangekommen?«

»Ach – das glaubt mir kein Mensch. Ich bin in ein Viertel gefahren, wo es jede Menge Werkstätten gibt. In jeder Toreinfahrt drei Firmenschilder. So was schwebte mir vor. Ich wollte einfach mal sehen, was es alles *gibt*. Und dann wollte ich das machen, worauf ich gerade Bock habe.«

»Aha.«

»Und irgendwo stand dann auch: Wir stellen ein – Tischler. Klar, denke ich, ist doch was Konkretes. Ich habe gefragt, und die haben mich auch genommen.«

»Ist ja stark.«

»Ist es auch. Wir sind insgesamt zu fünft. Ich komme ganz gut klar mit den Kollegen.« Er stocherte in seinem Eisbecher herum und förderte eine Kirsche zutage. »Ach – äh – übrigens: Darf ich dich darauf aufmerksam machen, daß die Kirschen hier keinen Kern haben und . . .«

»Du darfst, du darfst«, sagte ich.

»Tja, und ansonsten ist es anders als in der Schule. Ganz anders. Alles viel normaler, nicht so verkrampft, so verbissen. Ach . . .« Er suchte den passenden Ausdruck. »Wie soll ich sagen: Es ist eine bessere Atmosphäre. Wie soll ich dir das erklären? – Sieh mal, ich kann am besten nachdenken, wenn ich auf dem Bauch liege. Ich habe oft meine Hausaufgaben auf dem Bauch liegend gemacht.«

Das stimmt. Wir haben während der Hausarbeitswoche viel zusammen gearbeitet, und da lag er meistens auf dem Bauch. Manchmal auf dem Fußboden, manchmal auf dem Bett. Ich dachte, es wäre nur 'ne Angewohnheit von ihm. Ich fragte ihn damals nicht weiter.

»So, und nun stell dir mal vor, ich wollte in der Schule auf dem Bauch liegen. Das ist unvorstellbar. Vollkommen abwegig. Aber *wieso* eigentlich? Es ist doch – äh – mittelalterlich. – Ist das Eis nun geil oder nicht?«

»Ist geil«, sagte ich schnell. Er fragte mich nur, weil ich gerade mit meinem Eis fertig war.

»Na ja, und in der Werkstatt ist das alles anders.« Er beugte sich etwas vor. »Weißt du, unterm Strich ist die Schule nur eine gigantische Halbwissensfabrik, die bei niedrigen Kosten in hoher Stückzahl Schülerunpersönlichkeiten zweiter Wahl ausspuckt, und wenn man Schule ins Verhältnis zum Analphabetentum setzt, würde ich sagen: Sie ist das kleinere Übel.«

»Junge, Junge. Wo hast'n das her?«

»Passiert mir manchmal, wenn ich mich erst mal warm geredet habe. – Jedenfalls lerne ich in unserer Werkstatt tausendmal nachhaltiger als in unserem Bildungswesen. Wie findest du . . .«

»Entschuldige, aber wo hast du diesen gespreizten Ausdruck her: tausendmal nachhaltiger?«

André rührte in seiner Tasse. »Es tut mir leid, aber dieser Ausdruck gehört seit eh und je zu meinem aktiven Wortschatz. – Was ich eigentlich sagen wollte: Über diese ganze graue Stabü-Theorie, die zum einen Ohr rein und zum anderen wieder raus . . .«

»Mir kommt sie immer zu beiden Ohren raus . . .«

». . . also über diese Theorie, Arbeit und so, macht man sich von ganz allein seine Gedanken. Zum Beispiel . . .«

»Wie meinst'n das?«

»Erkläre ich dir doch gerade. Du unterbrichst mich andauernd.« Ich unterbrach ihn wirklich ziemlich oft.

»Zum Beispiel dieses Ewiggepredigte, daß die Arbeit die Quelle allen Reichtums ist.« Er gab der Kellnerin ein Zeichen und zeigte auf sein Portemonnaie. »Und all diese Dinge – du kannst sie nicht mehr hören . . .«

»Allerdings!«

». . . all diese Dinge kapiert man erst, wenn man arbeitet. Vielleicht kann so was auch nur durch Arbeit vermittelt werden.«

»Wieso, wir arbeiten doch auch. Zum Beispiel in den Ferien oder in WPA.«

»Ph – was passiert denn da? Superschlaue Schüler riechen in die Produktionsatmosphäre, müssen die Halle fegen . . .«

Die Kellnerin kam. »Zusammen oder einzeln?« fragte sie.

»Zusammen«, sagte André.

Während die Kellnerin rechnete, streckte ich meine Arme aus und spannte meine Finger. André bezahlte, und ich lehnte mich dann wieder etwas vor, um die Unterhaltung fortzusetzen.

Er überlegte, wo er stehengeblieben war.

»Halle fegen«, sagte ich.

»Ach ja. – Jedenfalls ist am Ende dieses Produktionseinsatzes jeder dieser Hallenfeger mit Abitur zu der grandiosen Erkenntnis gelangt, daß es mit der Arbeitsmoral der Arbeiter nicht weit her ist. Zu mehr Erkenntnis reichts nicht. Zum Beispiel dazu, daß es ein Scheißleben ist, Tag für Tag und Jahr für Jahr in die Firma zu trotten und immer dasselbe zu machen. Und daß man da keinen Trieb mehr hat, Bäume auszureißen oder sich an Pausenzeiten zu halten.«

»Findest du so was gut?« Ich fragte ihn gelangweilt, und zwar ziemlich ungeniert. Das brachte ihn auf die Palme.

»Ich kann es *verstehen.* Du fängst auch langsam an, so unfehlbar zu werden wie Schneider oder . . .«

Das brachte *mich* auf die Palme. »Nun bleib aber mal auf'm Teppich!« sagte ich.

»Schon gut, mach nicht gleich so ein Theater! – Sei doch mal ehrlich, man ist doch als Schüler überhaupt nicht bereit, in den zwei, drei Wochen Produktionseinsatz etwas Grundlegendes zu lernen. Bevor man kommt, sind alle Arbeiter arme Schweine, die Dreckpfoten haben und bittesehr ihr Bestes zum Wohle des Volkes geben möchten. Daß sie das nicht tun, wird ihnen nicht nachgesehen. Umgekehrt sind alle Abiturienten für die Arbeiter überstudierte Kinder, die zu blöd sind, einen Besen zu halten, aber wissenschaftliche Produktionsarbeit treiben sollen und . . .«

»Worauf willst du denn nun hinaus?«

»Darauf, daß man manches erst lernt, wenn man arbeitet und sich von ganz allein seine Gedanken macht. Bei WPA wird die Schule durch zwei Wochen Arbeit unterbrochen. Da behältst du allemal die Weltanschauung der Pennäler. Da kannst du gar nicht zur Weltanschauung der Arbeiter finden.«

»Hör auf, ich weine gleich.« Unsere Diskussion nahm einen etwas hirnrissigen Charakter an.

Er sah mich entnervt an und holte tief Luft, aber dann sagte er nur: »Ach – du hast wieder mal überhaupt nichts kapiert.«

Ich spielte ein bißchen mit dem Löffel. Um ehrlich zu sein, das Thema interessierte mich nicht. Es ließ sich außerdem schlecht darüber reden. Zumindest an dem Abend. Ich wechselte lieber das Thema.

»Und sonst? Willst du nicht mehr Schauspieler werden?«

»Doch. Na klar. Schauspieler ist natürlich das Größte. Aber ich kann durch den Job und so erst mal ganz gelassen an die Eignungsprüfungen gehen. Da sterbe ich nicht gleich, wenn ich zwei, drei Jahre hintereinander durch die Aufnahmeprüfung falle. Da fallen sowieso erst mal alle durch.«

Er lachte grimmig.

»Ich will mich da mal vorstellen mit ein paar Szenen aus ›Freiheitsberaubung zwo‹. – Mensch, ich habe ein neues Stück geschrieben!«

»Ja? Erzähl mal!« Wir sprangen von einem Thema zum

anderen, aber das mit seinem Theaterstück interessierte mich wirklich.

»Als es an der Schule den Ärger gab wegen ›Freiheitsberaubung zwo‹, habe ich gedacht, daß sich da auch was draus machen läßt. – Ach, sag mal, hattest du nicht auch Trouble mit Schneider?«

»Ja, da war mal was. Aber . . .« Ich setzte mich ein bißchen anders und stieß dabei mit dem Knie an den Tisch, daß es klirrte. Die Kellnerin drehte sich nach uns um.

»Was ›aber‹?« wollte André wissen.

»Na ja, eigentlich nichts.« Ich spielte wieder mit dem Löffel.

»Komisch ist es aber.«

»Ja.« Wir meinten wahrscheinlich dasselbe, aber es ließ sich nicht leicht beschreiben.

»Man läuft mit einem anderen Gefühl rum. So eingeschüchtert.«

»Ja. Eingeschüchtert.«

»Ich habe – also nach diesem Zirkus mit der Werkstattwoche –, da habe ich zum Beispiel nie mehr 'ne Lippe riskiert. Ich habe lieber nicht gesagt, was ich manchmal so dachte. Ich war lieber brav. – Na ja, und so läuft der Laden eben.«

Er rieb sich leicht die Oberschenkel. »So läuft der Laden eben«, sagte er noch mal. Er beugte sich wieder etwas vor. »Sag mal«, fragte er mich, »mal ganz ehrlich: Weshalb bin ich von der Schule geflogen?«

Ich fing an zu überlegen, aber er antwortete ohnehin schon selbst.

»Ich glaube, wegen der ›Freiheitsberaubung zwo‹ konnte er mich nicht schmeißen. Aber er hätte es furchtbar gern dazu kommen lassen. Denk doch nur an Obermüller . . .«

»Jaja, schon klar . . .« Ich zündete mir noch eine Zigarette an. Es war meine letzte.

»Ich war bestimmt der einzige Schüler an der Schule, der wegen so was wie Telefon fliegt. Jedem anderen hätte er nur . . .« Er zuckte die Schultern. ». . . die gelbe Karte gezeigt, falls ich dir mal mit *meinem* aktiven Wortschatz aushelfen darf. Aber – äh – wir waren bei deinem neuen Theaterstück stehengeblieben.« Ich wollte wieder zurück zum Thema. Obwohl wir uns eben endlich mal *verstanden* hatten. Aber eigentlich wollte ich etwas ganz, ganz anderes sagen. Wahrscheinlich deshalb wurde ich plötzlich so nervös. Ich dachte an etwas und hoffte, er würde dasselbe denken. Oder zumindest schon mal dasselbe gedacht haben. Jedenfalls war ich plötzlich nervös, aber er erzählte mir was von seinem Theaterstück.

»Ja, dieser Ärger, den ich mit ›Freiheitsberaubung zwo‹ hatte, das war doch schon Theater in Reinkultur. Ich mußte es nur noch aufschreiben und ein ganz klein bißchen meine Phantasie bemühen. Was zum Beispiel in den Sitzungen besprochen wurde. Lustig ist es übrigens auch.« Ich hatte ihm mal erzählt, daß mir Theaterstücke gefallen, wenn sie lustig sind. »Zumindest an ein paar Stellen. Es macht wirklich Spaß, diese verkrampften Typen wie Schneider bis zum Geht-nicht-Mehr zu . . .«

»André . . .« Ich wollte über ganz was anderes mit ihm sprechen. Über etwas völlig anderes. »Hast du manchmal Angst, daß du eines Tages aufwachst und plötzlich mitkriegst, daß im Prinzip schon alles gelaufen ist?«

Er sagte nichts. Er sah mich nur ratlos an. Ich half noch etwas nach.

»Ich meine, daß dir plötzlich klar wird, daß du vom Leben nicht mehr viel zu erwarten hast. Daß du deine größten Chancen schon gehabt hast.«

»Ich glaube, ich weiß nicht so richtig, was du meinst . . .«, sagte er unsicher.

»Oder hast du manchmal Angst, daß plötzlich etwas passiert, was dir das nimmt, worauf deine Hoffnung ruht . . .?«

»Ich, ich, ich – ich versteh dich nicht.«

»Na, als zum Beispiel Bob Dylan hier war. Da kamen so viele, die wirklich Antworten von ihm erwartet hatten oder erhofft hatten. Und dann so was. Dylan sagte nichts, gar nichts. Er sagte nichts, was man vielleicht nicht verstehen kann, er sagte auch nichts, worüber man streiten kann oder was man ablehnt. Er sagte einfach nur – das heißt, er sagte es nicht, er ließ lediglich durchblicken –, daß er genauso wenig durchsieht wie jeder andere und jeder selbst klarkommen muß.«

»Ja sicher, aber worauf willst du nun hinaus?«

»Na ja ... Daß wir an einem dünnen Faden hängen. Ich glaube es zumindest. Und ob du das auch manchmal spürst.« Ich traute mich nicht, ihn anzusehen. Wahrscheinlich hätte ich bloß wieder einmal in ein verständnisloses Gesicht gesehen.

»André ... Ja, daß wir an einem dünnen Faden hängen. Fühlst du das nie? – Einmal mußte ich ganz früh am Morgen aus dem Haus. Ich glaube sogar, es war wegen WPA. Ich mußte an einem Zeitungskiosk vorbei. Eine lange Menschenschlange. Ich sah sie schon von weitem. Ich habe gleich einen Riesenschreck gekriegt. Ich kann mich nur ein einziges Mal an Menschenschlangen vor Zeitungskiosken erinnern, und das war, als irgendeine verheerende Katastrophe passiert war. – Ich hatte aber an dem bewußten Morgen keine Nachrichten im Radio gehört. Ich wußte gar nicht, was passiert war. Ich hatte auch keine Zeit, mich anzustellen. Ich mußte ja zur Arbeit.«

»Wenn du nicht gleich was mit der Zigarette anstellst, fällt noch Asche auf die Tischdecke«, sagte André. Ich drückte sie aus. »Die Geschichte geht doch sicher weiter?« fragte er. Ich Idiot begriff einfach nicht, daß er nicht der geeignete Zuhörer für diese Sache war. Ich hätte es besser lassen sollen, aber statt dessen erzählte ich weiter.

»Als ich mit der S-Bahn gefahren bin, sah ich vor jedem Zeitungskiosk Menschen. Es war Winter, es war dunkel, der Schnee lag, und überall waren Menschen vor den Zeitungskiosken. Es war wirklich unheimlich. Ich habe dann überlegt, was passiert sein könnte. Vielleicht so was wie Tschernobyl, bloß eben bei uns. Oder daß die Welt die

Luft anhalten muß, weil zwischen den Großmächten eine Krise ausgebrochen ist. Mein Gott, diese Sicherheit, in der wir uns neuerdings wiegen dürfen, die war bei mir wie weg, als ich die vielen Leute vor den Zeitungskiosken sah. Alles nur Illusion, diese Sicherheit und Stabilität. So was kann ganz schnell kaputtgehn, und das Schlimme ist, daß du nichts dagegen machen kannst. Du kannst es in der Zeitung gerade noch lesen, und dann reißt dich der Strudel mit Millionen anderen hinab. Ist so was nicht furchtbar? Daß du dich an nichts, an gar nichts mehr klammern kannst, verstehst du? – Mann, als ich im Betrieb ankam, habe ich sofort einen Kollegen gefragt, was passiert ist. Er sagte, nichts ist passiert. Ich fragte ihn, ob er nicht die Schlangen an den Zeitungskiosken gesehen hat, da *muß* doch was passiert sein. Und weißt du, was er gesagt hat? Er hat gesagt, daß mittwochs die Leute immer so stehen, weil da die ›Wochenpost‹ kommt. Nur deshalb. Trotzdem – ich habe erst mal eine einsame Ecke gesucht und gründlich geheult.«

André sah mich ein wenig mißtrauisch an.

»Nee, ehrlich: Ich kenne diese Angst nicht. Überhaupt nicht.«

»Aber wieso? Wieso hab ich sie und du nicht?«

Er dachte einige Augenblicke nach. Ihm war das alles nicht ganz geheuer.

»Vielleicht liegt es daran, daß ich mir so was nie vorstelle.«

Er machte eine kurze Pause. »In meinem Leben hat einfach die Vorstellung keinen Platz, daß ich durch eine Katastrophe ins Verderben gestürzt werde.« Er machte wieder eine Pause. »Klar weiß ich, daß die Welt ein Pulverfaß oder ein Giftbottich ist, aber es reicht einfach nicht zu der Vorstellung, mir das Ende auszumalen.«

Ich sagte immer noch nichts. Er nahm die Rechnung und zerknüllte sie.

»Und was hat das nun eigentlich mit deinem Bob Dylan zu tun?« fragte er.

»Ach – das weiß ich auch nicht. Es ist . . . es ist einfach alles. Alles . . .« Ich brach mir fast einen ab, aber ich konnte es nicht einleuchtend erklären.

»Gehn wir?« fragte er.

»Au ja!« sagte ich mit gespielter Begeisterung. »Gehn wir in die Disco!«

Er lächelte verlegen. Es war ihm ein wenig peinlich, daß er gerade in meiner nachdenklichen Phase in die Disco rennen wollte.

Wir nahmen eine Straßenbahn und fuhren Richtung Marzahn. André wohnt in Marzahn. Er sagte, daß er einen neuen Klub ausprobieren will. Ich war nicht sehr gesprächig.

Direkt vor uns saß ein Pärchen, so Ende zwanzig. Beide sehr schick. Wahrscheinlich gingen sie dreimal täglich zum Friseur. Sie redeten aufeinander ein und hielten sich sonstwas vor; auf jeden Fall hatten sie mit einer dieser berühmten Beziehungskisten zu tun. Andauernd verschiedene Namen und so. Es muß eine ziemlich ätzende Diskussion gewesen sein. André machte während der ganzen Zeit die entsprechenden Fratzen. Das besserte meine Laune erheblich. Er ist zweifellos ein genialer Fratzenschneider. Er kann sich über jeden mit seinen Fratzen lustig machen. Nicht nur über Lehrer oder über Leute, die man besser kennt, sondern auch über irgendwelche Leute, die in der Straßenbahn ihre Beziehungskisten analysieren. Er ist sozusagen sehr universell.

Im tiefsten Marzahn stiegen wir aus. Die Disco war gleich auf der anderen Straßenseite in einem dieser Mehrzweckwürfel. Durch die Scheiben sah man rotes und blaues Scheinwerferlicht, und wir konnten auch etwas Musik hören, zumindest dieses undefinierbare Was-weiß-Ich.

Wir gingen rüber. Ein mickriger Einlasser hielt uns die Tür auf und musterte uns. Ziemlich ungeniert. Neben ihm stand ein Mädchen, das sich ein komplettes Sortiment Make-up ins Gesicht gedroschen hatte. Sie redete mit einer affektiert hohen Stimme auf ihn ein. Er nahm sie aber nicht weiter zur Kenntnis, und so drehte sie wieder ab in Richtung Saal. André bezahlte wieder für uns beide. Bei ihm war offensichtlich der Wohlstand ausgebrochen.

Bevor wir in den Saal gingen, piekte mir der Einlasser seinen Zeigefinger in die Brust und sagte: »Das nächste Mal andere Höschen, wenn ich bitten darf!«

Er meinte meine Jeans. Er hatte etwas gegen Jeans. André drängelte sich zwischen uns durch und schob mich leicht von der Stelle. Er hat ein sehr genaues Gefühl für solche Situationen.

Wir gingen in den Saal. André vorneweg, ich hinterher. Der Laden hier war mäßig voll. Man hielt es aus.

Die meisten Jungs hatten ein Body-Shirt an. Im Januar. Sie hatten sich offenbar in mühevoller Arbeit sehenswerte Bizeps antrainiert. Das Mädchen vom Eingang tauchte auch wieder irgendwo auf, und ich beobachtete sie eine Weile, und je länger ich sie beobachtete, desto mehr mißfiel sie mir. Sie ließ keine Gelegenheit aus, irgendwohin zu eilen, ihren dicken Hintern zu schwenken und überhaupt den Eindruck zu erwecken, von ihrer pausenlosen Aktivität hinge die Abwendung des Weltuntergangs ab. Außerdem hielt sie andauernd irgend jemanden am Handgelenk fest und sagte etwas zu demjenigen. Der schrie dann immer: »Was?«, und sie schrie ihm das Ganze noch mal ins Ohr, worauf derjenige immer nur »Ja« oder »Gut« sagte, jedenfalls irgend etwas tat, um sie wieder loszuwerden. Ich bin todsicher, daß es ihr darauf *ankam*, alles zweimal zu sagen. Auf die Tour probierte sie den halben Saal durch. Sie sprach wahrscheinlich keine Unbekannten an, von irgendwoher kannte sie diejenigen schon, aber es waren garantiert nur von irgendwelchen Typen die Brüder, die sie selbst höchstens nullkommafünfundsiebzigmal gesehen hatte. Zweifellos brauchte sie das für ihr Selbstbewußtsein. Ich müßte jedenfalls ganz schön am Boden sein, wenn ich es nötig hätte zu zeigen, wieviel Leute ich schon mal irgendwo gesehen habe. Sie kam sich natürlich sehr beliebt vor, und sie hat sicherlich auch schon ein Dutzend Kerle gehabt, aber wirklich *gern* hatte sie noch keiner, sonst würde sie sich nicht so bescheuert aufführen. Ich dachte noch ein bißchen darüber nach, wurde aber ganz durcheinander und bekam plötzlich Mitleid mit ihr.

André setzte sich auf einen Tisch, der an der Seite stand. Wir wollten etwas trinken, und ich trottete los. An der Bar mußte ich ungefähr zweitausend Stunden rumstehn, weil der Barkeeper keine Gläser mehr hatte und darauf wartete, daß welche zurückkommen. Um ein Haar hätte ich deswegen gleich eine ganze Flasche Wein gekauft, obwohl ich Wein normalerweise nur aus Gläsern trinke. Im Ernst. Man kann meinetwegen alles mögliche aus Flaschen trinken, aber für Wein müssen Gläser her. Oder zumindest Pappbecher.

Irgendein verflixter Kellner brachte endlich die Gläser. Ich wollte zwei Schoppen Wein, aber der Barkeeper bediente erst mal einen guten alten Bekannten. Die beiden grinsten sich an, als ob sie unheimlich miteinander zu tun hatten. Von mir wollte er vier Mark sechsundfünfzig. Ich hatte nur fünf Mark. Er kramte in seiner Kasse rum und nahm ein paar Münzen raus, die er wieder in die Kasse zurückwarf. Dann setzte er ein verlogen ratloses Gesicht auf und sagte, daß er nicht rausgeben kann. Diese Hunde sind alle gleich.

André wollte überhaupt nicht wissen, warum es so lange gedauert hatte. Er schüttelte den Kopf und brummelte etwas vor sich hin. Ich setzte mich neben ihn. Er kam an mein Ohr und sagte: »Danke!« Zum Glück mußte er nicht schreien. Ich finde nichts Begeisterndes daran, wenn mir jemand »Danke!« ins Ohr schreit.

Der Diskjockey war ein Skandal. Er sprach ein miserables Englisch. Ich habe noch nie einen Diskjockey mit so einem miserablen Englisch erlebt wie an dem Abend. Er übertraf sogar die Ansager vom Berliner Rundfunk. Dazu kam, daß seine Ansagen total hirnverbrannt waren. Fast jede Ansage ging etwa so, daß er den Regler rauf- und runterzog und dazwischen sagte, daß jetzt ein »Herr« kommt, den »ihr sicher alle kennt«, und dieser »Herr« heißt »na, ihr habt es sicher schon erkannt: Matt Bianco«

oder sonstwie. Oder eine »Dame«, die »als Nummer eins im Showgeschäft gilt – und wieder mal – in Hollywood – von sich reden macht – klar – Madonna«, und so weiter. Bis die Band kam. Die Band kannte ich schon. Ich hatte sie vor etwa einem Jahr gesehen. Sie spielten ein paar Funk-Nummern, sogar mit Pfiff, aber alles andere war ziemlich taub. Irgendwelche blöden einstudierten Posen und so. Außerdem kriegte ich nach ein paar Titeln mit, daß der Sänger aufs Wort dieselben bescheuerten Ansagen machte wie bei dem Konzert vor einem Jahr. Besonders originell fand ich das nicht.

Zwischendurch hatte ich noch ein dummes Erlebnis mit dem Einlasser. Ich mußte aufs Klo und stellte mich vor eine Schale. Der Einlasser mußte auch mal und nahm die Schale neben mir. Bevor er an seiner Hose kramte, starrte er von der Seite auf meinen Hosenstall und versuchte, irgendwas Genaueres auszumachen. Er gab sich überhaupt keine Mühe, diesen Eindruck zu verbergen. Er beglotzte mein Dingens wie vielleicht ein Schaufenster. Mir laufen andauernd solche geschmacklosen Typen über den Weg. Ich tat so, als bemerke ich es nicht. Das ist eine alte Schwäche von mir. Er stierte dorthin, und mich störte das, aber anstatt ihn anzuranzen, pinkelte ich weiter. Als ich fertig war, sagte er zu mir: »Wie gesagt, noch mal kommst du mit diesen Hosen hier nicht rein.« Es war mir irgendwie zu blöd, noch was zu sagen. Ich war im Begriff zu gehen. Er wollte aber unbedingt irgendeinen bekloppten Streit mit mir anfangen und drehte sich zu mir um. Den Hosenstall hatte er vollkommen offen, aber er tat so, als sei es das Normalste von der Welt, mit offenem Hosenstall Diskussionen zu veranstalten. Er sagte, daß ich die Kippe aus meinem Klobecken nehmen solle. Ich sagte, daß ich die da nicht reingeworfen habe.

»Vorhin lag die da noch nicht drin«, sagte er.

Es war mir wirklich zu blöd mit ihm. Ich sagte nur: »Vielleicht waren in der Zwischenzeit außer mir noch andere hier«, und dann ging ich, aber er rannte mir sofort hinterher und packte mich am Arm und Ellenbogen. Seinen Hosenstall hatte er schnell noch zugemacht. Wir standen ja mitten im Saal. Es wäre ein leichtes für mich gewesen, ihn abzuschütteln, aber ich wollte keinen Ärger. Einlasser sind auf dieser Strecke höllisch empfindlich.

Dann fing er wieder an, mich aufs Klo rangieren zu wollen. Sein großer Showteil. Er redete mit diesem Meine-Geduld-ist-gleich-zu-Ende-Tonfall auf mich ein, ob ich doch jetzt bitte vielleicht einmal die Kippe aus der Schale nehmen wolle und so weiter. Dabei wies er mit den Armen zur Klotür und betrieb einen Aufwand, als wolle er Flugzeuge einweisen. Ich übertreibe nicht. Wahrscheinlich wollte er so auffällig wie möglich allen zeigen, daß er furchtlos und rigoros agiert. Er hatte sicherlich irgendwelche gottverdammten Komplexe wegen seiner Mickrigkeit. Mickrige Leute haben immer Komplexe wegen ihrer Mickrigkeit.

Ein anderer Ordner kriegte mit, daß hier was nicht stimmte. Er kam an und fragte, was los ist. Der Einlasser erzählte seinen Stuß, und der Ordner merkte auch, daß es Stuß war, was der Einlasser erzählte. Der Ordner sah mich an, und ich sagte nur, daß ich mit der Kippe nichts zu tun habe. André war plötzlich auch da. Der Ordner sah den Einlasser ein bißchen mitleidig an. Sicherlich blamiert der sich alle naselang auf die Tour. André ging mit mir zurück zu unserem Tisch, und unterwegs schrie er mir ins Ohr, ich hätte gleich beim ersten Anpfiff was von Rumpelstilzchen fallenlassen sollen, dann wäre mir der ganze Ärger erspart geblieben. Himmel, er hat ja recht! So beschissen einfach ist das. Eigentlich will ich nicht wissen, wo die Leute verletzlich sind, bloß wenn man nie gemein ist, denken sie immer gleich, daß sie es mit dir machen können. Wahrscheinlich muß man von Zeit zu Zeit auch mal fies sein, selbst wenn's einem schwerfällt. Es ist schon zum Kotzen mit diesen Regeln, aber man muß sich dran halten, sonst kann man gleich einpacken.

Die Band verschwand, aber sie versprach, daß sie in

’ner Stunde wiederkommen würde. Der Diskjockey kündigte wieder verschiedene Damen und Herren an. Sogar bei den Gruppen sagte er: »Diese vier Herren – bekannt unter dem Namen Depeche Mode – werden oft gewünscht«, und so weiter. Ich saß neben André und sagte nichts, und er sagte auch nichts. Wir saßen auf diesem vermurksten Tisch und sprachen kein Wort. Die Musik war laut, und uns war zumute, als ob jetzt etwas sehr Großes und sehr Schönes eintreten müßte, zum Beispiel, daß man ein Mädchen kennenlernt, das einem sehr viel bedeutet. Wir hofften das, aber es geschah natürlich nicht. Wir hätten mit dieser Hoffnung noch dasitzen können, bis die Tischplatte durchgefault wäre. Man bildet sich ein, es hätte Sinn, so zu hoffen, aber im Grunde ist es natürlich Blödsinn. Die Musik und all so was lassen einen nur denken, daß es Sinn hätte, so zu hoffen. Und wenn es dann nichts wird, also wenn man niemanden kennenlernt, der einem sehr lieb und teuer werden könnte, ist man sehr enttäuscht und niedergeschlagen. Und dann durchschaut man zum hundertsten Male diesen ganzen faulen Zauber und schwört sich zum hundertsten Male, nie wieder in eine Disco zu gehen, zumindest nicht mit dieser Hoffnung. Aber bei der nächsten Gelegenheit wird man wieder rückfällig. In eine Disco sollte man bestenfalls gehen, wenn man ein Mädchen hat, das man mitnehmen kann. Alles andere ist nur ein großer Schwindel.

Jedenfalls machte mich André auf zwei Mädels aufmerksam, die zusammen tanzten. Er fragte mich, was ich von der Größeren der beiden halte.

Sie gefiel mir überhaupt nicht. Sie war eine Schönheit von der Stange, mit Kulleraugen, hochgeschwungenen Wimpern und einer Story in der Hinterhand, die darauf hinausläuft, daß man ja nicht ahne, wie schwer sie es habe. Das sagte ich André. Der sagte, daß er sie ganz passabel finde, und das mit ihrer Story sei reine Spekulation. Dann fragte er mich, ob er mir zumuten könne, derweil mit der Kleinen zu tanzen.

Die Kleinere war ganz einfach mausgrau. Trotzdem gefiel sie mir besser, denn sie hatte ein Gesicht, das nicht so blöd affektiert war oder betont gleichgültig. Die Größere hatte ein betont gleichgültiges Gesicht. Sie ließ wahrscheinlich nur Prinzen gelten. Das Gesicht von der Kleineren fand ich ganz einfach natürlicher. Ich liebe Gesichter, auf denen sich Reaktionen abspielen und nicht irgendwelche blöden Effekte. Wir taten so, als ob wir uns ein Herz fassen, und steuerten die beiden an. Mir war sowieso schon alles egal.

Die beiden benahmen sich natürlich ziemlich doof. Ich habe kein einziges Mal ein Mädel erlebt, daß sich in dieser Situation nicht doof benommen hat. Ich bin kein Frauenhasser – wirklich nicht –, aber in dieser Situation benehmen sie sich immer zum Verzweifeln dämlich. Alle.

Die Große zuckte mit keiner Wimper. Ihr lag viel daran, André im unklaren darüber zu lassen, ob sie ihn überhaupt wahrnimmt. Sie wollte sich offenbar mit Gewalt langweilen. Damit war sie bei mir endgültig unten durch.

Die Kleine war ein bißchen besser. Sie sah mich ein paarmal an und lachte auch ein wenig hilflos, aber meistens starrte sie nach unten oder sonstwohin. Manchmal sahen sich die beiden an und kicherten. Als der Titel zu Ende war, tuschelten sie sich etwas zu. Es war die absolut ätzende Art, Leute von vornherein durchfallen zu lassen. Es ist mir immer wieder rätselhaft, was in Mädchenköpfen so vorgeht.

Eigentlich hatte ich erwartet, daß sich die beiden spätestens nach dem dritten Titel mit oder ohne Vorwand verkrümeln. Statt dessen sagte mir die Kleine nach einer Tuschelei mit der Großen, daß sie finden, man könnte jetzt etwas trinken. Die Große wechselte nicht den Gesichtsausdruck und gab mithin zu verstehen, daß die Grenze des Erträglichen erreicht sei. Sie gehörte wirklich zur belastenden Sorte.

Die Kleine war sogar zu einer Unterhaltung fähig. Als

wir an der Bar anstanden, fragte ich sie, wie ihr die Band gefallen hat. Sie sagte, daß sie nur wegen der Band gekommen sei. Ich wollte wissen, wie sie den Auftritt fand, und sie sagte, daß sie es schau fand, und besonders schau fand sie den blonden Gitarristen. In Wirklichkeit sei sie nur wegen dem gekommen. Sie mußte selbst lachen, als sie mir das erzählte. Ich verstand nicht, warum sie sagte, sie sei wegen dem *blonden* Gitarristen gekommen. Die Band hatte nur einen Gitarristen, und der war nicht blond. Das klärte sich aber von ganz allein auf, denn sie sagte, daß ihr Gitarrist schwarze Lederhosen angehabt hatte. Das allerdings war der Bassist. Mädchen machen sich nie die Mühe, Gitarristen und Bassisten zu unterscheiden. Sie bezeichnen einfach alle, die ein Ding mit Saiten halten, als Gitarristen.

André hatte es da immer noch schwer. Die Große nickte nur, zuckte die Schultern oder lächelte müde. Im großen und ganzen gab sie sich genervt. Das erste Wort sprach sie, als André fragte, was sie trinken wolle. Ich sah nicht zu, wie unsere Drinks fertiggemacht wurden. Ich wollte überhaupt nicht wissen, wie uns der Halsabschneider von Barkeeper diesmal übers Ohr haute.

Danach gings mit der Kleinen rapide bergab. Kaum hatten wir die Drinks, kündigte der Diskjockey einen »Herrn namens Shakin Stevens, genannt Shaky« an. Die Kleine überschlug sich fast und erwartete von mir, daß ich vor Begeisterung mindestens besinnungslos werde. Sie schleppte mich auf die Tanzfläche, und nach dem Titel erzählte sie mir, daß ihr Hund auch Shaky heißt. Ich wollts nicht glauben. Ich habe mich noch zweimal vergewissert. Es hätte ja sein können, daß ich sie falsch verstanden hatte. Immerhin war es ziemlich laut. Aber ich hatte richtig gehört. Ihr Hund hieß tatsächlich Shaky. Junge, das war vielleicht hart.

Zu allem Überfluß erzählte sie mir auch noch, daß sie in einem Hundesalon arbeitet. Das machte mich vollkommen fertig. Sie sagte mir, wo ihr verflixter Hundesalon ist, und fragte mich, ob ich das Ding vielleicht kenne, aber ich habe mit Hundesalons wirklich nichts im Sinn.

Ich wollte nicht unhöflich sein und wechselte das Thema. Ich sagte ihr, sie soll mir die Daumen drücken, ich hätte morgen Fahrprüfung. Das war natürlich vollkommen erlogen. In Wirklichkeit weiß ich so wenig vom Straßenverkehr, daß es nicht mal für die Goldene Eins reicht. Mit der Fahrprüfung kam ich nur deshalb, damit sie nicht weiter von ihrem Hundesalon erzählt. Das wäre über meine Kräfte gegangen.

Sie fragte mich, wie es kommt, daß ich an einem Sonntag Fahrprüfung habe. Verdammt, da hatte sie recht. Der nächste Tag war tatsächlich ein Sonntag. Ich sagte schnell, daß da die Straßen schön leer sind und daß nur die Hälfte der Straßenbahnen fahren und daß viele Ampeln ausgeschaltet sind und so, und ich ließ mir noch ein paar von solchen Gründen einfallen und war ziemlich froh, daß ich auch lauter Gründe fand, die Fahrprüfung sonntags abzulegen. Sie unterbrach mich aber ganz unvermittelt und fragte: »Und was machst du?«

Ich fragte zurück: »Was ich mache?« Es war mehr aus Verlegenheit. Ich ahnte, was jetzt kommt.

»Ja, was du machst.« Sie lachte ein bißchen.

Ich antwortete: »Na, ich unterhalte mich mit dir.«

Sie sagte: »Nein, ich meine, was du beruflich machst.« Sie war aber auch hartnäckig.

Natürlich wußte ich genau, daß sie das wissen wollte. Wahrscheinlich wäre sie geplatzt, wenn sie diese blöde Frage nicht gestellt hätte. Bei ihr kommt garantiert keiner weg, ohne daß sie noch den Beruf rausgekriegt hat.

Ich fragte sie, ob es denn so wichtig für sie ist, was ich für einen Beruf habe. Sie antwortete, ja, es sei ihr wichtig, und sie versuchte ein wenig zu lachen. Es war ihr vielleicht peinlich, daß ich mitgekriegt hatte, daß sie scharf auf die Antwort ist.

Ich sagte, ich sei Fischverkäufer. Sie hörte sofort auf mit dem Lachen und sah mich entgeistert an. Dann trank ich meinen Cola-Wodka schnell aus, sagte tschüß und ging. André war immer noch bei der Großen. Weiß der Teufel, aber sie redete. Ich fragte mich, wie es dazu kommen konnte. Ich hatte echt nicht mehr daran geglaubt.

Als ich mich zu André durchschlug, kam ich an einer ziemlichen Schönheit vorbei. Ich hatte sie manchmal beobachtet. Sie war ganz allein gekommen, aber sie hatte alle abblitzen lassen, die mit ihr tanzen wollten. Manchmal sagte sie noch das Übliche, von wegen, das Lied gefalle ihr nicht, aber meistens starrte sie nur ins Nirgendwo und schüttelte langsam den Kopf.

Ich war gerade in der entsprechend egalen Stimmung und fragte sie, ob sie nicht mit mir tanzen will, aber natürlich starrte sie nur an mir vorbei ins Nichts und schüttelte langsam den Kopf. Ich fragte, ob ich nicht wenigstens ihre Adresse haben kann. Ich würde mich gern an sie wenden, wenn mein Kühlschrank eines Tages ausfällt. Mein Gott, war ich wieder witzig. Und außerdem fing ich an, genauso bescheuert zu werden wie alle anderen hier.

Aber trotzdem: Ich verstehe kein bißchen davon, was in so einer Schönheit vorgeht. Oder in Mädchen überhaupt. Blödsinnigerweise ist da wirklich was dran, daß Frauen undurchschaubar sind, und je hübscher sie sind, desto undurchschaubarer werden sie. Ich würde dem gern noch etwas hinzufügen, aber ich kann es nicht. Ich weiß nur, daß ich von Mädchen nichts verstehe.

Bei André war auch alles klar. Als ich bei ihm aufkreuzte, verschwand die Große sofort. André drehte sich nicht mal nach ihr um. Er war ziemlich froh, daß er es überstanden hatte. Wir gingen.

Ehrlich gesagt, wir waren ziemlich niedergeschlagen. Wir wären viel lieber mit einem anderen Gefühl nach Hause gegangen, wahnsinnig glücklich oder so. Das wars.

Ich wollte einfach mal wieder wahnsinnig glücklich sein. André fragte mich, ob wir noch ein Bier trinken, aber ich wollte ziemlich schnell nach Hause und den ganzen Abend los sein. Ich war wirklich ziemlich niedergeschlagen. Man geht doch viel zu oft in diese Scheiß-Diskotheken.

Es muß die letzte Physikstunde vor den Winterferien gewesen sein, als Droost die Galle überlief. Droost war unser Physiklehrer. Er *war* es, denn nach den Winterferien bekamen wir eine neue Physiklehrerin. Droost war nämlich Alkoholiker oder so was. Zumindest war er auf der Strecke nicht ganz ohne. Bei uns jedenfalls hieß er Prost.

Die neue Physiklehrerin war dann allerdings überhaupt nicht mein Typ. Sie machte mit uns nur noch Prüfungsvorbereitung. Sie war ziemlich entsetzt, daß wir in Physik noch gar keine Prüfungsvorbereitung hatten. Droost scherte sich herzlich wenig um solchen Kram. Auch sonst war's ihm egal, ob man ihm zuhörte oder nicht. Wer wollte, der hörte ihm zu, und wer's nicht wollte, der ließ es bleiben. Man hatte nichts zu befürchten.

Droost kam in die Klasse – er hatte zwei oder drei Minuten Verspätung – und ließ das Klassenbuch auf den Lehrertisch fallen. »Herrschaften, ich darf Ihnen die schmeichelhafte Mitteilung machen, daß Sie im Lehrerzimmer Hauptgesprächsthema sind. Es zeichnet sich ab, daß siebzehn von Ihnen« – Pause – »mit Auszeichnung abschließen können. Die Lehrerschaft ist hingerissen von Ihnen. So eine grandiose Klasse hat es an dieser Schule noch nicht gegeben.«

Droost hielt nicht viel von uns. Aber jetzt hörten zumindest mal alle zu.

»Leute, eine Klasse, in der siebzehn Schüler mit Auszeichnung bestehen, muß schon eine absolute Eliteklasse sein, oder? Die hellsten Köpfe, die es je an dieser Schule gab – und vor mir sitzen sie. Ein ungemein stolzes Gefühl durchströmt mich.«

Er schlug das Klassenbuch auf und fummelte seine Brille raus.

»Wieviele von Ihnen haben sich für Medizin beworben?«

»Acht«, sagte einer.

»Aha. Und wer ist das im einzelnen?« Er sah in die Klasse und erwartete, daß sich die Leute melden, aber es regte sich keiner. Er sah noch mal kurz ins Klassenbuch.

»Nicht so schüchtern, Herrschaften! Herr Czybulla, ich nehme doch an, daß Sie dazugehören, oder irre ich mich? Ich sehe hier: Vater – Arzt, Mutter –Ärztin . . . Haben Sie sich für Medizin beworben?«

Czybulla nickte.

»Na großartig! Dann kommen Sie mal nach vorne! Und Ihre zukünftigen Kommilitonen können Sie gleich mitbringen.«

Czybulla stand ratlos auf und ging nach vorn. Droost machte eine Kopfbewegung.

»Stellen Sie sich hier hin. Und was ist mit den anderen? Kommen Sie, ich beiße nicht! Na kommen Sie!«

Czybulla sagte: »Na los!«, und die anderen sieben standen nacheinander auf und stellten sich neben Czybulla.

Droost warf einen Blick auf die acht und sagte: »Nun, meine Herren Doktoren, verraten Sie mir doch mal, was Sie von der Brownschen Bewegung wissen.«

Die acht guckten mißtrauisch. Da war was faul, das spürte jeder.

Droost machte weiter: »Na, was ist? Die Brownsche Bewegung ist schon Stoff der sechsten Klasse. – Also meinetwegen können Sie sich auch *beraten* und mir Ihr Ergebnis dann mitteilen, nicht wahr, bilden Sie – äh – eine Ärzte*beratungs*kommission . . . Aber sagen Sie bitte nicht, daß Sie noch nie was von der Brownschen Bewegung gehört hätten – bitte?«

Droost unterbrach sich, weil er gesehen hatte, daß Corinna den Mund geöffnet hatte, um zu antworten.

»Die Brownsche Bewegung ist eine völlig chaotische Bewegung winziger Partikel in Flüssigkeiten oder Gasen.«

Droost hatte sein Kinn an die Brust gelegt und ließ keine Reaktion erkennen.

»Ach so«, sagte Corinna noch, »die Brownsche Bewegung wird durch Zusammenstöße zwischen den Partikeln und den Flüssigkeits- oder Gasmolekülen hervorgerufen, und je höher die Temperatur ist, desto heftiger ist die Partikelbewegung.«

»Hm«, machte Droost.

»Die Brownsche Bewegung wurde erstmals in verdünnter Milch entdeckt. Der Entdecker hieß Brown.«

»Sehr wichtiger Hinweis, Herr Czybulla! Man könnte sonst annehmen, daß Brownsche Bewegung die Bewegungen eines Mister Brown wären. Brownsche Gymnastik womöglich.« Der Witz kam an. Droost redete weiter. »Trotzdem muß ich Sie enttäuschen, Verehrtester. Entdeckt wurde die Brownsche Bewegung als eine Zitterbewegung von Pollenstaub auf Wasser. Und bei Ihnen, Corinna, muß ich ebenfalls mal nachhaken. Sie sagten, die Brownsche Bewegung sei ein völliges Chaos. Wie kommen Sie zu der Formulierung?« Sein Ton war jetzt vergleichsweise milde. Corinna war etwas verwirrt.

»Wieso, ist die Brownsche Bewegung etwa nicht völlig chaotisch? Da ist doch überhaupt keine Regelmäßigkeit erkennbar.«

». . . außer, daß sie mit wachsender Temperatur stärker wird und am absoluten Nullpunkt nicht mehr vorhanden ist.«

»Herr Czybulla, auch Ihr zweiter Beitrag kann unsere Diskussion nicht befruchten. Die Brownsche Bewegung hört am Gefrierpunkt beziehungsweise Erstarrungspunkt des betreffenden Mediums auf, weil das Medium in dem Augenblick aufhört, Flüssigkeit zu sein. Und daß es in festen Stoffen keine Brownsche Bewegung gibt, haben wir ja schon festgestellt. – Aber ich will etwas anderes von Ihnen wissen: Corinna sagte, daß die Brownsche Bewegung völlig chaotisch ist, weil in ihr keine Regelmäßigkeit erkennbar ist. Diskutieren Sie doch bitte diese Aussage!«

Droost nahm ein Stück Kreide und zerbrach es. Dann sagte er noch mal ganz langsam: »Die Brownsche Bewegung ist völlig chaotisch, weil in ihr keine Regelmäßigkeit erkennbar ist.«

Die acht waren ziemlich hilflos. Sie machten das, was man »bestürzte Gesichter« nennt. Der Rest der Klasse war ruhig. Wir wollten alle wissen, wie das weitergeht.

»Na ja«, sagte Droost. »Sie sind also bereit, diese Aussage hinzunehmen?«

»Ja«, sagten ein paar zögernd, die anderen nickten oder so.

Droost ging hoch. Junge, mit einem Mal war er voll da.

»Aber *ich* bin nicht bereit, diese Aussage hinzunehmen. Wenn keine Regelmäßigkeit *erkennbar* ist, heißt das noch lange nicht, daß Chaos herrscht. Auch wenn keine Regelmäßigkeit erkennbar ist, müssen wir doch immerhin einräumen, daß es sie gibt. Sie ist nur schwer auszumachen, so schwer, daß sie bislang nur chaotisch erscheint und die Regelmäßigkeit noch nicht entdeckt werden konnte. Die Brownsche – äh – Bewegung *muß* aber gewissen Gesetzmäßigkeiten unterliegen. Bewegt sich ein Fluß chaotisch? Bewegt sich eine Wolke chaotisch? Aber die Partikel, die bewegen sich chaotisch, was? Das könnte euch so passen! Wir würden plötzlich in einer Welt leben, in der Wirkungen keine Ursachen mehr haben. Und wenn wir die Ursachen nicht kennen, heißt das noch lange nicht, daß es sie nicht gibt. Setzen!«

Die acht gingen schnell zu ihren Plätzen.

»Leute, ich kann euch was flüstern: Mit dieser Einstellung, dieser selbstgefälligen und bequemen Denkweise werdet ihr eine jämmerliche, miese, klägliche Ärztekaste abgeben. Ich weiß, wovon ich rede. Meine Frau hatte nach der ersten Entbindung Schmerzen beim Austreten. Der Facharzt fand nichts und sagte, es sei psychologischer Natur, sie bilde sich die Schmerzen bloß ein. Aber meine Frau *hatte* die Schmerzen. Sie ging schließlich nur noch dreimal täglich auf die Toilette. Und sie war nicht nur bei einem Arzt. Sie war bei vielen. Und alle fanden nichts, und alle sagten Beißen-Sie-die-Zähne-zusammen-junge-Frau, das geht vorüber, da ist doch gar nichts, Sie sind gesund. Es hat zwölf Jahre gedauert, zwölf Jahre!, bis endlich ein Arzt etwas Handfestes sagte. Der Embryo hatte während der Schwangerschaft auf der Blase gelegen und dadurch organische Schäden verursacht, die an den Schmerzen schuld waren. Eine überaus seltene, aber dennoch mögliche Konstellation. Meine Frau wurde operiert, und die Schmerzen waren weg. Aber die Ärzte zuvor, das waren alle so selbstgefällige Versager wie Sie, und mir wird ganz schlecht bei dem Gedanken, daß sich auch in Zukunft die Ärzteschaft aus Schmalspurdenkern rekrutieren wird. Ich rede mir den Mund fusselig, daß Sie sich bittesehr eine wissenschaftliche Denkweise zulegen sollen, ich bin wirklich nicht zurückhaltend, wenn es darum geht, Beispiele aus der Wissenschaftsgeschichte zu bringen, wo kühnes, konsequent wissenschaftliches Denken die Physik ein gewaltiges Stück voranbrachte, und wofür mache ich das? Die Crème de la crème hat nichts begriffen, und noch nicht mal das habt ihr begriffen. Statt dessen drängelt ihr in die Medizin, und in zehn Jahren habt ihr endlich 'n Türschild, wo ›Doktor‹ vor euren Namen steht, und ansonsten werdet ihr haargenau dieselben Schlampereien verschulden, wie sie meiner Frau widerfahren sind. Macht euch doch nichts vor! Da ist also Pollenstaub, der auf der Wasseroberfläche zittert. Wer von euch würde denn weitergehende Gedanken an solch eine Beobachtung verschwenden?«

Er zog sein Taschentuch aus der Hosentasche und schneuzte kurz. Dann steckte er es wieder ein, das heißt eine Hälfte davon. Die andere Hälfte hing aus seiner Tasche.

»Hat sich einer von euch mal gefragt, warum es nachts dunkel wird? Es gab mal einen Wissenschaftler, Olbers hieß der, und der hat sich das gefragt. Eigentlich, so sagte der, müßte das Weltall mit seiner Unendlichkeit und seinen unendlich vielen Sternen in gleißendes Licht getaucht sein, Tag und Nacht. Die Helligkeit der Sterne nimmt zwar mit zunehmender Entfernung ab, aber die Anzahl der Sterne wächst dafür im Raum in der dritten Potenz an. Olbers ermittelte die durchschnittliche Verteilung der Sterne und errechnete, wie groß der Raum sein muß, bei dem mit der gegebenen Verteilung der Lichtquellen die linear abnehmende Helligkeit durch die dreidimensional wachsende Sternenanzahl überkompensiert wird. Lassen Sie sich durch mein Vokabular nicht schrecken, das Problem ist ganz einfach, und überdies läßt es sich nicht deutlicher formulieren. Klar? – Also: Wie groß ist der Raum, in dem die Zunahme der Lichtquellen deren Schwächerwerden überkompensiert? Olbers rechnete dies aus, und er ermittelte eine wahrhaft astronomische Zahl. Bis dahin ein belangloses Zahlenspielchen, und wie ich Sie kenne, würden Sie hier aufhören und nicht wissen, was es überhaupt noch zu klären gibt. Geben Sie's ruhig zu! Olbers hingegen sagte sich: So groß muß also der Raum sein, in dem es bei unserer Sternenverteilung Tag und Nacht hell ist. Und dann sagte er: *Weil es aber nicht Tag und Nacht hell ist*, ist unser Raum nicht so groß wie mein errechneter Wert. Mithin ist das Weltall nicht unendlich. – Herrschaften, ich wiederhole: Ein Mann stellt sich die banale Frage, warum es nachts dunkel wird, und er gelangt zu dem Ergebnis, daß unser Universum räumlich nicht ohne Ende ist. Das ist wissenschaftliche Denkweise! Hören Sie mit dem Quatschen auf, und hören Sie mir zu! Es könnte Sie interessieren, Herrgott noch mal! – Zurück zur Brownschen Bewegung: Sie ist in der Tat mathematisch erfaßbar. Die entsprechende Gleichung wurde von Einstein höchstselbst entwickelt. Der erste Schritt, Herrschaften, der erste Schritt, Fragen zu beantworten, besteht darin, sie zu stellen. Einstein stellte sich die Frage, ob die Brownsche Bewegung tatsächlich chaotisch ist, und Olbers stellte sich die Frage, warum es nachts dunkel wird. Wenn mich einer von Euch je gefragt hätte, warum der Himmel blau ist – ich hätte ihm allein für die Frage auf der Stelle 'ne Eins gegeben. Und 'ne Antwort hätte ich natürlich auch gegeben. Aber so werdet ihr aus der Schule entlassen, ohne zu wissen, warum der Himmel über euch blau ist, und selbst dieses erbärmliche Unwissen würdet ihr erst dann bemerken, wenn ihr mal von euren Kindern gefragt werdet. Vierjährige fragen ja alles mögliche.«

Droost sah entnervt um sich. In der Klasse ging wieder das typische Gemurmel los. Das brachte ihn wieder hoch. Er hatte sich eigentlich schon beruhigt, aber jetzt legte er wieder los.

»Ja, macht nur weiter so. Ich kenne euch doch, ich kenne euch doch. Klar, ich werde euch allen Einsen geben müssen, weil ihr hervorragend draufhabt, was in den Lehrbüchern steht. Aber das hatten die Ärzte meiner Frau auch drauf, und trotzdem waren es Versager. Hören Sie zu, verdammt noch mal!«

Er hatte mit der flachen Hand auf die Tischplatte gehauen, und den letzten Satz hatte er sogar geschrien. Er konnte sich nicht mehr beherrschen.

»Für wie schlau haltet ihr euch? Ich kann euch sagen, für wie schlau ihr euch haltet. Ihr haltet euch für so schlau, daß ihr euch total in eure eigenen Gehirne verliebt habt. Ich weiß doch, wie scharf ihr auf Intelligenztest-Fragekomplexe seid, um euch einen überdurchschnittlichen IQ bescheinigen zu können. Am liebsten würdet ihr euer Hirnvolumen messen und mit dem von Goethe und weiß ich wem vergleichen. Habt ihr euch mal die Mühe gemacht und euch überlegt, aus welchem Milieu ihr kommt? Entstammt einer von Euch zerrütteten Verhältnissen? Habt ihr nicht ideale Bedingungen, geradezu Treibhaus-Bedingungen? Ehescheidungen, bei einem Elternteil oder bei den Großeltern aufgewachsen – das ist sehr selten in Abiturklassen. Ich kenne keinen EOS-Schüler, dessen Eltern beim Zirkus oder beim Rummel sind. Oder kinderreiche Familien: Entstammt einer von euch einer kinderreichen Familie?«

Er erwartete keine Antwort, aber in unserer Klasse war niemand aus einer kinderreichen Familie. Die meisten Geschwister hatte Nicole. Sie hatte zwei Schwestern. Droost redete weiter.

»Aha. Also auch keine Kinderreichen unter euch. Und eure Eltern, was sind die von Beruf? Akademiker größtenteils, oder? Ingenieure, Ärzte, Lehrer, leitende Angestellte oder wissenschaftliches Fußvolk. Und was haben euch eure Eltern, seitdem ihr zur Schule geht, eingebleut? – ›Lerne ja ordentlich, sonst mußt du um Himmels willen später arbeiten!‹ – Und was sagt der Arbeiter zu seinen Kindern? Der sagt: ›Junge, wenn du ordentlich lernst, kannste später vielleicht sogar studieren!‹«

Kai Wenner drehte sich zu mir um und sagte: »Mann, der redet ja, ohne Luft zu holen.« Droost redete wirklich, ohne Luft zu holen. Und gallig war er. Gallig bis dorthinaus.

»Und ihr glaubt im Ernst, daß ihr die besten Hirne eurer Generation im Schädel spazierenführt? Ihr führt die eingebildetsten Hirne spazieren, mehr nicht. Ihr hattet allesamt die bestmöglichen Bedingungen, an so eine Schule zu kommen. Gratuliert euch dazu! Und das ist dann aber schon alles. Denn wie wenig Lebenserfahrung habt ihr mit einem – ach, ich könnte euch jetzt Geschichten erzählen . . . Ihr habt doch so wenig Erfahrungen, daß man euch fast wünschen müßte, es ginge euch nicht so blendend. Man müßte euch fast wünschen, ihr hättet es nicht so ideal erwischt. Habt ihr euch schon mal überlegt, daß ihr viel, viel langsamer zur Reife kommt, weil euch wichtige Entscheidungen im Leben abgenommen werden? Wohlbehütet wird nie vor herausfordernde und prägende Entscheidungen gestellt. Wohlbehütet muß nie kämpfen, muß sich nie beweisen. Wohlbehütet läßt man immer nur glänzen, vornehmlich damit, was Wohlbehütet ohnehin schon kann. Wohlbehütet kriegt keine Gelegenheit zum Versagen, nicht mal bei der Fahrschule, denn Wohlbehütet darf mit Pappis Auto im Wald üben. Wohlbehütet kann von früh bis spät stolz auf sich sein, und seinen gelehrten Job verrichtet Wohlbehütet unfehlbar wie ein Heiliger, und wenn eine Frau zu Herrn Doktor Wohlbehütet kommt und sagt, daß sie Schmerzen beim Austreten hat, und Herr Doktor Wohlbehütet kann nichts finden, dann wird es wohl an der Frau liegen, die sich die Schmerzen bloß einbildet.«

Droost sah auf die Uhr. Dann holte er tief Luft und sagte: »Ihr könnt einpacken.«

Am selben Tag traf ich Nicole zufällig im Bus. Sie ist ein ganz drolliges Mädchen. Sie sagt immer »zum Bleistift« oder »grünau« und »Straße der Bereifung« und so. Sie hat manchmal nur Knete im Kopf, aber ich glaube nicht, daß sie an dieser Schule übermäßig glücklich war.

Wie gesagt, ich traf sie im Bus. Ich sah sie zuerst von hinten. Sie saß am Fenster und schaute raus. Wahrscheinlich dachte sie über irgend etwas nach. Der Platz neben ihr war frei. Ich setzte mich neben sie und grinste sie an. Sie schaute immer noch raus. Nach einer Weile kriegte sie mit, daß ich neben ihr saß. Sie ist immer hell begeistert, wenn man solche Sachen mit ihr macht. Im Ernst. Sie reagiert dann sehr impulsiv. Kein bißchen zurückhaltend. Es macht wirklich Spaß, sie so zu erleben.

Sie hatte einen Schuhkarton auf den Knien. Ich fragte sie, ob sie sich Schuhe gekauft hat, aber sie sagte, daß da einer ihrer Hamster drin ist. Sie wollte mit ihm zum Tierarzt. Ich fragte sie, was er hat. Dabei setzte ich zum Spaß ein sehr sorgenvolles Gesicht auf. Das Dumme ist nur, daß sich Nicole wirklich Sorgen macht, wenn ihr Hamster krank ist. Mit ihren kranken Hamstern kann man keine Witzchen machen. Sie wäre wahrscheinlich strikt dagegen. Sie sagte mir, daß ihr Hamster schon seit Tagen alles wieder rausbringt und immer mehr abmagert. Ich sagte, ich wünsche ihm gute Besserung. Darüber war Nicole sehr erfreut. Sie sagte, ich sei der erste, der auf die Idee gekommen wäre, einem Hamster gute Besserung zu wünschen.

Ich fragte sie ganz unvermittelt, was sie von der letzten Physikstunde hält. Sie starrte erst mal auf ihren Schuhkarton, schüttelte dann ein paarmal den Kopf und sah mich plötzlich an, als ob ich sie sehr verletzt hätte.

»Ich finde so was furchtbar. So was ist furchtbar.«

Ich muß dazu sagen, daß ich nicht mit so einer Eindeutigkeit gerechnet hatte. Ich war gewissermaßen überrascht.

»Was findest du denn so furchtbar?« fragte ich.

»Ach – alles. Daß Herr Droost so ein enttäuschter Mensch ist und so über uns spricht, ich finde furchtbar, daß wir nicht wissen, warum der Himmel blau ist, ich finde furchtbar, daß kaum einer von uns zuhört, ich finde furchtbar, daß . . . daß er auch sonst recht hat, daß Schüler so mies sind. Ist es denn nicht furchtbar, daß wir alle so mies sind? Ach . . .«

Sie schüttelte wieder den Kopf. Junge, sie sah plötzlich ziemlich mitgenommen aus. Ich ließ es lieber bleiben, sie weiter zu fragen.

Zum Glück fiel mir gleich ein anderes Thema ein. Es handelte sich wieder um ihren Hamster. Einmal hatte nämlich Czybulla eine kernige Pausendiskussion in seiner kernigen Art an sich gerissen. Er macht so was ziemlich häufig. Das Gesülze kann man sich nicht anhören. Er sülzte, daß Sigmund Freud ohne Berührungsängste in unseren sozial-historischen Kontext assimiliert werden sollte. Solche Sprüche rotzt Czybulla jederzeit locker raus. Wir müssen ihm zuliebe dann immer staunen. Leider gibt es eine Menge Leute, die ihm so was aus der Hand fressen. Nicole kam jedenfalls am nächsten Tag zu Czybulla und sagte in ihrer wonnigen Art, daß sie ihren Goldhamster Sigmund Freud genannt habe, und ob es das sei, was er gemeint hatte. Czybulla wußte im ersten Moment gar nicht, wovon sie sprach. Nicole kann zuweilen sehr drollig sein.

Ich fragte sie, ob es Sigmund Freud ist, den sie zum Tierarzt bringt. Sie machte ein erfreutes Gesicht. Sie wechselt ziemlich häufig den Gesichtsausdruck. Offenbar fand sie es gut, daß ich ihre Hamster mit Namen kenne. Sie hob ein wenig den Deckel vom Schuhkarton.

»Und das ist Sigmund Freud?« fragte ich.

»Nö.« Sie hielt ihren Finger hinein. »Das ist Julius. Sigmund Freud ist mopsfidel.«

»Aha.«

»Du kannst ja mal rumkommen. Dann zeige ich dir Sigmund Freud.«

Ich ging nicht weiter darauf ein. Mich interessierte ganz was anderes.

»Sag mal, heißt der hier« – ich zeigte auf den Schuhkarton – »einfach *nur* Julius oder heißt er Julius Cäsar?«

»Quatsch!« Nicole lachte laut los. »Man kann doch einen Hamster nicht Julius Cäsar nennen!«

»Na ja – kann ich doch nicht wissen. Normalerweise nennt man einen Hamster auch nicht Sigmund Freud . . .«

»Aber doch nicht Julius Cäsar! Das ist doch ganz was anderes!«

»Wieso? Sigmund Freud – Julius Cäsar . . . Wo ist da der Unterschied?«

»Nee – Julius Cäsar geht doch nicht für einen *Hamster*! So ein berühmter Mann!«

Diese Nicole! Sie ist wirklich drollig.

»Willst du Sigmund Freud mal sehen?« fragte sie mich wieder. Sie dachte wohl, daß ich noch nie einen Hamster gesehen habe. Trotzdem fragte ich sie, wo sie wohnt. Sie gab mir ihre Adresse, und dann mußte sie aussteigen.

Ich nahm mir vor, sie in den Winterferien zu besuchen. Am letzten Schultag sagte ich es ihr. Sie hatte es schon fast vergessen, aber dann erinnerte sie sich wieder und sagte, au ja, es wäre schön, wenn ich käme. Ich sagte es ihr erst nach der allerletzten Stunde, als sie schon in der Tür stand. Sämtliche Schüler der Schule strömten gerade zur Treppe, und sie kriegte andauernd die Tür in den Rücken. Als der Gang leer war, hängte ich die Tür einfach aus. Nicole riß die Augen auf. Dann rannten wir aus der Schule.

Mann, dachte ich, so was passiert dir höchstens einmal im Leben.

Ich ging gleich in der ersten Ferienwoche zu Nicole. Wir hatten uns keinen genauen Tag ausgemacht. Ich war mir nicht sicher, ob ich sie antreffen würde. Als ich vor ihrer Tür stand, lauschte ich erst mal. Die Waschmaschine lief. Mehr hörte ich nicht. Ich klingelte.

Irgendwelche Türen klappten, und dann hörte ich die Stimme von Nicole. Sie machte mir auf.

»Hallo!« sagte sie und lachte. Sie ließ mich herein und gab mir ihre Hand, aber weil wir so weit auseinander standen, streckte sie ihren Arm voll aus. Ich meinen auch. Wie gesagt, sie *gab* mir ihre Hand. Sie ließ sie einfach nur runterhängen und drückte auch nicht zu. Statt dessen lachte sie immer noch, besonders ihre Augen. Sie war vielleicht alles mögliche, aber verkrampft war sie kein bißchen.

»Wie gehts?« fragte sie.

»Jaja – äh – gut. Nicole . . .« Ich wollte ihr etwas sagen.

»Ja?«

»Du bewegst dich wie ein Wackelpudding.«

»Waaas??« Sie lachte los.

»Ja.«

»Wie ein *Wackelpudding*?«

»Na ja. Eben so.« Ich machte ihre Bewegungen nach.

»Aha. Und so bewegt sich ein Wackelpudding?« Für eine Zehntelsekunde versuchte sie ernst zu sein, aber dann lachte sie wieder los, mit den Augen und so. Ich freute mich, daß ich sie zum Lachen gebracht hatte, denn ich finde es schön, ihr beim Lachen zuzusehen. Komischerweise ist es nur dann schön, anderen Mädels beim Lachen zuzusehen, wenn man sie selbst zum Lachen bringt, oder manchmal auch, wenn sie einfach bloß albern sind. Aber wenn sie durch jemand anders zum Lachen gebracht werden oder durch einen Film oder so, ist es nur noch halb so schön. Wenn überhaupt.

Ich blieb ihr die letzte Antwort schuldig und zuckte nur mit den Schultern, aber sie hatte wohl auch keine sonstwie durchdachte Antwort erwartet. Schließlich musterte sie mich spaßeshalber von oben bis unten mit einem vorwurfsvollen Blick und sagte: »Na ja, dann komm mal mit!«

Ich ging ihr hinterher. Sie machte eine Zimmertür auf. In dem Zimmer war ihre Schwester. Ich erkannte sofort, daß es ihre Schwester war. Sie waren sich sagenhaft ähnlich. Sie hätten sich ohne weiteres als Zwillinge ausgeben können, so ähnlich waren sie sich.

Ihre Schwester lag im Bett und las ein Buch. Sie hatte ihre Arme verschränkt und sich ein wenig aufgestützt. Sie hatte bloß ein Nachthemd an.

»Hallo!« rief sie. Sie jubelte es fast. Außerdem strahlte sie mich an wie einen alten Bekannten, auf den sie seit Wochen sehnsüchtig wartet.

Nicole zeigte erst auf mich, dann auf sie und sagte: »Anton – Karla.«

Karla gefiel mir. Sie gefiel mir sofort. Ich wußte im ersten Augenblick, daß wir uns blendend verstehen werden.

»Hallo, Karla!« sagte ich.

»Ohhh! Sag das noch mal!« Junge, sie war *voll* da. Sie sprudelte regelrecht über. Ich war fast schon erschrocken über so viel Herzlichkeit, eben so von Null auf Hundert.

»Was soll ich noch mal sagen?« fragte ich.

»Na, was du eben gesagt hast!« Sie sprach sehr schnell, und ihre Stimme überschlug sich fast vor Freude.

»Hallo, Karla!« sagte ich. Sie war so herzlich, ich hätte ihr auch den unmöglichsten Wunsch erfüllt.

»Ja! Genau das wollte ich hören!«

»*Was* wolltest du hören?«

»Wie du meinen Namen sprichst. Ich höre das so gerne, wie du meinen Namen sprichst.«

»Was? Wieso?« Ich sah überhaupt nicht mehr durch, aber sie freute sich wie verrückt.

»Na ja, noch nie hat einer meinen Namen richtig gesprochen. Außer vielleicht meine Mutter. Aber sonst gibt es wahrscheinlich keinen, der meinen Namen vollkommen richtig spricht.« Au Mann!

»Ähm-Karla . . .«

»Hör dir das an! Hör dir das an! Nicole, hör doch mal, wie er meinen Namen spricht!«

»Ich *höre* es!«

»Warum sprichst du nie *so* meinen Namen?«

»*Wie* denn?« Es ging ihr ein bißchen auf die Nerven.

»Na, so wie er!«

»Wo ist denn da der Unterschied?«

»Ihr sagt immer ›Kahla‹ zu mir. Ich heiße aber *Karla.*«

Ich gab mir allerdings Mühe, nicht »Kahla« zu sagen. Ich sprach das R mit, aber ziemlich tief im Rachen. Ich sagte fast schon »Kachla«, aber nur eben fast. Ich hätte nie geahnt, daß das so bei ihr einschlägt.

»Und wärst du auch mit Karrrrla einverstanden?« fragte ich. Ich sprach diesmal ein Zungen-R.

»Du kannst auch das Zungen-R? Toll!« Sie war wieder wie eben, sprach schnell, und ihre Augen blitzten vor Begeisterung. Offenbar gab es keine Fähigkeit an mir, die sie nicht begeisterte.

»Klarrr brrring ich das Zungen-Rrrr!« Ich gab ganz schön an.

»Oh! Ich muß das auch lernen. Aber ich bringe es nicht.« Sie seufzte. »Es wird immer nur bl-bl.« Sie sah mich an und lachte wieder.

»Rrrrrrr . . .« machte ich leise.

Sie strahlte, und wie sie strahlte. Ich fühlte mich wohl. Ich fühlte mich wohl wie schon lange nicht mehr. Ich nahm mir einen Stuhl und setzte mich an ihr Bett.

»Du bist anscheinend krank, ja?« fragte ich.

»Ja.« Sie seufzte und setzte eine Leidensmiene auf.

»Aha. Und was fehlt dir?«

»Nun ja – wie soll ich sagen . . .« Karla lachte verlegen.

»Karla telefoniert regelmäßig mit dem Löwen.« Nicole.

Es war zum Quietschen. Natürlich kannte ich den Ausdruck schon, aber wenn ein Mädchen wie Nicole solche Wendungen drauf hat, kann ich mich jedesmal wegschmeißen. Okay, das Schwerste war gesagt, und nun redete Karla wieder.

»Ja – wie gesagt. Aber die Ärzte wissen auch nicht so richtig, was es ist. Sie untersuchen und untersuchen, aber sie finden nichts.«

»Und seit wann bist du krank?«

»Seit Freitag.« Wir hatten Dienstag.

»Tja . . .« Ich tat wie ein großer Grübler. »Julius hatte doch dasselbe Problem. – Vielleicht hast du dich bei ihm angesteckt. – Vielleicht hast du eine Hamsterkrankheit. – Kein Wunder, daß die Ärzte ratlos sind. Geh doch mal zum Tierarzt, vielleicht kann der dir helfen.«

Karla lachte. Sie lachte die ganze Zeit über. Sie war zu allem Überfluß auch noch Fan von meinen tauben Witzen.

»Was liest'n da?« fragte ich und zeigte auf ihr Buch. Es war ein ganz schöner Wälzer, insgesamt bestimmt fünfhundert Seiten.

Sie stöhnte. »Don Quixote.«

»Aha.«

»Kennst du's?«

»Nö.«

»Lies es nie! Also, das ist der größte Unsinn, den ich je gelesen habe, aber ich muß es lesen, fürs Studium. Tausend Seiten Blödsinn.«

»Reizend. Erzähl ruhig weiter!«

»Na, ich weiß ja nicht. Und dann sind da immer solche ekligen Geschichten dabei – iiieh! Zum Beispiel so ziemlich am Anfang, da kämpft Don Quixote gegen ein paar Hirten, die er für Soldaten hält – also das kann man gar nicht erzählen –, und die verdreschen ihn kräftig. Aber er hat eine Flasche mit solchem Zeug, das er für Medizin hält, aber in Wirklichkeit ist es nur ein Brechmittel. Na ja, das Zeug trinkt er, und dann sagt er zu Sancho, daß er mal nachsehen soll in seinem Mund – also in dem von Don Quixote –, wieviel Zähne er bei der Klopperei verloren hat. Und gerade als Sancho nachsieht, wirkt das Brechmittel, und Sancho kriegt alles ab. Da wird Sancho ganz anders zumute, und er muß nun auch, und Don Quixote kriegt von ihm alles ins Gesicht. Also alle beide ... Oh, Mann – Iiiieeh!«

Sie redete so schnell wie ein Sportreporter und wechselte dabei ständig den Gesichtsausdruck. Sie war überdurchschnittlich lebhaft – es war kaum zu glauben –, und als sie »Iiiieeh!« sagte, lachte sie gleichzeitig und strahlte mich obendrein noch an, und ihr Gesicht glänzte dabei, als wäre es eingecremt.

Ich hörte, wie die Zimmertür aufging.

»Sagt mal, hat eine von euch meine Stimmgabel gesehen?«

Ich dachte, ich spinne. In der Tür stand noch ein Mädchen, das wie Nicole aussah. Es war nicht zu fassen. Sie nickte kurz zu mir rüber und sagte: »Hallo!« Ich konnte ihr nur zunicken. Es hatte mir geradezu die Sprache verschlagen. Karla mußte natürlich wieder lachen. Nicole lachte auch, aber nur ein bißchen. Ich muß ein reichlich dummes Gesicht gemacht haben.

»Gibt's hier noch mehr von der Sorte?« fragte ich.

»Nee, das wären erst mal alle.« Nicole mußte über ihre eigene Antwort lachen, und zwar gründlich.

»Ob jemand von euch weiß, wo meine *Stimmgabel* ist!«

»Keine Ahnung«, sagte Nicole.

»Ich hab sie gesehn«, sagte Karla.

»Und wo?«

»Weiß ich nicht.«

»Mach mich nicht schwach ...«

»Im Bad. Auf der Konsole.«

»Auf der Konsole? Wie kommt die denn dahin?«

»Vielleicht wollte euer Vater in der Badewanne ein paar Liedchen pfeifen ...«, sagte ich. Karla und Nicole lachten natürlich gleich wieder los. Sie waren so herrlich albern.

Das Mädchen lächelte und sagte: »Das wäre allerdings eine Erklärung.« Dann ging sie wieder.

Nicole und Karla sahen mich an.

»Da staunste, wa?« sagte Nicole. Sie sprach wie eine Sechsjährige.

»Na sicher. So was muß einem doch vorher gesagt werden.«

Nicole und Karla amüsierten sich bombig über mein dummes Gesicht.

»Paß auf!« Karla erklärte es mir. Sie lachte ausnahmsweise einmal nicht.

»Das war Irina. Sie ist die Älteste. Ich bin zweieinhalb Jahre jünger, und Nicole ist noch mal ein gutes Jahr jünger.«

»Aha. – Wir waren bei Don Quixote.«

Sie verzog das Gesicht. »Ich habe eigentlich keine Lust mehr, davon zu erzählen . . . ‹

»Doch, erzähl mal noch ein bißchen. Ich hörs wirklich gerne. Wirklich.«

»Ach na ja – in dem ganzen Buch sind nur dumme Abenteuer. Zum Beispiel bildet sich Don Quixote ein, daß er mit einem Drachen kämpft und in Drachenblut watet, aber in Wirklichkeit ist er in einem Weinkeller und zersticht Weinschläuche. Oder als sie in Barcelona einreiten, steckt irgend jemand den Pferden ein Büschel Disteln in . . . na ja . . .« Sie stockte.

»In den Mund?« Ich hätte »Maul« sagen müssen, aber es fiel nicht weiter auf. Obwohl sie vergleichsweise langsam erzählte.

»Nee, nicht in den Mund. Na eben da, wo der Schwanz anfängt, darunter hat irgend jemand die Disteln gesteckt, und den Pferden hat das weh getan, und sie haben Don Quixote und Sancho Pansa abgeworfen. Na ja . . . Oder irgendwo stand der Satz: ›Sieg! Die Feinde sind *aufs Haupt geschlagen*!‹ So wie« – sie schlug sich mit der flachen Hand auf den Kopf – »bimm!«, und dann lachte sie wieder und strahlte und alles.

»Und lauter solche Dinger. Das ganze Buch ist so, von vorn bis hinten.«

Ich sagte: »Das muß ja ein sehr lustiges Buch sein, wenn man hört, wie amüsiert du davon bist.«

Sie sah einfach nur auf ihr Kissen und lächelte dabei, als ob sie mit ihren Gedanken noch woanders wäre.

»Nö. Das amüsiert mich gar nicht«, sagte sie nach einer Weile, viel langsamer als sonst. Das ging mir durch und durch. Ich fand es irrsinnig schade, daß ich nicht so eine Freundin habe. So eine wie Karla. Die auf mich stolz ist, bloß weil ich ein Zungen-R sprechen kann, und die so gedankenverloren lächelt, wenn sie auf ihr Kissen sieht, und daß es einem durch und durch geht. »Ach so, aber da ist ein Bild drin, das muß ich dir zeigen. Warte mal . . .« Sie blätterte schnell hin und her und murmelte mir die ganze Zeit etwas zu. Sie fand langsam wieder zu ihrem alten Sprechtempo.

»Hier ist so alle sechzig, siebzig Seiten ein Bild, und jedenfalls ist da eins, das ich ganz witzig finde – stop –, ja, hier.« Sie hielt mir das Buch hin.

Witzig. Na ja. Es war ein Bild von Don Quixote und Sancho Pansa. Don Quixote sitzt auf seinem Klepper, und das Maultier von Sancho Pansa trottet nebenher. Man sieht die beiden nur von hinten, aber man sieht auch so, daß es zwei müde, abgewrackte Krieger sind. Es ist Nacht, und die beiden gehen auf den Vollmond zu, der tief am Himmel steht, und eine Masse Krähen fliegen hin und her. Auf eine Art ist das Bild natürlich doch witzig. Zum Beispiel sieht dieser Don Quixote so erbärmlich aus, daß man sich schon gar nicht mehr vorstellen kann, wie der Ritter aussieht, den Don Quixote mal besiegt. Außerdem sieht man ihm an, daß es kein, aber auch wirklich *kein* Mißgeschick gibt, das er sich vom Halse halten kann. Wahrscheinlich war er die erste *Nickelbrille* der Menschheitsgeschichte. Wie er so schief im Sattel sitzt und überhaupt keinen Bock hat, Ritter zu sein und so – klar, das Bild war soweit schon ganz witzig. Ich betrachtete es noch ein paar Momente, dann sah ich Karla an, und – Himmel, ja doch, ich lächelte sie an, und sie tat dasselbe. Es ging mir im übrigen kein bißchen auf den Keks, obwohl ich sonst immer das ewige Angeglotze und Angelächle ziemlich belastend finde.

»Na ja«, sagte sie und nahm das Buch wieder, »ich habe schon überlegt, ob ich die Seite einfach rausnehme. Ist nämlich nicht mein Buch, sondern aus der Bibliothek.« Sie hatte sozusagen schuldbewußt den Kopf gesenkt. Sie war allerdings nicht der Typ, der nach Lust und Laune bestimmte Seiten aus Bibliotheksbüchern nimmt.

Ich setzte eine Art väterlich-strenge Miene auf und drohte mit dem Finger. »Fräulein, so was wollen wir doch lieber bleibenlassen.«

»Finde ich auch«, erwiderte sie kleinlaut. Sie biß sich auf die Unterlippe, sah mich mit einem Dackelblick an und sagte: »Ich tu es ganz bestimmt nicht. Aber du darfst trotzdem keinem davon erzählen, ja?«

Ich mußte lächeln und schüttelte langsam den Kopf. Ich dachte die ganze Zeit: Ein Mädchen, das so schau ist – das kann einfach nicht wahr sein. Es war nicht zu fassen. Da kann man nur den Kopf schütteln. Obwohl sie bestimmt einen Freund hatte. Sie haben ja alle einen Freund, und der ist immer gerade bei der Armee oder so. Es ist ein Unding, ein starkes Mädel kennenzulernen, das keinen Freund hat. Das sollte man vorher wissen. Dann muß man nicht umpolen, wenn man es erfährt. Man muß höchstens mal schwer schlucken, aber das ist dann auch schon alles.

»Hör mal, Karla.« »Karla« sagte ich nur ihr zuliebe. »Vom Don Quixote gibts ein Kinderbuch, das auch ziemlich dick ist. Also es stehen bestimmt die wichtigen Sachen alle drin. Und es wird bestimmt nicht so ätzend sein wie deins. Immerhin ist es ein *Kinderbuch*, und Kindern kann man nicht alles zumuten. Den Stil vom echten Don Quixote, den kennst du ja nun, und den Rest von der Handlung kannst du gemütlich in dem Kinderbuch zu Ende lesen. Und dann noch was ...«

Ich mußte einen Moment nachdenken. »Ach ja, das Bild. Es gibt in der Stadtbibliothek einen Fotokopierservice. Die können das sicher abfotografieren.«

Sie hatte mir sozusagen belustigt zugehört. Es freute sie offenbar, daß ich bemüht war, ihr ein paar Ratschläge zu geben. Während sie antwortete, starrte ich auf ihren Mund und besonders auf ihre Lippen. Sie hatte Lippen wie zwei kleine Regenwürmer, und die bewegte sie mit affenartiger Geschwindigkeit.

»Also mit dem Don Quixote bin ich fast durch. Es sind nur noch knapp hundert Seiten. Wenn ich das mit dem Kinderbuch gewußt hätte, dann hätte ich es bestimmt auch gelesen. Wird nicht wieder vorkommen, daß ich mich durch knapp tausend Seiten Unsinn quäle. Na ja, im ersten Studienjahr kennt man noch nicht die Tricks, verstehst.«

Sie lachte und hatte wieder dieses Feuer in den Augen – es war die reine Freude. Sie bewegte dann gleich wieder ihre süßen Regenwurmlippen, aber das Blitzen und Strahlen in ihren Augen hielt sich noch.

»Und bei diesem Fotokopierservice habe ich auch schon gefragt, aber die bringen das nicht. Die können nur Texte abfotografieren, Bilder mißlingen garantiert. – Na ja, ist ja auch nicht so wichtig mit diesem Bild. Trotzdem vielen Dank, wirklich.«

Sie rekelte sich ein bißchen auf die Seite. Ich sagte nichts. Dann drehte sie sich auf den Rücken, zog die Decke ans Kinn, verschränkte die Arme unter dem Kopf, schloß die Augen und seufzte. »Ich bin krank. Alles tut mir weh.«

Ich sagte nichts.

»Alles tut mir weh«, sagte sie noch etwas langsamer.

»Alles?« fragte ich ungläubig. Sie wollte wahrscheinlich, daß ich in diesem Ton darauf eingehe.

»Alles tut mir weh.« Sie seufzte wie eben.

»Auch die Haare und die Ohrläppchen?«

»Ja, auch die Haare und die Ohrläppchen.«

»Wie geht das?« wollte ich wissen.

»Hab du erst mal meine Krankheit, dann wirst du schon sehen, wie das geht!« Sie war fast schon beleidigt. Man darf nie an der Krankheit von jemandem zweifeln. Er ist sonst immer gleich beleidigt.

Ich sah mir Karla mal in Ruhe an. Oder das, was von ihr noch zu sehen war. Und das war im Grunde nur ihr Gesicht. Sie war wirklich krank, das merkte man. Sie war ziemlich bleich, und an den Haaren sah man auch, daß sie geschwitzt hatte. Nicht, daß sie gleich strähnig waren, nur sie hatten kein bißchen Glanz. Insgesamt machte sie einen ziemlich abgekämpften Eindruck, wenn sie die Augen schloß. Es war wirklich schade, daß sie krank war. Sie war sonst bestimmt ein sehr schönes Mädchen. Aber Kranke können einfach nicht schön sein. Kranke sehen krank aus. Es war ja ganz erfrischend, wie sie mich sozusagen empfing und wie sie mit mir sprach, aber jetzt sah man doch, daß sie ziemlich ramponiert war. Sie strahlte einfach nicht mehr, und damit war alles hin.

Nicole saß immer noch an ihrem Schreibtisch. Sie schrieb irgendwas. Ich hatte sie so ziemlich vergessen, was sie wahrscheinlich auch mitgekriegt hatte. Ihr Schreibtisch war ganz schön unordentlich. Sie hatte sich sogar vier, fünf Bücher auf ihr Bett gepackt. Es machte alles einen sagenhaft wissenschaftlichen Eindruck. Über ihrem Bett hing ein Poster. Es war ein Foto von einem Abend am See. Die Sonne ging gerade unter und spiegelte sich im Wasser. Und so weiter. Außerdem stand auf dem Poster: »Gott, der Herr, ist die Sonne, die uns Licht und Leben gibt.« Was Frommes also. Mir fiel bei der Gelegenheit ein, daß mal einer was erzählt hatte, von wegen Nicole und Kirche und so, aber ich hatte es wieder vergessen. Es hatte mich nicht sonderlich interessiert. Ich erinnerte mich erst wieder, als ich das Poster sah. In der Schule fiel sie auf der Strecke überhaupt nicht auf. Sie schlug kein Kreuz vor Klassenarbeiten oder so. Ich weiß nur, daß gleich in der allerersten Geschichtsstunde was war. Da hat unsere Geschichtslehrerin – Benkert heißt sie – von Jesus gesprochen. Ich habe keine Ahnung, wie sie darauf kam. Auf jeden Fall hat sie uns erzählt, daß Jesus einfach nur eine Erfindung ist. Sie hat gesagt, daß es beim besten Willen nicht stimmen kann, daß er gekreuzigt wurde, denn zu jener Zeit wurde nur noch in einigen spanischen Provinzen gekreuzigt. Nicole war ganz außer sich, aber mehr als » Das kann doch wohl nicht wahr sein!« brachte sie nicht raus. Es ging ihr aber an die Nieren, das sah man ihr an.

Ich habe mir ein Vierteljahr später – es war so um Weihnachten – mal selbst das Neue Testament vorgenommen. Ich finde, das Wichtigste an dieser ganzen Geschichte mit Jesus ist, daß er wirklich gelebt hat. Daß er keine Märchenfigur ist oder so was. Das Wichtigste an Jesus ist doch, daß jeder, der an ihn glaubt, an etwas *Wirkliches* glaubt. Meinetwegen kann die Benkert behaupten, daß Jesus bei der Bergpredigt besoffen war, aber wenn sie sagt, Jesus selbst war schlicht und einfach eine Erfindung, dann ist das ziemlich übel. Wenn ich mir was aus Jesus machen würde – so wie Nicole zum Beispiel –, dann würde ich wahrscheinlich auch außer mir sein, wenn einer sagt, daß Jesus einfach bloß eine Erfindung ist, weil zu jener Zeit in jener Gegend nicht mehr gekreuzigt wurde. Nicole jedenfalls war gründlich beleidigt. Sie nimmt das noch heute der Benkert übel.

Karla hatte eine Weile nichts gesagt. Sie schlief aber nicht. Ich glaube auch nicht, daß sie schlafen wollte. Mir kam plötzlich ein ganz komischer Einfall. Ich fragte Karla: »Tun dir auch die Schultern weh?«

Sie seufzte wieder wie eben: »Ja, auch die Schultern.«

»Und der Hals?«

»Der auch.«

Ich fragte sie: »Soll ich dich mal massieren?«

Das kam an. Sie riß die Augen auf und fragte mich: »Kannst du das?«

»Ja«, sagte ich.

Sie staunte eine Sekunde. Aber in Wirklichkeit wußte ich nicht, ob ich es kann. Ich stellte es mir nicht allzu schwer vor. Ich traute es mir sozusagen zu. Karla war plötzlich wild entschlossen, sich massieren zu lassen.

»Wie muß ich mich hinlegen?« fragte sie.

»Auf den Bauch und ausgestreckt. – Die Arme unterm Kopf verschränken. – Den Kopf kannst du ruhig auf die Seite legen. Allerdings . . .« Ich plante einen kühnen Vorstoß.

»So?« fragte sie.

»Jaja. Allerdings . . .«

»Ja?«

»Allerdings müßten die Schultern frei sein.«

Sie richtete sich auf, warf mir einen scherzhaft-zweifelnden Blick zu und sagte: »Junger Mann!«, und lachte mich an. Dann zog sie die Schleife von ihrem Nachthemd auf und sagte kokett: »Dreh dich mal um!« Sie war ganz Dame.

Ich drehte mich um. Nicole schrieb immer noch und tat so, als bemerkte sie nichts. Sie spielte »überflüssige Nicole«. Das gefiel mir nicht, aber ich sagte nichts dazu.

»So. Nun zeig mal, was in dir steckt!« sagte Karla und kicherte. Sie hatte ihr Nachthemd tatsächlich ein ganzes Stück heruntergezogen, und jetzt lag sie so da, wie ich es ihr gesagt hatte. Ich rückte mir den Stuhl zurecht und fing an.

Es ging. Es ging wunderbar. Es fiel überhaupt nicht auf, daß es meine erste Massage war. Ich hatte feuchte Finger, weil ich ein bißchen aufgeregt war, aber das machte die Arbeit nur noch leichter. Meine Finger glitten dahin, daß es die reine Freude war. Ich fand mich ziemlich professionell, wirklich. Ich nahm mal zwei, mal drei und mal alle Finger und manchmal nur die Daumen. Zum Glück kriegte ich schnell mit, was Sache ist. Wo die Verspannungen sitzen und so. Karla stieß ein paar wohlige Laute aus. Sie lobte mich sozusagen. Es dauerte eine Weile, bis sie anfing, sich wieder mit mir zu unterhalten.

Sie hatte allerdings ihren Kopf seitlich auf ihre Arme gelegt und sprach dadurch vergleichsweise undeutlich. Außerdem wurde sie durch die Massage etwas träge.

»Deine Massage . . . ist eine Wohltat.« Sie lag mit geschlossenen Augen da. Ich machte weiter. Ich konzentrierte mich ganz auf ihre Muskelklumpen.

»Ist das schwer?« wollte sie wissen.

»Nö. Das ist wie . . .« Ich suchte nach einem passenden Vergleich. »Das ist, wie wenn man eine steifgefrorene Tischdecke ausbreiten will. Erst muß man vorsichtig auftauen, also sie muß locker sein, und dann kann man sie glattziehen.«

»So funktioniert massieren?«

»Im wesentlichen ja.« Man könnte wirklich glauben, ich sei ein Profi.

»Und wie weit bist du jetzt?«

»Na ja, ich würde sagen, ich bin schon beim Glattziehen.«

Sie war ein bißchen enttäuscht.

»Was machst du eigentlich später?« Sie machte ihre Augen wieder auf.

»Weiß nicht. Masseur.«

»Im Ernst?« Sie drehte ihren Kopf zu mir hoch.

»Bleib mal ganz locker liegen. Ich kann sonst nicht arbeiten.« Ich sagte tatsächlich »arbeiten«.

»Willst du wirklich Masseur werden?«

»Klar.« Es sagte sich so leichthin.

»Und was muß man da studieren?« Mein Gott, für alles soll man studieren!

»Ihsch wärrde den weibliehschen Körrpärr stüdiehren«, sagte ich so wransösiehsch wie ich nur konnte.

»Da wünsch ich viel Spaß!« sagte sie. Sie war nicht beleidigt. Sie sagte es eher ironisch. Sie konnte bestimmt schlagfertig sein.

Im Prinzip war ich fertig. Ich hörte aber trotzdem nicht auf. Es gefiel mir einfach, so neben ihr am Bett zu sitzen und ihr die Schultern zu massieren. Sie schloß wieder die

Augen und sagte nach einer Weile: »Wirklich, deine Massage ist eine Wohltat.«

»Ich bin jetzt aber fertig.«

»Oh, bitte mach weiter! Es ist so schön!« Sie war plötzlich gar nicht mehr träge. Sie bettelte geradezu hemmungslos. Ich wußte, daß ich weitermachen würde. Ich wollte sie aber noch ein bißchen betteln lassen.

»Bitte!« sagte sie noch mal.

»Ich bin fertig«, bekräftigte ich. »Gründlicher gehts nicht.«

»Mach bitte weiter! Bittebittebittebittebitte! Ich bin doch krank und liege den ganzen Tag zu Hause und gräme mich bitterlich. Weißt du, wie langweilig das ist? Du wirst doch nicht so hartherzig sein und mir diesen Wunsch abschlagen. Du kannst das doch so schön!« Sie war außer Rand und Band. Sie hatte wirklich Angst, ich würde jetzt aufhören. Ich machte weiter. Und zwar, weil es doch irgendwas Erotisches hatte. Ich kanns nicht leugnen. Immerhin war sie ein wirklich schönes Mädchen, das in ihrem Bett lag und ihr Nachthemd ein ganzes Stück heruntergezogen hatte. Und außerdem hatte sie diese Regenwurmlippen, die mir immer besser gefielen, je öfter sie sie bewegte. Das sollte man bedenken, ehe man darüber die Nase rümpft, daß ich es erotisch fand. Außerdem war es mir überhaupt nicht egal, wie sie mich anbettelte. Es rührte sozusagen an mein Herz. Ich hätte ihr wahrscheinlich *jeden* Wunsch erfüllt.

Ich fing noch mal an. Karla legte wieder den Kopf auf die Seite und schloß die Augen. Diesmal fing ich selbst nach einer Weile die Unterhaltung an.

»Weißt du, wie du mir vorkommst?«

»N-n.«

»Wie eine Katze, die faul in der Sonne liegt und sich streicheln läßt.«

Sie mußte lachen. Den Vergleich fand sie komisch. Ich setzte sogar noch einen drauf: »Fehlt nur noch, daß du schnurrst.«

Sie mußte wieder lachen. Jetzt schaltete sich Nicole ein. Sie war also doch nicht abwesend.

»Anton, du stellst aber auch Vergleiche an. Zu ihr sagst du, sie liegt rum wie eine Katze in der Sonne, zu mir sagst du, ich bewege mich wie 'n Wackelpudding . . .«

»Hat er wirklich gesagt: ›*Wackelpudding*‹?« Karla lachte schon wieder.

»Karla, hör mal, wenn du lachst, kann ich dich nicht massieren.«

Sie hörte gar nicht mehr zu.

». . . Wackelpudding . . .«

In dem Moment kam ihre Mutter ins Zimmer. Ich flog schätzungsweise vom Stuhl. Karla wurde knallrot, richtete den Oberkörper ein wenig auf, zog ihr Kissen heran und lachte tapfer weiter. Ich wurde wahrscheinlich auch rot, aber Karla war so was von knallrot, daß ich dagegen geradezu blaß gewirkt haben muß. Karlas Mutter warf noch schnell einen Blick auf Nicole, ehe sie Karla fragte: »Was geht hier vor?«

Sie fragte auch in diesem scherzhaft-vorwurfsvollen Ton. Sie hatte sofort mitgekriegt, was hier vorging, aber wahrscheinlich war es in dieser Familie so üblich, sich nicht ernstgemeinte Vorwürfe um die Ohren zu hauen. Sie waren eben nicht so verbissen.

Karla rief: »Mutti, stell dir vor, der Anton kann massieren!«

Die Mutter zwinkerte mir zu und sagte dann zu Karla: »Phh, massieren! So nennt man's heute!«

Dann setzte sie eine Seufzermiene auf und seufzte: »Jaja, aber mit der Zeit gewöhnt sich Mutter daran, mit solchen Situationen fertig zu werden . . .«, und gleichzeitig kicherte sie schadenfroh.

Karla war empört: »Mutti!! Noch ein Wort, und hier fliegen Kissen!«

»Au ja, bitte, tus!« sagte ich leise.

Karla lachte und zeigte mir 'nen Vogel. Sie zog ihr Kissen noch fester an sich ran, sah ihre Mutter an und biß sich auf die Unterlippe. Wahrscheinlich war es ihr wirklich ein bißchen peinlich, und mittlerweile war sie im Gesicht auch irgendwas zwischen dunkelrot und lila. Karlas Mutter war gewissermaßen belustigt. Sie sagte noch lächelnd: »Ja, ja . . .«, und dann sprach sie ganz normal. Sie hatte Charme, so oder so.

»Sagt mal, meine Damen, Omi hat nächsten Freitag Geburtstag. Könntet ihr vielleicht einen Brief, oder so was – ja?«

»Wollt ich sowieso«, sagte Nicole.

»Na bestens! Das war eigentlich schon alles, was ich wollte. Außer: Bleibst du noch zum Abendbrot?« Sie meinte mich.

Ich sagte, daß ich wirklich gerne bleiben würde, aber leider bald gehen muß. Die Wahrheit war aber, daß ich deutlich voraussah, wie mich die Mutter ausfragt, über mein Zeugnis und was ich mal werden will und diesen Kram. Ich hatte überhaupt keine Lust, schon wieder meinen blöden Spruch runterzuleiern. Obwohl ich zugeben muß, daß es mich wirklich reizte, mit Nicole, Karla und Irina an einem Tisch zu sitzen. Sie waren sich so herrlich ähnlich, und es war bestimmt so was wie eine Attraktion, mit allen dreien an einem Tisch zu sitzen und sie nur so zu beobachten oder einfach mitten unter ihnen zu sein. Es war wie in irgendeinem schönen Märchen mit drei guten Schwestern und so. Es war hier überhaupt alles wie in einem schönen Märchen, bloß es soll keiner versuchen, mich auszufragen. Ich kann das nicht ausstehen.

Die Mutter ging wieder. Karla sah mich groß an, legte die Hand vor den Mund und sagte: »Au weia!«, aber ihre Augen lachten schon wieder. Dann fragte sie mich: »Sag mal, bin ich rot geworden?«

»Kaum«, sagte ich trocken. Innerlich zerriß es mich fast.

»Dafür bist du aber ganz schön rot geworden. – Nicole, sag mal, bin ich rot geworden?«

»Du nicht so, aber Anton.« Ich dachte, ich höre nicht richtig.

»Ich bin rot geworden? Noch mehr als Karla?«

»Ja. Warum guckst'n so?« Sie fing schon wieder an zu lachen.

»Ich war noch röter als Karla?« Es war nicht zu fassen.

»Ja, ganz eindeutig! – Wieso, was soll das jetzt?« Sie hatte ja recht. Ich gab's auf.

»Ratet mal, wer nächsten Freitag Geburtstag hat!« sagte ich.

»Meine Omi!« rief Karla.

»Und wer noch?«

»Meine Omi!« sagte Nicole. Sie hat manchmal nur Knete im Kopf.

»Himmeldonnerwetter ... Wer noch?«

»Du etwa?« Karla sah mich mit Riesenaugen an.

Ich nickte.

»Ja?« Sie lebte plötzlich wieder auf. Sie konnte so phantastisch herzlich sein.

»Hast du wirklich nächsten Freitag Geburtstag?«

Ich nickte noch mal und freute mich. Ich mußte mich einfach freuen. Darüber, daß ich hier war und mich so wohl fühlte und Karla so herzlich war und über all das.

»Und wie alt wirst du?«

»Achtzehn.«

»Mann, achtzehn! Und? Große Feier, mit tausend Leuten?«

»Nö. Ich glaube, ich mache überhaupt nichts in der Richtung.«

»Wieso?«

»Ach – keine Lust. Irgendwas wird mir schon einfallen.«

»Du bist ja komisch. Du wirst endlich achtzehn, keiner kann dir mehr was verbieten, und das feierst du nicht mal.«

»Ach, das ist alles irgendwie ...« Ich mühte mich vielleicht sonstwie ab, aber ich kriegte keinen ordentlichen Satz hin. Wahrscheinlich wollte ich sagen, daß ich kein gutes Gefühl habe, wenn meine Zukunft immer näher kommt. Oder jedenfalls so was Ähnliches.

»Also ich finds komisch«, sagte Karla noch mal.

»Wollen wir drei nicht was zusammen machen?« Ich hatte wirklich Lust dazu.

»Aha. Und was?« fragte Karla.

»Ich weiß nicht. Aber mir wird schon was einfallen.«

Nicole fragte Karla: »Wollen wir?«

»Klar, warum nicht!« sagte Karla. Normalerweise braucht man *Wochen*, um solche Dinge auszuhandeln.

Ich fragte Karla: »Bist du da schon wieder gesund?«

»Ich werd's schon schaffen!« sagte sie und lachte sich halbtot.

Nicole zeigte mir dann ihre Goldhamster. Sigmund Freud und seine Bande. Alles hektische Tierchen. Ich konnte mir nicht vorstellen, daß da mal Ruhe einzieht. Nur ein Hamster schlief, und das war ausgerechnet der Lieblingshamster von Nicole. Sie wollte ihn nicht wecken, und so konnte sie mir nur erzählen, daß er Jonny heißt und ein ziemlich gerissener Bursche ist. Er ist sozusagen der Pfiffikus unter den Goldhamstern.

Ich wollte noch wissen, wer Sigmund Freud ist. Nicole lachte. Sigmund Freud war der schärfste von allen. Er war ziemlich runter mit den Nerven. Er rannte andauernd in einem ganz engen Kreis seinem eigenen Hinterteil hinterher. Er kapierte einfach nicht, daß es sein eigener Hintern war, den er schnappen wollte. Er konnte einem leid tun. Nicole nahm ihn raus und beruhigte ihn, aber als er wieder drin war, flitzte er gleich wieder sich selbst hinterher. Er war reif für die Klapsmühle.

Nicole erzählte mir noch was über ihre anderen Hamster. Sie konnte das gut. Ich beobachtete jedenfalls fast nur noch Nicole, wie sie erzählte und so. Es gefiel mir einfach, ihr zuzuhören und zuzusehen, wie sie von ihren Hamstern sprach.

Nicole ist schon ein feines Mädel, überhaupt kein Zweifel. Ich hätte sie bestimmt schon viel eher entdeckt, aber sie nimmt sich selbst kein bißchen wichtig. Als wir uns verabschiedeten, bemerkte ich, daß sie sich etwas Lidschatten und Wimperntusche aufgetragen hatte. Es war nur ganz wenig, aber es sah wirklich gut aus. Mir war an ihr noch nie so was aufgefallen. Wahrscheinlich werde ich in Zukunft mehr auf solche Dinge achtgeben müssen. Man kann ja nicht sein Leben lang ein Trampeltier bleiben.

An meinem Geburtstag waren abends meine Eltern nicht zu Hause. Ich hatte sie einfach weggeschickt. Das lassen sie schon mal mit sich machen. Ich hatte ihnen bloß gesagt, daß ich Besuch kriege und die ganze Wohnung gern für mich hätte. In Wirklichkeit war ich nicht gerade versessen darauf, sie als Zuschauer sozusagen in unserer Mitte zu wissen. Besonders meine Mutter. Sie hätte wahrscheinlich überhaupt keine Ruhe gehabt. Sie würde mir unbedingt den perfekten Geburtstag organisieren wollen. Früher hat sie immer die besten Kindergeburtstage veranstaltet. Mit Luftballonblasen und Papierschlangen und so. Die Zeiten sind ja jetzt vorbei. Trotzdem kann man sich bei meiner Mutter nicht sicher sein. Wenn sie ihren Organisationsfimmel kriegt, ist sie nicht mehr zu bremsen. Im wesentlichen deshalb wollte ich meine Eltern nicht dabeihaben. Sie hatten mir übrigens ein sehr schönes Geschenk gemacht. Sie hatten mir einen Walkman geschenkt. Mit Radio *und* Kassettenteil. Diese Dinger sind einmalig. Wer gegen Walkman ist, hat keine Ahnung. Zum Beispiel, wenn man am Morgen in der S-Bahn sitzt und zur Schule fährt. Nur verkniffene Gesichter. Aber wenn man dann seinen Kopfhörer aufsetzt, ist man ganz woanders. Siebzig Meilen über der Erde. The Sound of Music. Man hat so gute Laune, daß man all diese Typen mit den verkniffenen Gesichtern nur bedauern kann. Es ist geradezu unmöglich, *Musik* zu hören und schlechte Laune zu haben. Musik ist geil. Musik ist das Geilste, was einem zu Ohren kommen kann.

Ich hatte Nicole und Karla zu keiner bestimmten Zeit eingeladen. Ich wußte nicht, ob sie irgendeine Idee mitbringen. Ich jedenfalls hatte nichts Gigantisches mit ihnen vor. Ich wollte nur gemeinsam mit ihnen was machen.

Ihre Gesellschaft war mir sehr angenehm. Wahrscheinlich würden wir zuerst in die Küche gehen und irgendeine Weltneuheit kochen oder backen oder was weiß ich. So was kann sehr aufregend sein, besonders mit Mädchen wie Nicole oder Karla. Sie sind für diese Zwecke ideal geeignet. Man kann mit ihnen alles mögliche machen. Sie sind für alles ideal geeignet, was man *gemeinsam* machen kann.

Leider ließen mich Nicole und Karla warten. Sie hätten mich wenigstens anrufen können, um mir zu sagen, was los ist. Nicole hatte leider kein Telefon. Sonst hätte ich sie angerufen. Ich hatte mächtig Angst, daß sie unsere Verabredung vergessen hatten oder so. Ich hatte mich sehr auf meinen Geburtstag gefreut, besonders wegen Nicole und Karla und ganz besonders wegen Karla. Es war sehr unangenehm, jetzt zu warten und sich dauernd zu fragen, ob sie auch wirklich kommen würden. Ich schaltete irgendwann den Fernseher ein und sah erst mal Nachrichten. Allerdings interessierten sie mich nicht sonderlich. Ich schaltete noch ein bißchen hin und her, aber ich hatte ohnehin die Absicht, ihn wieder auszuschalten. Ich hätte lieber etwas Musik unterm Kopfhörer gehört, aber ich hatte Angst, ich könnte das Klingeln überhören. Ich lief ein paarmal ziellos durch die Wohnung und blieb schließlich vor dem Spiegel stehen, wo ich erst mal ein paar Fratzen übte. Irgendwo habe ich mal gelesen, daß der Mensch reflektorisch vor dem Spiegel Fratzen macht. Daran glaube ich natürlich nicht, aber Tatsache ist, daß ich an keinem Spiegel vorbeikomme, ohne Fratzen zu machen. Meistens sind es nur ganz harmlose – also daß ich mir mal zunicke oder so –, aber immerhin. Manchmal mache ich auch ganz fürchterliche Fratzen. Wie ich aussehe, wenn man mich umbringt oder so. Es ist schlimm – ich weiß das –, aber ich habe mir tatsächlich schon mal die Finger um den Hals gelegt und das passende Gesicht dazu gemacht. Sogar schon ein paarmal, um die Wahrheit zu sagen.

Ich stand vor dem Spiegel und übte den Gesichtsausdruck, den ich haben wollte, wenn Nicole und Karla kommen. Ich wollte einen gewinnenden Eindruck machen, um ehrlich zu sein. Aber je länger ich verschiedene Varianten ausprobierte, desto weniger gefielen sie mir. Ich hörte deshalb auf mit dem blöden Fratzenschneiden. Wenn man genau darüber nachdenkt, ist es eine ziemlich erniedrigende Beschäftigung.

Ich ging ins Wohnzimmer und nahm das erstbeste Buch in die Hand. Ich wollte einfach nur ein Buch in der Hand halten. Es interessierte mich nicht sonderlich. Ich blätterte ein bißchen hin und her und schlug schließlich die erste Seite auf. Genaugenommen war es Seite fünf. Ich las ungefähr anderthalb Seiten, aber es war tödlich langweilig. Schon der erste Satz war fürchterlich: »Verlassen lag das Vorwerk im Tal.« Vielleicht hieß er auch: »Mühsam kroch ein Auto die Serpentinen hinauf.« Oder: »Wie ein zäher Brei quoll der Lärm in Halle sieben.« Auf jeden Fall reichte es mir schon nach dem ersten Satz. Ich las nur deshalb weiter, weil ich wissen wollte, wie lange ich es aushalte, diesen Schwachsinn zu lesen.

Ich nahm dann einen Würfel in die Hand. Er liegt in meinem Setzkasten. Ich versuchte, nur Sechsen zu würfeln. Angeblich läßt sich so was trainieren. Ich habe an der Ostsee mal einen Spieler kennengelernt. Er hatte mir erzählt, daß die Gauner im Friedrichshain den Würfel *legen* können. Ich probierte ungefähr eine halbe Stunde, Sechsen zu legen, aber es klappte überhaupt nicht, außer einmal. Da hatte ich vier Sechsen hintereinander. Ich vermute aber, daß das auch bloß Zufall war.

Dann machte ich mir noch eine Cola auf, aber ich trank nur einen winzigen Schluck. Ich hatte überhaupt keinen Durst, um ehrlich zu sein. Ich setzte mich in den Sessel, um ein bißchen zu schlafen. Allerdings war ich kein bißchen müde. Ich konnte keine Sekunde schlafen. Außerdem machte es mich jedesmal verrückt, wenn ich Schritte auf der Treppe hörte. Ich dachte andauernd, daß jetzt Nicole und Karla kommen würden, aber sie waren es nicht.

Irgendwann habe ich aufgehört zu warten. Ich wollte nicht mehr dasitzen und darauf warten, daß es an der Tür klingelt oder daß das Telefon klingelt. Ich hatte das Warten satt, ehrlich, ich hatte es satt. Jedenfalls beschloß ich, mich total vollaufen zu lassen. Ich wollte einfach wissen, wie das ist. Es war bestimmt nicht so blöd, wie zu Hause zu sitzen und umsonst auf irgendwas und irgendwen zu warten. Immerhin war ich achtzehn, und ich wollte, daß in meinem verdammten Leben endlich mal was losgeht. Mir fiel nichts Besseres ein. Offen gesagt, ich fand sogar, daß es eine gute Idee war.

Ich zog mir was über, schnappte meinen Walkman und zog los. Ich ging zur S-Bahn. Ich wollte nach Pankow fahren. Da ist eine Spätverkaufsstelle, die bis um zehn offen ist. Ich wollte mir eine Granate kaufen und sie mir auf dem Rückweg eindrehen. In Baume wollte ich dann noch ein bißchen Remmidemmi machen, ein paarmal Scheiße schreien oder so. Wenn ich nach Hause komme, wird meine Mutter wahrscheinlich ganz schön geschockt sein. Ich malte mir aus, daß ich schwankend und mit glasigen Augen in der Tür stehe, und wenn sie dann anfängt »Junge, was machst du bloß für Sachen . . .«, würde ich mich wortlos an ihr vorbeischieben, in mein Zimmer trotten und mich schlafen legen. Ich wollte unbedingt mit Stiefeln schlafen.

Man fährt von Baume bis Pankow glatt eine halbe Stunde, da hatte ich genug Zeit, mir so was auszudenken. Ich muß sagen, ich fand mich ziemlich cool. Ich saß in der S-Bahn mit einem undurchdringlichen Gesicht und ließ keinen merken, daß ich einen echten Entschluß gefaßt hatte. Ich war der einzige Mensch in dieser S-Bahn, der einen Entschluß hatte. Als ich ausstieg, bewegte ich mich wie in einem amerikanischen Film. Ich lief die Treppen runter und war mitten in der Bronx oder in Harlem oder so. Um mich herum nur finstere Typen. Jeder, der mir entgegenkam, war Killer oder Dealer oder beides. Ich war'n Killer, und ich sollte noch in dieser Nacht den Präsidenten umlegen und dann für drei Wochen nach Kalifornien verschwinden. Meine Pistole lag in meiner Manteltasche, und ich hatte den Finger schon am Abzug. Ich war vollkommen ruhig. Ich hatte niemanden eingeweiht. So was mach ich prinzipiell alleine. Ich führe den Auftrag aus, kassiere mein Geld und verschwinde ins Nichts. Ich habe keine Herkunft und kein Ziel, und es gibt keinen, der mich kennt. Nachts macht dünner Regen die Straßen naß, und tagsüber schlafe ich oder werfe einen Blick in die Zeitung. Manchmal gehe ich auch in meine Kneipe und spiele Billard oder schließe Wetten über Boxkämpfe ab. Das ist mein Leben. Der einzige Grund, jetzt irgendwelchen Fusel zu kaufen, war der, daß ich einen völlig unbeteiligten Zeugen brauchte, der mich zu dieser Zeit noch an diesem Ort gesehen hatte. Als ich den Drugstore betrat, war nur eine Verkäuferin im Laden. Ich nahm eine Flasche aus dem Regal, ging zur Kasse und fragte die Verkäuferin, ob sie auch meine Uhr in Zahlung nehmen würde. Ich brauchte mein Geld noch. Sie sagte irgendwas, was nicht ins Drehbuch paßte, und ich machte die Uhr ab und zeigte sie ihr. Es war eine gute Uhr. Sie hätte darauf eingehen sollen. Sie hätte gut abgeschnitten.

Sie wollte aber nur Bargeld, und so bezahlte ich bar. Ich konnte aber sicher sein, daß sie sich noch nach Monaten an mich erinnern kann. Ich hatte jetzt einen sicheren Zeugen. Meine Flasche packte ich in eine Papiertüte.

Draußen fand ich diesen ganzen amerikanischen Film plötzlich sehr albern. Die Verkäuferin muß mich für einen Spritti gehalten haben, der so scharf auf den Stoff ist, daß er dafür seine Uhr hergibt. Nun stand ich also da mit meiner Pulle. Ich ging ein paar Schritte und schraubte im Gehen den Verschluß auf. Dann blieb ich stehen und nahm einen langen Zug. Ich mußte aber sofort husten und verschluckte mich. Ich Idiot hatte mit Absicht das schärfste Gesöff genommen. Immerhin 38 Umdrehungen. Wie gesagt, ich wollte mich recht zielstrebig besaufen.

Ich mußte vorsichtig und in kleinen Schlucken trinken,

aber dafür setzte ich die Flasche auch ziemlich oft an, und als die S-Bahn kam, schwankte ich beim Einsteigen. Obwohl ich mir Mühe gab, mich in der Gewalt zu behalten. Im Zug soff ich feste weiter, und es fing an, in meinen Ohren zu brausen, das Licht wurde gelb, kurzum, ich wurde richtig besoffen. Ich hatte jetzt aber keine Lust, in Baume oder sonstwo Remmidemmi zu machen. Als die S-Bahn Leninallee hielt, hatte ich eine Idee. Ich wollte Katrin Kupferpfennig besuchen. Sie wohnt in der Leninallee. Als ich ausstieg, hätte ich um ein Haar gekotzt, aber ich hatte noch mal Glück. Ich hatte überhaupt Glück heute. Erst hat die Verkäuferin meinen Ausweis nicht sehen wollen, und jetzt habe ich nicht kotzen müssen. Mir blieben alle möglichen Peinlichkeiten erspart. Es war offensichtlich mein Glückstag heute.

Ich brauchte schätzungsweise ein Dreivierteljahr, um die Treppe auf dem Bahnhof hochzukommen. Mein Gott, war ich voll. Meine Flasche fuhr jetzt S-Bahn. Ich hatte sie nicht mitgenommen, obwohl noch reichlich was drin war. Aber ich hatte auch reichlich was drin. Es reichte fürs erste.

Mit dem Laufen klappte es. Es waren wirklich nur die Treppen, mit denen ich Probleme hatte. Trotzdem – es war plötzlich saukalt, und an den Ohren fror ich wie verrückt. Ich setzte mir den Kopfhörer auf und schaltete das Radio ein, aber die Batterien waren vollkommen fertig. Der Sender tauchte andauernd unter. Das machte mich fast wahnsinnig. Ich wollte aber den Kopfhörer nicht absetzen. Er hielt die Ohren warm, zumindest ein bißchen. Er war zwar viel zu klein, aber es war besser als gar nichts. Ich versuchte, das Radio auszuschalten, aber ich fand diesen blöden Schalter einfach nicht. Der Walkman steckte in der Innentasche, und meine Finger waren klamm wie sonstwas. Schließlich zog ich den Kopfhörerstecker einfach ab. Das Kabel bammelte zwischen meinen Beinen. Das hatte ich nicht bedacht. Es war zum Auswachsen.

Ich stand plötzlich vor einem Elfgeschosser. Ich ging

ganz dicht an das Haus ran. Ich stand vor dem ersten Elfgeschosser, und dahinter kamen noch Tausende. Auf der anderen Straßenseite standen ebenfalls Tausende Elfgeschosser. Es war mitten in der Nacht.

Es nutzte nichts – ich fing an, das Klingelbrett durchzugehen. Ich muß dazu sagen, daß ich nicht wußte, in welchem Haus Katrin Kupferpfennig wohnt. Ich wußte ihren Namen, und ich wußte, daß sie in der Leninallee wohnt. Wir waren mal zusammen im Mathelager gewesen, in der fünften Klasse. Ich fand sie schau und sie mich auch, und sie hatte mir ihre Adresse gegeben. Allerdings war ich nie bei ihr gewesen, und deshalb mußte ich sie jetzt erst mal suchen. Mit dem Lesen hatte ich echt Probleme. Junge, ich war so voll, daß ich siebzigmal neu anfangen mußte. Ich wollte ganz sichergehen, daß ich nichts übersehe.

Nach einer Weile kam ein Mann mit einem klapperdürren Köter und wollte ins Haus. Er war mir nicht besonders sympathisch. Ich fragte ihn, ob hier eine Katrin Kupferpfennig wohnt. Er verstand mich zuerst nicht. Ich muß ziemlich undeutlich gesprochen haben. Ich war selbst über mein Gelalle erschrocken. Schließlich verstand er mich doch und sagte, so eine wohnt hier nicht. Er hatte die ganze Zeit sehr beschäftigt getan. Sein Türschloß nahm ihn wahnsinnig in Anspruch. Als er die Haustür endlich aufgeschlossen hatte, verschwand er im Haus und schloß die Tür schnell von innen ab. Er machte sich nicht mal Licht. Leute mit Kötern kann man allesamt vergessen. Eines Tages montieren sie noch Selbstschußanlagen an ihre Neubaueingänge, ihr werdet es erleben.

Ich ging zum nächsten Hauseingang und nahm mir wieder das Klingelbrett vor. Es war eine mühselige Arbeit. Meine Nase lief wie verrückt. Außerdem war mir kalt. Ich Hornochse hatte auch meine Handschuhe und meinen Schal in der S-Bahn gelassen, einfach so. So ein Hornochse bin ich manchmal.

Aus dem Nebenhaus kam ein junges Ehepaar oder so was, auf jeden Fall sahen sie sehr nach erfolgreicher Familienpolitik aus. Er hielt ihr die Tür auf. Sie kam raus, und als sie gerade losgehen wollten, rief ich: »Augenblick mal!« Ich war schon auf die beiden zugegangen, so von der Seite. Er drehte sich zwar zu mir um, aber sie sagte: »Ach, laß den doch, der ist doch betrunken«, und zog ihn am Arm. Er ließ sie bei sich einhaken, und dann gingen sie. Er war ein richtiger Kavalier, überhaupt kein Zweifel. Ich sah den beiden hinterher. Wahrscheinlich werden sie jetzt in ihre Marzahner Neubauwohnung fahren und sich in ihr Kreditdoppelbett legen und vor lauter Mütterjahr und zweitem Kind sehr glücklich sein, und am Montag werde ich davon wieder in der Zeitung lesen.

Ich ging zurück zum Eingang und suchte weiter das Klingelbrett ab. Eine Heidenarbeit, echt. Häuser bis dorthinaus. Ich war nahe dran, mich vors Haus zu stellen und nach Katrin Kupferpfennig zu rufen. Ich ließ es aber doch bleiben. Sie würde es nicht hören, wenn sie oben wohnt. Statt dessen machte ich mir auf einmal sehr merkwürdige Gedanken. Das kam, weil ich zum Himmel sah und einen Lichtpunkt beobachtete, der ganz langsam mitten durch die Sterne flog. Wahrscheinlich ein Raumschiff oder so, ich kam plötzlich auf den Gedanken, wie es einem Raumfahrer geht, wenn er mitkriegt, daß seine Kapsel undicht ist. Ich glaube, das muß furchtbar sein. Ich wurde mit einem Male sehr mitfühlend. Immerhin fliegt man einsam wie Sau durch das dunkle Nichts, und niemand hält einem die Hand oder streicht einem das verschwitzte Haar aus der Stirn oder so. Man fliegt nur durch die Nacht und hat mit einem Mal sämtliche Naturgesetze gegen sich. Junge, da hat man keine Chance. Man kann sich in kein Bett verkriechen, man braucht auf keinen Retter zu hoffen, kein Notsignal wird einem helfen. Man kann nicht mal jemanden *bitten*, daß es nicht geschehen soll. Nicht mal trösten werden sie einen von unten. Sie werden auf ihren Meßgeräten jeden beschissenen Öldruck eines jeden Systems sehen, aber daß es deine letzte Minute ist, das kriegen sie nicht mit. Sie werden dir sicher sagen, daß ihre Gedanken bei dir sind, aber ihre Augen sind auf den Monitoren, und wenn das wirklich ein verzweifelter Raumfahrer war, der da durch die Sterne flog, konnte wenigstens *ich* mir vorstellen, wie es um ihn stand.

Jedenfalls kam wieder so ein Ehepaar. Vielleicht so alt wie meine Eltern. Das ist eine problematische Altersgruppe. Ich sprach sie trotzdem an. Eher noch den Mann. Männer sind allerdings nicht zurechnungsfähig.

»Sagen Sie, wohnt in diesem Haus eine Katrin Kupferpfennig?« Er märte an seinem Türschloß rum. Seine Frau versteckte sich hinter ihm. »Mein Gott, ist der betrunken!« flüsterte sie. Der Mann sagte erst mal nichts. Er überlegte, aber ich sah im ersten Moment, daß er nur Blödsinn zusammenreden würde und nur unsicher war, ob er »Du« oder »Sie« zu mir sagen sollte. Er märte an der Tür rum, und als er sie aufgekriegt hatte, sah er mich an und sagte: »Meinen Sie nicht, daß Sie etwas zu reichlich getrunken haben?«

Er war original einer dieser belastenden Typen, die man um Feuer bittet und die einem dann kommen, warum man einen Ohrring trägt, ob man etwa ein Mädchen ist und so. Original so ein Typ war das.

»Habe jetzt Urlaub, verstehen Sie, na ja . . . Eggesin.«

Seine Frau flüsterte noch entsetzter: »Mein Gott, ist der betrunken.«

Er schob seine Frau zur Tür hinein, und zu mir sagte er: »Dann rate ich Ihnen, nach Hause zu gehen, denn wenn man Sie so aufgreift, ist der Urlaub für Sie beendet.«

Er wollte die Tür zuziehen, aber ich hielt sie fest und fragte: »Wohnt hier eine Katrin Kupferpfennig?«

Solche Typen kriegen nur mit, daß man die Tür festhält. Mir war sowieso klar, daß er jetzt rot sieht.

Er zog von innen und fing an zu keuchen. Er keuchte sich ungefähr halbtot, aber er brachte es trotzdem fertig, in seinem Scheiß-Belehrungs-Tonfall weiter zu belehren: »Da Sie kein Mieter dieses Hauses sind, haben . . . Sie . . . hier . . . nichts . . . zu . . . suchen . . .«

Es gab eine regelrechte Rangelei. Seine Frau wimmerte ängstlich »Günter . . .«, und schließlich stieß er mich zurück und zog die Tür schnell zu. Ich hatte wieder mal verloren. In Zweikämpfen verliere ich immer. Irgendeine bescheuerte dreizehnte Fee hat veranlaßt, daß ich alle meine Zweikämpfe verliere.

Normalerweise wäre ich nach Hause gegangen, aber das ging jetzt nicht. Mir war etwas sehr Blödes passiert. Das Kopfhörerkabel war in der Tür eingeklemmt. In dem ganzen Hin und Her mit dem heroischen Verteidiger seines Elfgeschossers war das Kabelende in den Türspalt geraten. Ich stand da und konnte nicht weg. Ich hätte entweder den Kopfhörer dalassen oder das Kabel abreißen müssen. Das wollte ich beides nicht. Ich mußte warten.

Es war wohl doch nicht mein Glückstag.

Ich legte meinen Kopf an die Tür und betrachtete mein Spiegelbild. Ich war ganz nah an meinem Spiegelbild. Ich sah ziemlich müde aus und ziemlich erfolglos. Außerdem war mir kalt, und ich mußte andauernd die Nase hochziehen. Sie lief wie verrückt.

Mir kam plötzlich die Idee, einfach so lange am Klingelbrett rumzuklingeln, bis einer die Summertaste drückt und ich die Tür aufmachen kann. Es war mir egal, wie spät es ist. Ich hatte überhaupt keine Lust, deshalb ein schlechtes Gewissen zu haben. Diese Häuser sind voll mit verbretterten Typen. Da kommts nicht so drauf an. Aber im Moment wollte ich es nicht tun. Ich betrachtete lieber mein Spiegelbild und dachte nach. Während ich nachdachte, streichelte ich ein bißchen die Scheibe, aber sie tat so, als spürte sie nichts.

Nein, ich sah mein Spiegelbild, und ich fragte mich, ob je einer so erfolglos aussah und ob das je einer erfahren hat. Kein Mensch wird je wissen, wie ich aussah, als ich an der Tür stand und mein Kopfhörerkabel eingeklemmt war. Und ich fragte mich, ob ich der einzige bin, dem es so geht, oder ob die ganzen strahlend erfolgreichen Typen, zum Beispiel im Fernsehen, auch mal so tief unten waren.

Oder solche Typen wie Schneider oder diese bescheuerten Ehepaare, die ihre Hauseingänge wie sonstwas verteidigen. Und wenn sie dieses Gefühl kennen, warum sie dann trotzdem so hundsgemein sind. Ob sie vielleicht nie in so einer Lage waren oder ob sie es wieder vergessen haben, ob sie von Natur aus so niederträchtig sind. Ich sah mir nur mein müdes und abgekämpftes und so gottverdammt erfolgloses Gesicht an und wäre gern ein anderer gewesen, eben einer, der nicht meine Sorgen hat, weiß der Geier.

Irgendwann zog ich auch mal an der Tür. Sie ließ sich ganz leicht öffnen. Das Türschloß funktionierte nicht. Die Tür war im Prinzip schon die ganze Zeit offen.

Ich ging ins Haus. Hier war es etwas wärmer. Ich fror nicht mehr so. Ich machte das Licht an und sah eine Heizung. Da wärmte ich mir ein bißchen die Hände, es tat wirklich gut. Dann ging ich an die Briefkästen und suchte weiter. Ich wollte noch nicht aufgeben. Außerdem war es hier etwas bequemer als draußen am Klingelbrett.

Ich war noch nicht weit gekommen, als das Licht wieder ausging, und ich merkte plötzlich, daß ich todmüde war. Ich wollte mich ein bißchen ausruhen und setzte mich auf die Treppe. Es war sehr angenehm. Man konnte sich direkt heimisch fühlen.

Ich legte den Kopf an die Wand und machte die Augen zu. Junge, war ich vielleicht müde! Es war mir egal, ob ich einschlief. Ich war wirklich todmüde.

Jedenfalls griff mir einer an die Schultern und fragte: »He Kumpel, warum schläfst'n hier?«

Ich sagte, ich schlafe gar nicht, aber er verstand mich nicht. Meine Zunge war ziemlich schwer.

»Was?« fragte er.

»Ich schlafe gar nicht. Warum hast'n Licht gemacht?« Ich war jetzt etwas deutlicher. Immerhin.

»Ich muß doch was sehen. Ist doch zappenduster hier.«

Ich blinzelte ihn an. Wahrscheinlich war ich doch eingeschlafen. Der Mann, der mich geweckt hatte, war keine dreißig. Er hatte eine schwarze Lederjacke an. Nicht gerade eine von den teuren. Eher so eine Art Motorradjacke. Er war offensichtlich kein Ekelpaket. Sozusagen der erste normale Mensch hier. Er hatte auch einen Button an seiner Jacke. Auf dem stand das Wort »AIDS« ziemlich groß, aber die anderen Worte waren so klein, daß ich sie nicht lesen konnte. All diese Buttons erinnern mich immer an eine ziemlich unangenehme Geschichte. Sie passierte mir, als ich fünfzehn war. Ich ging da allein ins Kino, irgendein amerikanischer Gagfilm, »Beverly Hills Cop« oder so was. Neben mich setzte sich eine halbe Portion von einem Mädchen. Sie hatte einen Button von Boy George an ihrer Jacke, und den sah ich, und sie sah, daß ich ihn sah, und sie lächelte mich an, als ob sie sich dafür entschuldigen wollte. Ich muß ziemlich entsetzt ausgesehen haben. Auf jeden Fall war dieser Blickwechsel unsere *Kontaktaufnahme.* Ich muß dazu sagen, daß sie überhaupt nicht schön war. Von ihr ging irgend etwas Krankes aus, die ganze Zeit über. Sogar etwas Tödliches, würde ich sagen. Wenn sie mir erzählt hätte, sie hat die Magersucht oder eine Drüsengeschichte und macht es nicht mehr lange – ich hätte es ihr wahrscheinlich geglaubt. Das Kino war voll, aber sie war allein, und ich war allein, und mitten im Film nahm ich ihre ungefähr vier Gramm schwere Hand und streichelte sie, und sie hatte nichts dagegen. Nach dem Film blieben wir einfach zusammen.

Mein Gott, es ist wirklich nicht leicht, davon zu erzählen. Verstehen Sie mich bitte nicht falsch. Ich habe damals sozusagen etwas über mich selbst erfahren, was mich ziemlich deprimiert hat. Ich finde es auch heute noch deprimierend, um genau zu sein. Wie gesagt, wir blieben zwar zusammen, aber wir sprachen fast überhaupt nicht. Ich ging neben ihr her, bis zu ihr nach Hause. Ihre Eltern waren wahrscheinlich im Urlaub oder so; auch darüber sprachen wir nicht. Wir gingen zu ihr hoch, und dann *machten* wir es. Ich finde keinen anderen Ausdruck dafür. Wir machten es auf dem Fußboden. Sie hatte ein Muttermal unter der

Achsel. Mehr weiß ich nicht. Ich wußte ihren Namen nicht, und ihr Alter ließ sich nicht schätzen. Zwischen zwölf und fünfunddreißig muß sie gewesen sein. Das einzige, worin ich sicher bin, ist, daß sie nicht allein sein wollte.

Wir machten es, und dann ging ich wieder. Es war so was von deprimierend – Sie machen sich kein Bild. Ich dachte immer, solche Geschichten passieren nur in Büchern oder in Filmen. Oder schlimmstenfalls den hoffnungslosesten Typen. Ich hätte nie gedacht, daß so etwas *mir* passieren kann. Es war zudem das erste Mal, daß ich es mit einem Mädel tat. Ich kann jedem nur den Rat geben, es nie ohne wenigstens einen Anflug von Liebe zu tun. Man sollte es nie aus Langeweile oder Einsamkeit oder Neugier machen. Man versaut sich nur seine Gefühle dabei. Echt.

Ich fragte den Typen mit der Lederjacke: »Wohnt hier eine Katrin Kupferpfennig?«

»Kupferpfennig? Hier? Nee.«

»Ah. Weißt du vielleicht, wo sie wohnt?«

»Nee. Wieso, soll sie hier wohnen?«

»Hätte doch sein können. Sie wohnt irgendwo in der Leninallee. Ich habe die Nummer vergessen.«

Ihm klappte erst mal der Unterkiefer runter.

»Moment mal, du weißt nur, daß sie in der Leninallee wohnt?«

»Mm.«

»Du warst noch nie bei ihr?«

»Nö.«

»Du machst mir Spaß. Da kannst du dich totsuchen. Die Leninallee ist die längste Straße von Berlin.« Er gab mir ein Tempotuch. Er hatte bemerkt, daß meine Nase lief. »Also – was soll das? Du wirst dich *totsuchen*, glaubs nur!«

Ich hielt meinen Mund. Es war ja wirklich eine hoffnungslose Aktion.

»Fahr am besten nach Hause. Steh auf, nimm dir ein

Schwarztaxi und fahr nach Hause. Leg dich in dein Bett und schlaf dich aus.« Er ging an mir vorbei nach oben. Auf dem ersten Treppenabsatz blieb er stehen.

»Komm, steh auf!«

Ich blieb einfach sitzen. Ich war viel zu faul. Er ließ nicht locker. Es ging mir aber absolut nicht auf die Nerven. Genaugenommen ließ ich mich sogar gerne bitten. So selbstsüchtig kann ich manchmal sein.

»Na komm! Mit 'nem Ruck!«

Er war sehr freundlich. Ganz anders als die Typen vorher. Ich hatte aber einfach keine Lust aufzustehen.

Schließlich kam er die paar Stufen zu mir runter, stellte sich vor mich hin, streckte seine Hand aus und sagte: »Na los, ich zieh dich hoch und besorg dir dein Schwarztaxi.«

Ich nahm seine Hand und ließ mich hochziehen.

»Wie spät ist es jetzt?« fragte ich ihn.

»Dreiviertel zwei.«

Großer Gott! Ich hatte ein halbes Jahrhundert geschlafen.

Er ging vor und hielt mir die Haustür auf. Ich ging raus. Eigentlich hatte ich erwartet, daß mich die frische Luft *umhaut.* Ich hatte schon viel darüber gehört, aber es passierte nichts weiter. Ich war nur furchtbar müde.

»Wo mußt'n hin?« wollte er wissen.

»Sonnenallee.« Ich lallte ziemlich.

»Wohin?«

»Sonnenallee.«

»Aha. – Na ja, ich halte dir jetzt 'n Wagen an.«

»Ja – das ist sehr freundlich.« Er war ein guter Kerl. Ohne solche Leute ist man vollkommen verloren.

»Wie heißt du eigentlich?« fragte ich ihn.

»Stefan. – Los, der hält!«

Der Wagen hielt genau vor uns. Der Fahrer beugte sich rüber und machte die Tür auf. Ich sagte noch mal zu Stefan: »Ja – das ist sehr freundlich. Danke. Dankeschön. Na ja . . . Vielleicht . . . vielleicht werde ich meinen Sohn Stefan nennen. Das – war wirklich sehr freundlich.«

Er grinste mich an, schüttelte langsam den Kopf und sagte: »Tschö!« Er war wirklich ein guter Kerl.

Ich stieg ein und sagte: »Guten Abend. Zur Sonnenallee, bitte.«

Der Fahrer lehnte sich zu mir rüber, kurbelte die Scheibe runter und rief Stefan hinterher: »He!«

Stefan drehte sich um und kam zurück.

»Was setzt'n mir da rein? Muß der kotzen?«

»Nee, der muß nicht kotzen.«

»Der ist doch randvoll!«

»Kann sein. Aber er muß nicht kotzen.«

Der Fahrer knurrte. Er war nicht viel älter als Stefan, aber er hatte eine Nase, mit der man kleine Kinder erschrecken kann. Es war ein Riesending.

Er legte den Gang ein und fuhr los.

»Mach mal das Fenster wieder zu!« brummte er. Ich quälte mich mit der Kurbel ab, und nach vierzig Stunden hatte ich das Fenster zugekriegt.

»Mußt du wirklich nicht kotzen?« fragte er mich.

»Nee«, sagte ich. Ich war so gottverdammt müde.

Wir fuhren eine Weile. Ungefähr siebzig. Der Fahrer sah ein paarmal zu mir rüber. Er musterte mich sozusagen. Es war ja wirklich nicht normal mit mir, das muß ich zugeben.

»Weiber?« fragte er.

»Nee. Ja. Ach . . .« Ich fing plötzlich an zu reden und hörte einfach nicht mehr auf. »Eigentlich wolltense kommen, aber dann sind sie nicht gekommen. Na ja, wie das so ist . . .«

»Jaja, die Weiber . . .«

»Nee, laß mal, die sind nicht verkehrt. Aber sie sind einfach nicht gekommen. Sie sind wirklich total in Ordnung, aber sie sind nicht gekommen, und ich wußte nicht, was ich machen soll.«

Mit einem Mal wurde ich sehr philosophisch.

»Ach überhaupt – weißte, ich lebe in einer total verrückten Welt . . .«

»Genau, total verrückte Welt!«

». . . weil eben die Guten nicht gut sind und die Bösen nicht böse, und kein Mensch kann da durchsehen. Weißte, nicht nur die beiden Mädels . . .«

»So sind Weiber eben. Da muß man sich dran gewöhnen, weil . . .«

». . . auch an der Schule. Der Direktor ist so was von fies – du machst dir kein Bild . . .

»Ich kenne solche Leute . . .«

». . . aber trotzdem macht er keinen Fehler. Mich holt er rein, macht mich zur Schnecke und sagt, ich soll irgendwas für ihn schreiben, eine Entschuldigung oder Stellungnahme oder so'n Rotz, aber ich bringe das nicht fertig. Und was macht er? Er spricht das überhaupt nicht mehr an. Er hats aber bestimmt nicht vergessen. Ich hätte wahrscheinlich 'n Aufstand gemacht, wenn er wieder damit gekommen wäre – ich weiß nicht, aber irgendwas wäre passiert. Aber er hats nicht auf die Spitze getrieben. Er ist fies, aber er hat im entscheidenden Moment nachgegeben. Verstehst du . . .«

»Verstehe vollkommen . . .«

»Oder mein Schulkumpel. Der reißt einen Telefonhörer ab, weil er wütend ist, daß kein Telefon funktioniert. Man kann ja wirklich Zustände kriegen bei den Telefonen . . .«

»Zustände, das sag ich dir . . .«

». . . aber trotzdem ist es Mist, wenn man die Dinger abreißt . . .«

»Klar ist es Mist!«

». . . und dieser fiese Direktor schmeißt meinen Kumpel von der Schule, und alle sind auf der Seite vom Direktor. So eine kaputte Welt ist das. Die Fieslinge machen das Richtige, und die Guten machen nur Mist. Eine total kaputte Welt ist das, und da soll einer noch klarkommen. – Und dann haben wir einen Lehrer, der sagt uns allen mal die Meinung. Er zieht vom Leder wie sonstwas. Es ist ja auch vollkommen richtig, was er sagt, aber er vergreift sich total im Ton. Verstehst du . . .«

»Verstehe . . .«

». . . er sagt das Richtige, aber er vergreift sich vollkommen im Ton, und kein Mensch hört noch auf das, *was* er sagt. Obendrein ist der Mann Alkoholiker und muß gehen. Wirklich schade um den, denn er wollte uns ein bißchen *denken* beibringen. Verstehst du, da ist endlich mal ein Lehrer, der uns denken beibringen will, und dann ist der Alkoholiker . . .«

»Na ja, dumm frißt . . .«

»Das ist doch zum Schreien!«

». . . und Intelligenz säuft.«

»Oder die . . .«

»Sagt man doch so, oder?«

»Oder die Eltern von meiner . . . Ex-Freundin. Ekelpakete – ja. Wollen ihre einzige Tochter nicht rausrücken und machen die ganze Zeit einen beschissenen Nervenkrieg. So was von widerlich . . .«

»Jaja . . .«

». . . also du machst dir ja keinen Begriff. Jedenfalls schafften sie's auch auf die Tour, aber als ich zum Schluß die Nase so voll hatte, daß ich einfach alles sagte, was ich so dachte, da haben die mich nicht mal unterbrochen oder so was. Ich meine – so was hat doch Format. Man kann die schon gar nicht mehr mit ganzer Kraft verachten. Genau wie dieser Direktor . . .«

»Mensch, wir haben ja Grün!«

». . . der auch total mies ist, aber irgendwie hat er doch Format. Er hat im entscheidenden Moment nachgegeben. Er hat wahrscheinlich gewittert, daß ich mir nicht alles gefallen lasse.«

»Genau, nicht alles gefallen lassen, sage ich auch immer . . .«

»Und so ist das alles. Mein Bruder – ja, der hat nie Zeit . . .«

»Jaja, so ist das . . .«

». . . und ich hänge rum und sehe nicht durch. Es ist eine total kaputte Welt . . .«

»Genau.«

». . . und alles steht Kopf, und Ceauşescu kriegt den Karl-Marx-Orden . . . Mann!« Ich schüttelte den Kopf.

»Mußt du kotzen?« Er fuhr rechts ran und bremste.

»Ich? Nee.«

»Wirklich nicht?« Er musterte mich mißtrauisch.

»*Nein!*« So was kann mir den letzten Nerv rauben.

Er fuhr wieder an.

»Tja«, sagte er nach einer Weile, »alle habens satt.«

Wir bogen in die Baumschulenstraße ein. Wir waren fast da.

»Alle habens satt«, sagte er noch mal. Ich war plötzlich wieder todmüde. Als er hielt, kramte ich mein Portemonnaie raus.

»Äh – ich habe hier nur noch Kleingeld. Aber – äh – ich habe hier noch einen Geschenkgutschein über zwanzig Mark. Ist einwandfrei gültig und so. Nimmste den auch?« Mein Onkel aus Merseburg schickt mir seit Jahr und Tag einen Zwanzig-Mark-Geschenkgutschein zum Geburtstag.

Ich hielt ihm den Schein hin. Er lachte und sagte: »Klar nehme ich auch einen Gutschein. Ich nehme alle guten Scheine.«

Mit den ganzen Türschlössern hatte ich keine Probleme. Ich war zwar immer noch voll, aber ich kam schon ganz gut klar. Meine Eltern schliefen schon. Ein Glück. Ich wollte keine Szene haben. Ich wollte schnell in mein Bett. Überhaupt war ich froh, daß ich endlich wieder zu Hause war. Ich war so hundemüde. Und faul war ich auch. Ich schmiß meinen Mantel einfach auf den Fußboden. Es war mir egal, daß da mein Walkman drin war. Ich war einfach zu faul für alles.

Dann ließ ich mich in mein Bett fallen und wollte einschlafen. Ich rappelte mich aber noch mal hoch und zog mir die Stiefel aus. Ich hatte mich noch mal anders entschieden. Ich wollte doch lieber ohne Stiefel schlafen.

Am ersten Schultag nach den Winterferien wurden die Zulassungen ausgeteilt. Das war die größte und verlogenste Farce meiner ganzen Schulzeit. Wir hatten gerade Russisch. Unsere Russischlehrerin heißt Frau Benjamin. Sie ist ein blasses, verhärmtes Frauchen, eben dieser Typ, der einen unbedingt dahin bringen will, Puschkin im Original zu lesen.

Die Tür ging auf und herein kamen – aber genauso: *herein kamen* Schneider und Kohnert. Sie brachten sich fast um vor lauter Feierlichkeit. Allein die Gesichter. Die Menschheit darf wieder hoffen.

Sie hatten noch einen mitgeschleppt, einen Mathelehrer, bei dem wir nie Unterricht hatten. Ich kenne nicht mal seinen Namen. Jedenfalls hatte dieser Mathelehrer einen Fotoapparat mit Blitzlicht um den Hals hängen. Das reinste Affentheater.

Dann die Rede von Schneider. Irgendwas mit Nation war wieder dabei, und daß unsere Perspektive jetzt Konturen annimmt, und daß heute der wichtigste Tag unseres Lebens und all dieses Gewäsch. Die Benjamin und Kohnert standen daneben und strahlten uns an wie sonstwas. Der Mathelehrer nahm einen rumstehenden Blumentopf in die Hand und wartete, bis Schneider mit seiner Rede fertig war. Dann stellte er den Blumentopf auf den Lehrertisch, fing an, am Objektiv zu fummeln, und gab der Benjamin Anweisungen, wie der Blumentopf gestellt werden sollte. Als er sich einen günstigen Platz suchte, rammelte er auch noch gegen einen Unterschrank. Irgendwann hatte er seinen Platz gefunden, und dann zog so eine blöde erwartungsvolle Stille ein, und Kohnert und Schneider ließen es sich natürlich nicht nehmen, die auch noch auszukosten.

Okay, Schneider schlug eine Mappe auf. Er nahm ein Kärtchen in die Hand, warf einen Blick darauf, dann sah er in die Klasse und sagte: »Simone Walter«. Simone brach fast zusammen, stand aber doch auf. Kohnert nickte ihr sozusagen freundlich zu. Das war als so was wie eine Ermunterung gedacht. Wahrscheinlich hatte er bei diesem Zirkus die Funktion, das Ganze abzurunden.

Simone war seit Jahr und Tag ein sicherer Kandidat für sämtliche Russischolympiaden. Ein richtiges Sternchen. Sie wollte Sprachmittlerin werden, aber sie kamen ihr andauernd mit aussichtsloser Bewerbersituation und volkswirtschaftlich nicht notwendig und wie es denn mit Russisch-/ Englischlehrer wäre, und Simone bewarb sich für ein Russisch-/Englischlehrerstudium. Also, sie bekam die Zulassung. Schneider gratulierte. Blitzlicht. Kohnert gratulierte. Und dann die Benjamin. Daß sie sich ja so freut und ihr weiterhin alles Gute wünscht und daß sie hofft, daß sie auch die kommenden Aufgaben so gut meistert wie bisher, und so weiter. Sie meinte es ernst. Sie meinten es alle vollkommen ernst. Wahrscheinlich glaubte sogar Simone, daß der heutige Tag der wichtigste ihres Lebens sei. Die liebe Klasse saß gerührt da und freute sich für Simone. Und dann kam irgendein hirnverbrannter Idiot auf die Idee zu klatschen. Das ist die blanke Wahrheit. Irgendeiner fing an zu klatschen, und alle übrigen klatschten mit. Das war wahrscheinlich der Augenblick, in dem ich die Schule so sehr *gehaßt* habe wie nie zuvor.

Schneider und Kohnert wurden fast nicht wieder bei soviel Eintracht. Kohnert kriegte vor lauter Freude rote Ohren. Jedenfalls nahm Schneider die nächste Karte und rief Mario Wolff auf. Alles klar. Der Künstler. Fagott und Klarinette. Die Berühmtheit unserer Schule. Die Lehrer stellten sich mit ihm immer gut, wahrscheinlich damit er sich später in seinen Memoiren ausschließlich positiv über die Stätte seiner höheren Bildung äußert. Er gab des öfteren Konzerte im Schauspielhaus oder so, aber sie haben ihn auch zum Kulturprogramm der Elternbeiratswahl rangekriegt. Da hat Mario was auf dem Klavier gespielt. Er hat in seiner Ansage *viermal* bemerkt, daß das Klavier eigentlich nicht sein Instrument ist. Diese Art Bescheidenheit zeichnete ihn auch sonst aus. Er ließ immer durchblicken, daß er nicht nur über Kunst *redet* wie die meisten von uns. Ich meine das nicht gehässig. Tatsache ist nur, daß ich nie etwas mit ihm anfangen konnte.

Daß Mario die Zulassung kriegt, war ohnehin klar. Bei den Gratulationen mußte sich die Benjamin auch für ihn ein paar persönliche Worte ausdenken. Sie hatte sich für Simone ein paar persönliche Worte ausgedacht, und nun kam sie auch bei allen anderen nicht drum herum. Ihr fiel nichts Besseres ein, als Mario eine erfolgreiche *Karriere* zu wünschen. Oh, Mann!

Der nächste war Czybulla. Seine Freude war so dumm wie er selbst. Er stand auf, Schneider und Kohnert strahlten ihn an, und da kam ihm *unweigerlich* dieses schmierige, smarte Grinsen. Ich weiß noch, daß er gleich am allerersten Schultag an dieser Schule tierste Wellen gemacht hatte, ob er seinen Ferieneinsatz nicht wieder im Krankenhaus machen könnte; er hätte die Möglichkeit, und das wäre doch eine sehr gute Vorbereitung auf sein Medizinstudium. Nach jener Stunde stürzten sich fast alle anderen Mediziner auf Czybulla, ob er sie nicht auch dort unterbringen könnte, aber Czybulla eierte nur rum. Er hatte nun mal die Exklusivrechte an ärztlichem Ethos, und die wollte er nicht rausrücken. So ein Vogel ist dieser Czybulla.

Also Czybulla war knallrot im Gesicht, ging nach vorn und grinste, grinste, grinste. Als Schneider ihm die Zulassung übergeben wollte, spannte Czybulla erst mal sehr betont die Finger. Ich hätte am liebsten gekotzt. Ich wußte nämlich, wo er diese Pose her hatte. Und zwar lief am Abend zuvor im Fernsehen eine Reportage über einen Herzchirurgen. Die blanke Verherrlichung. Kamera in Höhe der Scheuerleiste erwischt gerade noch so einen durch die Klinik hastenden Weißkittel, und kommentiert wurde so was mit: »Das ist Professor Sowieso, eine internationale Kapazität auf dem Gebiete der Herzchirurgie.« Die ganze Reportage war in diesem Stil abgefaßt. Sie zeigte auch ein paar Großaufnahmen, wie sich Professor Sowieso die Finger spannt, und Czybulla hat das natürlich gleich für sich verwertet. Für ihn war immer noch klar, daß er unweigerlich ein legendärer Arzt wird. Es gab wieder reichlich Applaus, aber er kriegte dieses ekelhafte siegessichere Grinsen einfach nicht aus seinem Gesicht. Er ersparte mir wieder mal gar nichts. Seine Eitelkeit ist geradezu rücksichtslos.

Ich glaube, dann war Nadja dran. Sie hatte sich für Jura beworben und wußte längst, daß sie zugelassen war. Sie hatte es schon vor Wochen telefonisch erfahren, und sie hatte mittlerweile auch einen Förderungsvertrag mit Patenschaft und so unterschrieben. Sie kriegte dann aber irgendwie Kontakt mit einer frustrierten Richterin, die den Laden von innen kannte. Von da an wollte Nadja nicht mehr. Die ganze Klasse wußte, daß sie dabei war, sich aus der Sache rauszuziehen, aber heute freuten sich alle für Nadja und klatschten und gratulierten. Sie klatschten und gratulierten genauso herzlich wie bei allen anderen. Dieses Getue war einfach widerlich. Obwohl ich nicht weiß, wie ich mich angestellt hätte. Um ganz ehrlich zu sein, ich hätte lieber zu den Bekloppten dazugehört und diese Show allen Ernstes mitgemacht, als bloß dumm rumzusitzen. Ich kam mir vor wie ein Achtjähriger, der das erste Mal im Ferienlager ist und nach einer Woche noch immer keine Post von seinen Eltern hat. Wenn Sie die Wahrheit wissen wollen: Ich hätte wirklich sagenhaft gern eine Zulassung für irgendwas, aber ich habe einfach *keine Ahnung*, was das sein könnte. Es ist nun mal so. Ich sage Ihnen, so was geht ganz schön an die Nieren. Es ist meine Schuld – ich weiß das –, aber trotzdem kenne ich keinen Ausweg. Wenn es mir nicht so nahegehen würde, dann könnte ich mich vielleicht über diesen Dreck lustig machen. Aber so war es nicht. Es berührte mich schon, und deshalb kam mir immer wieder alles hoch. Wahrscheinlich verurteile ich die Klasse und die Schule zu Unrecht, aber Tatsache ist, daß ich im Grunde die ganze Klasse dafür *haßte*, bloß weil sie ihre Zulassungen bekamen. Vielleicht nicht alle, aber doch fast. Allein schon wegen diesem Gerede von wegen wichtigster Tag in unserem Leben. Wir kriegten das andauernd zu hören, und leider hatten es auch fast alle gefressen. Sie waren regelrecht hysterisch. Ich konnte mir zwar denken, daß sie so hysterisch werden können, aber ich hatte immer wie verrückt gehofft, daß es nicht dazu kommt. Und nun also doch. Es war wirklich *schlimm* für mich – ohne Übertreibung –, und ich konnte nichts dagegen tun. Wahrscheinlich können Sie sich nicht vorstellen, *wie* allein ich war. Und im übrigen glaube ich nicht mal, daß es ein wichtiger Tag war. Ich meine, unter einem wichtigen Tag im Leben stelle ich mir was ganz anderes vor. Es ist nicht so leicht zu erklären. Vielleicht ein Tag, an dem man eine *Antwort* findet, nach der man ewig gesucht hat. Oder ein Tag, an dem man jemanden kennenlernt wie Yoko Ono, vorausgesetzt, man ist John Lennon. Oder eben, wenn man allen Grund hat, endlich mal verdammt *stolz* auf sich zu sein, was weiß ich. Durch so eine Zulassung ändert sich im Prinzip nicht viel. Man steigt ein Stockwerk höher, aber deshalb hat man noch lange nicht den Horizont gesehen. Und wenn Sie die Wahrheit wissen wollen: Ich glaube, ich habe noch keinen einzigen wichtigen Tag in meinem Leben gehabt. Über kurz oder lang wäre alles ohnehin so gekommen, wie es kam. Das klingt zwar nicht nach Sturm und Drang, aber ich glaube, es kommt der Wahrheit ziemlich nahe. Vielleicht nehme ich mein Schicksal auch mal in die eigenen Hände. Ich weiß aber nicht, wann und überhaupt aus welchem Grund, und schon gar nicht, wie das eigentlich aussehen soll. Wenn du nämlich zur Sache kommen willst, merkst du, daß da keine Sache ist. Es sieht trübe aus an manchen Tagen.

Ich sollte aber trotzdem noch von dieser Stunde erzählen. Sie können ruhig wissen, wie so was abgezogen wird. Ich weiß zum Beispiel noch, wie Markus Dathe aufgerufen wurde. Er strahlte wie ein Prinz. Er hatte sich für Medizin beworben. Die Sache hatte er langfristig eingefädelt. Er ließ sich gleich am Anfang der Elften eine Funktion geben, so daß ihm keiner was nachsagen konnte. Die Mühe war nicht umsonst. Er kriegte die Zulassung, und Kohnert fragte ihn, in welche Fachrichtung er gehen will, vielleicht Frauenarzt? – So ungefähr waren auch die anderen Witzchen, die die Atmosphäre lockern sollten. Markus nahm die Frage sehr ernst und beantwortete sie in aller Ausführlichkeit. Daß ihn eher die Gebiete interessieren, bei denen die Medizin vor großen Aufgaben steht. Dann zählte er ungefähr sechs verschiedene Gebiete auf, bei denen die Medizin vor großen Aufgaben steht. Schneider sah ihn voller Stolz an und hörte interessiert zu. Ich mußte unwillkürlich daran denken, daß das bei Obermüller vielleicht genauso gewesen war. Daß sie alle stolz auf ihn waren, wenn er von seinen beruflichen Plänen erzählte, und daß sie ihm alles Gute gewünscht haben, aber letzten Endes haben sie ihm trotzdem alles vermasselt. Markus ist vielleicht nicht der Typ, der sich in irgendwas reinreitet, aber als Schüler sollte man einfach wissen, daß es *nichts zu bedeuten hat*, wenn man seine beruflichen Absichten erläutert und der Direktor einem dabei stolz und interessiert zuhört.

Als Markus wieder an seinem Platz war und Schneider schon die Karte von Corinna in der Hand hatte, rief Markus: »Und die Krebsforschung natürlich. Die Krebsforschung ist überhaupt . . .«, aber dann unterbrach er sich, weil er mitbekam, daß er gar nicht mehr auf Sendung war.

Corinna hatte sich auch für Medizin beworben. Sie zweifelte stark an ihren Chancen, weil sie sich in Geschichte und Deutsch nur mit einer Zwei bewerben konnte. Für Corinna war jedes Fach ein Hauptfach. Jetzt kriegte sie ihre Zulassung, wurde geknipst, und Kohnert mußte nun auch sie fragen, ob sie schon weiß, in welches

Fachgebiet sie einsteigen will. Corinna sagte: »ßüschologie.« Kohnert fragte: »Psychologie?« Corinna nickte heftig und sagte: »ßüschologie oder ßüschatrie«, und irgendwann klatschten wieder alle, und Corinna ging zurück auf ihren Platz und setzte sich. Sie schlug die Hände vors Gesicht, das knallrot war, dann starrte sie auf ihre Zulassung, schüttelte den Kopf und schlug wieder die Hände vors Gesicht; es war eine menschlich bewegende Szene.

Irgendwann war auch Nicole dran. Sie wollte Architektur studieren. Ich habe sie mal gefragt, was sie macht, wenn sie abgelehnt wird. Sie hat gesagt, daß sie sich dann im nächsten Jahr wieder für Architektur bewerben wird. Und wenn es da immer noch nicht klappt, wird sie es in zwei Jahren wieder versuchen, und auch danach, so lange, bis es klappt. Im Grunde ist doch da die Zulassung nur eine Formsache, denn früher oder später studiert sie sowieso das, was sie immer wollte. Aber trotzdem zog Nicole eine total bescheuerte Show ab, als sie ihre Zulassung bekam. Sie trommelte mit den Händen unter der Bank und jauchzte irgendeinen schwachsinnigen Spruch, so was wie »Heut nacht hab ich davon geträumt!«. Und dann ging sie nach vorn und *umarmte* Schneider, nein, es ist die reine Wahrheit, sie umarmte ihn tatsächlich. Sie hatte an dem Tag sowieso einen Schuß. Ich habe sie vor der ersten Stunde gefragt, warum sie nicht zu meinem Geburtstag gekommen ist. Sie war sehr erstaunt und sagte, daß sie immer dachte, ich käme noch mal rum, um die Sache mit ihr abzusprechen. Dann sagte sie noch, daß ich sicher auch so einen schönen Geburtstag hatte. Sie wollte mir noch nachträglich gratulieren, aber in dem Augenblick kam ihre Freundin aus der Parallelklasse und zog sie am Ärmel weg. Die beiden standen fünf Schritte neben mir und schnatterten aufeinander los, und ich stand da wie vom Hund angepißt.

Überhaupt gab es nur zwei in unserer Klasse, die halbwegs normal blieben, als sie ihre Zulassung bekamen. Der eine war Martin. Er wollte Geschichte studieren.

Sein Vater ist Historiker bei der Akademie. Natürlich machte Kohnert eine Bemerkung in der Richtung. »Und . . . wie der Vater . . . na, toi, toi, toi!«, aber Martin war eher etwas hilflos und verlegen, daß so ein Aufwand wegen einer simplen Studienzulassung getrieben wurde.

Aber am besten von allen gefiel mir Fechner. Er ging nach vorn, und er kam wieder zurück, als wenn er bloß einen Zehnmarkschein gewechselt hätte. Er war der letzte, der seine Zulassung bekam. Er wurde geknipst, und dann gab Schneider dem Mathelehrer ein Zeichen, und der packte sein Fotozeug zusammen. Fechner wollte Psychologie studieren, und er wurde immer als aussichtsloser Bewerber gehandelt. Als er von Schneider die Zulassung bekam, fragte Schneider, worin der Unterschied besteht zwischen einem Psychologiestudium und einem Medizinstudium, wie es Corinna ins Auge faßt. Fechner erklärte in aller Seelenruhe den Unterschied, ohne so zu tun, als ob von der Antwort sonstwas abhängt. Er hatte sowieso mitgekriegt, daß es Schneider nur darum ging, Interesse und Anteilnahme zu heucheln, und daß die Sache mit Corinna und ihm einfach nur eine dankbare Gelegenheit war, mit einer Frage, die *interessiert* klingt, nachzuhaken. Schneider wußte natürlich genau, wer Fechner war, aber er tat so, als hätte es nie diesen Zoff um Fechner und den RIAS-II-Diskussionsbeitrag gegeben. Sein übliches scheinheiliges, verlogenes Getue.

Als sich Fechner wieder gesetzt hatte, kam Schneider zu den Ablehnungen. Das heißt, von Ablehnung war keine Rede. Er sagte bloß, daß sich »unser Biertrinker« Kai Wenner und Sabine Umbach in der Pause im Lehrerzimmer melden sollen. Kai hatte sich an irgendeiner Fachschule um was Künstlerisches beworben, Formgestaltung oder Mode oder so was. An unserer Schule hatten sie ihm allerdings eine miserable Beurteilung verpaßt, und das war sicher ein Grund für die Ablehnung. Sie haben getan, was sie konnten, ohne dabei das Gesicht zu verlieren. – Sabine fing gleich an zu schluchzen und mußte getröstet werden. Sie wollte Germanistik studieren. Sie wurde letzten Endes umgelenkt. Es war etwas ganz, ganz anderes, Binnenwirtschaft oder so. Jedenfalls irgendwas, wo noch genügend freie Plätze waren.

Die Wochen danach waren ein einziger Krampf. Jedes zweite Wort war »Vorzensur« oder »Prüfung«. Die Wahrheit ist, daß Prüfungen nur halb so wild sind, aber das wußte ich schon. Man wird vorher verrückt gemacht, dann macht man sich gegenseitig und zum Schluß sich selbst verrückt. So funktionieren im wesentlichen Prüfungen. Geprüft werden zuerst mal die Nerven und dann noch ein bißchen das Fachwissen. Darüber sollte man sich vorher keine Illusionen machen.

Leider hatte es keinen Sinn, die Klasse darüber aufzuklären. Sie hätten mir zwar alle zugestimmt, aber trotzdem wie bekloppt weitergelernt. Ich glaube, ich sagte schon, daß sie diese ganze Schule sehr wichtig nahmen. Es tat fast schon weh. Es war eine Zeit, in der ich sehr allein war, um ehrlich zu sein. Noch mehr als sonst. Ich verstand es einfach nicht, daß die Klasse wie verrückt lernte. Ich verstand es nicht. Ich verstand es nicht. Zum Beispiel Literatur. Wir nahmen »Hamlet« durch. Zweieinhalb Wochen später »Rot und Schwarz«. Zwei Wochen danach »Antigone«. Und wieder drei Wochen später »Leben des Galilei«. Ich konnte nicht mehr. Ich konnte das einfach nicht mehr ernst nehmen. Immerhin haben geniale Leute weiß-ich-wie-lange darüber nachgedacht, und für uns war die Angelegenheit nach zwei Wochen erledigt, und wir taten so, als wüßten wir, worum es sich dreht. Ich konnte da nicht mehr mitziehen. Ich war wirklich unbrauchbar für die Schule. Zum Glück fiel es niemandem auf. Die anderen hatten genug mit sich selbst zu tun.

Es ist aber nicht so, daß mich das »Leben des Galilei« nicht interessiert hat. Aber wenn sie darüber redeten, dann ging es nur um solche Begriffe wie »historische Realität und literarische Wiedergabe«, »retardierendes Moment«, »Veränderungseffekt« und all diesen Kram. Ich wollte von diesen Scheißeffekten nichts wissen. Mich interessierte ganz was anderes. Zum Beispiel, ob Galilei widerrufen hat, weil er Angst hatte oder weil er es nutzlos fand, für seine Entdeckung zu sterben. Und wenn er aus Angst widerrufen hat, wo hätte er den Mut hergeholt, um keine Angst mehr zu haben. Das hätte mich interessiert. Denn ich glaube, er *hat* Angst gehabt. Er hat bestimmt aus Angst widerrufen. Er hat zwar gesagt, er will sein Wissen weitergeben und darf deshalb nicht sterben und so, aber das sind nur Ausflüchte. Ich glaube, mit diesen »Discorsi« hat er seinem Leben nach dem Widerruf einen neuen Sinn gegeben. Aber die »Discorsi« waren bestimmt nicht der Grund zu widerrufen. Es war doch viel wichtiger, erst mal reinen Tisch zu machen und zu sagen, daß sich die Erde um die Sonne dreht. Immerhin war Galilei nicht irgendwer. Und die ganze wissenschaftliche Arbeit, die in den »Discorsi« steckt, hätten über kurz oder lang auch andere geleistet. Aber wenn Galilei dabei geblieben wäre, daß die Sonne im Mittelpunkt steht, um den sich die Erde dreht, dann hätte er etwas klargestellt, was nur er klarstellen konnte. Ich glaube, er wußte auch, daß er besser nicht widerrufen sollte. Aber dazu fehlte ihm der Mut.

Ich verurteile ihn deshalb nicht – ganz gewiß nicht. Wenn einem der Mut fehlt, dann fehlt er eben. Man hat ihn einfach nicht. Und deshalb hätte mich interessiert, wie Galilei zu diesem Mut gekommen wäre. Was er vielleicht tun sollte oder was seine Freunde tun sollten, damit er sich *ohne Angst* entscheiden kann. Leff hat mal in einem Konzert gesagt: »In unsrer Angst liegt ihre Kraft.« Das ist doch bei Galilei auch so. Er hatte Angst, und seine Gegner haben dadurch bestimmt nicht schlechter abgeschnitten. Ich glaube, er hätte nicht widerrufen, wenn er sich nicht vor dem Tod gefürchtet hätte oder sich *nicht mehr* vor dem Tod gefürchtet hätte.

Wie gesagt, gerade das hat mich am »Leben des Galilei« interessiert. Heute lebt man zwar nicht in der Angst vor dem Tod, aber Angst hat man trotzdem. Früher dachte ich immer, daß man sich das bloß vormacht und daß man im Grunde nur Angst hat, unangenehm aufzufallen. Bis diese Sache mit Obermüller passierte. Ich war damals noch in der Elften. Obermüller war schon in der Zwölften. Eigentlich hieß er Henry Obermüller. Ich kannte ihn nicht weiter, aber nach dieser Geschichte kannte ihn jeder. Das Ganze war vor den Volkskammerwahlen. Die Zwölften hatten in der Aula ihr Erstwählerforum, aber Schneider wollte, daß auch die Elften kommen und sich das anhören. Auf die Art wurde die ganze Schule Zeuge. Es kam ein Referent, der uns was über die Wahl erzählte. Dann konnten wir Fragen stellen. Schließlich fragte Obermüller, was eigentlich eine Gegenstimme ist: Wenn ein Kandidat durchgestrichen ist oder wenn alle gestrichen sind oder mehr, als Nachfolgekandidaten aufgeführt sind. Der Referent sagte erst mal: »Na ja . . .«, aber Schneider, der gleich neben ihm auf dem Podium saß, sagte sofort: »Herr Obermüller, das hier ist nicht der Ort, um Stimmung zu machen gegen die Kandidaten der Nationalen Front!«

Wir kriegten alle einen Riesenschreck. Bis dahin war die Atmosphäre richtig locker. Obermüller jedenfalls stand sofort wieder auf und sagte, daß der Referent von freien Wahlen gesprochen hätte und zu freien Wahlen sicherlich auch dazugehört, daß man als Wähler weiß, was eine Gegenstimme ist. Schneider sagte, daß der Referent ausführlich den demokratischen Charakter unserer Wahlen erläutert hat und mithin keine Zweifel mehr an der Berechtigung des Ausdrucks »freie Wahlen« bestehen dürften. Der Referent hatte schon dreimal Luft geholt, um Obermüllers Frage endlich zu beantworten, aber Schneider gab ihm ein Zeichen, und so sagte der Referent nichts. Obermüller setzte sich trotzdem nicht hin und sagte, daß man sich fragen muß, wozu denn ein Erstwählerforum da ist, wenn nicht für Fragen, auch für solche Fragen. Schneider sagte, daß das hier keine Plattform für oppositionelle Bestrebungen sei. Obermüller war sprachlos. Schneider wandte sich wieder an alle, ob es sonst noch Fragen gibt. Es meldete sich ein Mädchen, und sie sagte einfach nur: »Ja – was ist denn nun eine Gegenstimme?« Der Referent holte wieder Luft, aber Schneider sagte: »Gut – dann brechen wir hier ab.«

Am nächsten Tag passierte gar nichts, und am darauffolgenden Tag mußte Obermüller zu Schneider. Ich weiß nicht, *was* gewesen ist, aber es hat sich immer mehr hochgeschaukelt, bis sich Obermüller hinreißen ließ, etwas zu sagen, was er nicht hätte sagen dürfen. Jedenfalls wurde Obermüller tatsächlich von der Schule genommen. Davon wurden alle Klassen richtig offiziell informiert. Das war an einem Donnerstag. Schneider hatte eine Erklärung verfaßt, die alle Lehrer verlesen mußten, gleich in der ersten Stunde. Wir zum Beispiel hatten Sport. Unser Sportlehrer sagte uns, daß er im Auftrag des Direktors eine Mitteilung zu verlesen hat. Wir sollten uns im Halbkreis auf die Matten setzen. Dann bekamen wir diese Mitteilung. Darin stand, daß »der ehemalige Schüler Henry Obermüller durch sein provokatives Verhalten eine politische Massenveranstaltung an unserer Schule massiv sabotierte und in der Auswertung dieses Zwischenfalls eine politische und moralische Unreife zutage treten ließ, mit der er als Schüler unserer Schule untragbar ist«.

Es war sehr bedrückend. Ich habe die Gesichter gesehen. Es war beklemmend wie sonstwas. Mehr kann ich dazu nicht sagen.

Danach wollte unser Sportlehrer mit uns Volleyball spielen, aber es fanden sich nicht viele. Er hatte dafür Verständnis. Die meisten von uns – auch ich – blieben auf den Matten sitzen. Wir versuchten, irgendwie über diese Angelegenheit zu diskutieren, aber es ging nicht. Wir waren alle in einer sehr schlechten Stimmung. Es war, weil wir nun doch etwas erleben mußten, was wir schon immer wußten, aber nie wahrhaben wollten. Sie haben uns eben in der Hand und bei der Armee auch und beim Studium auch und danach wahrscheinlich auch. An solche Dinge dachte zumindest ich, als ich damals auf der Matte saß. Wozu da noch große Diskussionen führen? Außerdem – es hätte *jeden* treffen können. Man muß ja nicht mal was Verbotenes machen. Jeder macht mal irgendwas, was Schneider oder überhaupt diesen Hundertfuffzigprozentigen nicht gefällt. Und bei einem wird das dann plötzlich hochgespielt, und dann heißt es, daß derjenige unter feindlichen oder westlichen oder antisozialistischen oder was weiß ich für Einflüssen steht, und dann kann man nur noch zwischen Kohlenhandel und Straßenbau wählen. So ungefähr läuft es. Obwohl die Lehrer auch nicht viel besser dran sind. Höchstens vielleicht, daß sie den Laden kennen. Sie sind nicht so ahnungslos wie vielleicht Obermüller. Deshalb verbrennen sie sich auch nicht den Mund. Aber manchmal kommen sogar Lehrer unter die Räder. Herr Koppe zum Beispiel. Unser ehemaliger Geographielehrer. Er gab auch Deutsch, aber nicht in unserer Klasse. Bei uns gab er nur Geographie. Jedenfalls hat er mal einen Autor zu einer Lesung an unsere Schule eingeladen. Die beiden waren wohl befreundet. Der Autor kam auch und hat etwas aus unveröffentlichten Manuskripten vorgelesen. Es ging um Studenten und Prager Frühling. Drei Wochen später war derselbe Autor im Westfernsehen in irgendeiner Talkshow, und da hat er sich gründlich ausgeheult von wegen der Veröffentlichungspraktiken bei uns. Leider habe ich diese Talkshow nicht gesehen. Auf jeden Fall hatte Koppe von da an nichts mehr zu lachen. Er hat uns zwar nichts darüber erzählt, aber wir konnten uns schon denken, wie man ihm gekommen ist. Ob er denn unseren Schülern ausgerechnet *so einen* Schriftsteller vorstellen müsse, der seine Würde als Bürger unseres Landes vergißt und statt dessen lieber vor westlichen Kameras unsere Kulturpolitik diffamiert. So zumindest drückte sich Kohnert mal vor uns aus, und der quatscht Schneider sowieso bloß alles nach, zumindest in solchen Dingen. Ich habe noch gehört, daß Koppe wegen dieser

Sache aus der Partei geflogen ist. Nach den großen Ferien war er dann auch nicht mehr an unserer Schule. Es hieß offiziell, daß er an eine andere Schule versetzt wurde, aber irgend jemand erzählte, daß Koppe jetzt erst mal als Straßenbahnfahrer arbeitet.

Das schreckt natürlich ab, besonders wenn man selber sieht, daß so was passiert. Es ist eine reichlich blöde Atmosphäre, wenn man nicht sagen kann, was man denkt, weil man Angst vor den Folgen hat. Es ist ja nicht mehr so wie bei Galilei, daß man gleich verbrannt wird. Aber es hat doch was mit Unterdrückung zu tun, wenn ein Lehrer plötzlich als Straßenbahnfahrer arbeiten muß. Und wenn alle anderen nichts dagegen tun, weil sie Angst vor den Folgen haben, dann hat die ganze Atmosphäre was mit Unterdrückung zu tun, was weiß ich. Es war jedenfalls so, daß ich über solche Dinge nachdachte. Für so was interessierte sich kein Schwein in meiner Klasse. Sie hatten nur die Prüfungen im Kopf, und dafür interessierte ich mich kein bißchen. Ich war einfach schon zu lange Schüler gewesen.

Die erste schriftliche Prüfung war der Abituraufsatz. Ich kam in letzter Minute. Ich wollte nichts mehr an mich ranlassen. Im Treppenhaus begegneten mir sämtliche Lehrer dieser Schule. Keiner konnte sich verkneifen, mir hinterherzurufen: »Na, nun wirds aber Zeit!« Sie machen einen verrückt, wo sie nur können. Wir hörten eine umständliche Rede über Randziehen und diesen Schnulli, und dann bekamen wir die Prüfungszettel.

Freies Thema, Büchner, Scholochow, Heine, Kuba.

Büchner. Büchner ist gut. Über den kann ich was sagen. In meiner Klasse sind eine Menge, denen Büchner nicht gefällt. Czybulla zum Beispiel. Czybulla sagt, »Woyzeck« sei schrill. Nichts begriffen hat der. »Woyzeck« hat Power. Es ist ein Stück für die Armen, für die, die ganz unten stehen und die immer nur verblödet wurden und um die sich sonst kein Schwanz kümmert. Kein Johann Wolfgang Goethe zum Beispiel. Goethe ist ein Schuft. Ehrlich. Er lebte zur selben Zeit wie Büchner. Büchner wurde durch halb Europa gehetzt, und er ist mit dreiundzwanzig regelrecht verreckt. Immer arm, meistens krank und ständig auf der Flucht, und trotzdem hat er es fertiggebracht, ein paar ganz wichtige Sachen zu schreiben. Nicht auszudenken, was wäre, wenn er so alt geworden wäre wie Goethe. Er wäre bestimmt niemals zahm geworden. Goethe war ja am Anfang auch noch ganz knackig. »Prometheus« und so. Aber dann wurde er ein Star, und das ist ihm nicht bekommen. Er hat nur noch die Weimarer Weiber aufs Kreuz gelegt und zwischendurch unsterbliches Wischiwaschi zu Papier gebracht. »Es kann die Spur von meinen Erdentagen nicht in Äonen untergehn« und all diesen Kram. Kein Schwein weiß, was Äonen sind, aber auf Goethe läßt keiner was kommen.

Büchner war anders. Er hat in die Hände gespuckt und sich um ein paar dringende Dinge gekümmert. »Friede den Hütten, Krieg den Palästen!« hat er zum Beispiel geschrieben. Da weiß doch jeder sofort, was damit gemeint ist. Goethe war bestimmt ein Riesentalent, aber er hat wahrscheinlich nicht ganz begriffen, worauf es ankommt. Ich glaube zum Beispiel, daß man *immer* gegen Unrecht auftreten muß, wenn Unrecht geschieht. Ich finde, die smarten Formulierungen zum Entzücken der Damen hätte sich Goethe schenken können.

Leider hat sich nichts geändert. Zum Beispiel halten alle die Luft an, wenn die Rede auf Thomas Mann kommt. Das war genau so ein linker Vogel wie Goethe. Gesittet bis zum Geht-nicht-Mehr. Er ist weiß Gott nicht der Typ, der sich mit Wasser aus der Leitung wäscht. Man muß dieses Geschwafel mal lesen. Er brachte es nicht mal fertig, ein normales Wort wie »Ofen« zu gebrauchen. Das ließ sich womöglich nicht mit seiner vorzüglichen humanistischen Bildung vereinbaren.

Irgendwann während der Nazizeit ist er mal ins Ausland gefahren und von dort nicht nach Deutschland zurückgekehrt. Er wußte, was er seinem Ruf schuldig ist. Er konnte fortan von sich behaupten, er sei emigriert. Er ging nach Kalifornien. Das ist eine Gegend, wo immer die Sonne scheint. Er hatte das nötige Kleingeld, um ein angenehmes Leben zu führen. Deutschland war weit weg und Tagespolitik erst mal kein Anlaß, sich an den Schreibtisch zu setzen. So ein Schuft war das. Er ist vielmehr die kalifornischen Strände hoch- und runtergewackelt und hat aller Welt kundgetan: »Wo ich bin, ist die deutsche Kultur.« Er fuhr wahnsinnig drauf ab, die deutsche Kultur zu sein. Echt. Unsere Deutschlehrerin hat mal gesagt: »›Der Zauberberg‹ ist eine große geistige Aufräumarbeit unseres Jahrhunderts.« Na meinetwegen. Aber das hört sich an, als ob er sich vor lauter Aufräumerei Schwielen gedacht hat. Ich wette, er stand auf solche Sprüche.

Ich nahm das Büchner-Thema und fing an, mir Gedanken zu machen. Irgendwann merkte ich, daß es wieder auf das Übliche hinauslief. Ich hatte schon elend viele Aufsätze geschrieben, aber im Grunde war es keine Herausforderung mehr. Ich fand plötzlich, daß Aufsätze eine fade Sache sind, und änderte meine Absicht. Ich wollte nicht über Büchner schreiben. Ich nahm das freie Thema. Ich hatte nämlich mit einem Mal die Idee, über ein Buch zu schreiben, das es gar nicht gibt. Ich wußte sofort, worüber ich schreiben werde. Das freie Thema muß ich Ihnen erst mal ins Deutsche übersetzen. Auf dem Prüfungszettel ist die Aufgabe immer so verschnirpselt formuliert, daß man fast schon gewonnen hat, wenn man begreift, was sie im Klartext heißt. Nach allem, was ich mitkriegte, sollten wir eine Figur in der DDR-Literatur ausfindig machen, die eine Bewährungsprobe zu bestehen hat und dabei klüger geworden ist. Wir sollten darüber schreiben, was derjenige lernte, welche Horizonte sich ihm auftaten und welche Illusionen über Bord gingen.

Ich schrieb über einen, der mit drei Dollars eine Weltreise wagt. Das Buch nannte ich kurzerhand »Der Dreidollartrip«. Es war spielend leicht. Ich ließ denjenigen einfach in einer wichtigen Mission reisen. Er wollte beweisen, daß es immer und überall Menschen gibt, die einem weiterhelfen. Und daß es besser ist, zusammenzuhalten. We are the world. Ich rührte die ganze Menschheit mit rein, echt, ich triebs ganz schön wild, und als ich mir die Handlung ausdachte und sie runterschrieb, wurde mir klar, daß dieser Typ vor allem eins gelernt haben muß: daß es nur eine Welt und eine Menschheit gibt. Und daß er unterwegs *tief empfunden* haben muß, daß das eine echte Lektion ist. Ich mußte plötzlich an unseren Sportlehrer denken. Er hatte mal an den Olympischen Spielen teilgenommen. Er war als Schwimmer in Mexiko und wurde auch live von Heinz Florian beoertelt. Er wurde trotzdem nur Vierter. Jedenfalls hat unser Sportlehrer gesagt, daß man bei den Olympischen Spielen die Sportler der ganzen Welt kennenlernt und außerdem noch das

Gastgeberland mit der Kultur und so. Er war nach unserem Sportfest mit ein paar Leuten von uns noch ein Bier trinken und hat sich mit uns unterhalten. Er meinte, daß man bei den Spielen wirklich eine große Gemeinschaft ist, in der man sich sauwohl fühlt. Er fand aber auch, daß es Erfahrungen gibt, die man beim besten Willen nicht weitergeben kann, weil sie jeder einfach selbst machen muß. Zum Beispiel Olympische Spiele. Ich glaube, mit diesem Dreidollartrip ist es so ähnlich. Man kann zwar berichten, was einem auf dieser Reise so passiert, man kann auch sagen, was man gelernt hat, aber es ist doch ein Unterschied, ob man es erlebt oder nur darüber liest.

Ich wohne in der Sonnenallee 409, wissen Sie. Sechzig Meter vor meinem Haus ist der Grenzübergang, und dahinter geht die Sonnenallee sicherlich weiter. Auf unserer Seite fängt sie jedenfalls erst bei der Hausnummer 372 an. Sonnenallee 1 bis Sonnenallee 371 ist auch meine Straße – aber ich kenne sie nicht. Wahrscheinlich habe ich davon schon meine Macke gekriegt. Sonst würde ich in meinem Abituraufsatz nicht so auf dieser einen Welt rumreiten, die eine runde Sache und für drei Dollar zu haben ist. Ich wurde regelrecht mißtrauisch gegen mich. Dieser Dreidollartrip ist ein Riesenabenteuer, das ist klar. Er ist ein Riesenabenteuer für *den einen*, der es sich zutraut und der sich auch mal durchbeißt. Das ist bestimmt ein Weg, um aus einem Staatsbürger einen Weltbürger zu machen, aber leider ist das für denjenigen, der das will, sicherlich verboten, wenn er östlich der Sonnenallee 371 wohnt.

Als ich den Aufsatz abgab, drehte sich alles in meinem Kopf. Ich hatte mich voll in all diese Grübeleien verrannt. Ich gab ihn ungern ab, den Aufsatz. Ich hätte lieber noch ein paar Tage darüber nachgedacht. Mal drüber geschlafen und so. Es war nicht grad die reifste Leistung, aber mehr war in fünf Stunden einfach nicht drin.

Ein paar Tage später habe ich das neue Theaterstück von André gesehen. Es hieß »Nachspiel«. Das Stück war schon ein Hammer. Ich hätte es vor dem Abituraufsatz sehen sollen. Dann hätte ich darüber geschrieben. Es drehte sich zwar auch um das Klügerwerden von einem Helden, aber der hatte keine besondere Bewährungsprobe zu bestehen. Das wäre aber nicht das Problem gewesen. Man kann bei diesen Interpretationen jederzeit Bewährungsproben reinzaubern, ohne daß es auffällt. Die meisten Deutschlehrer, die ich kenne, sind ganz verrückt nach Bewährungsproben.

Das Stück drehte sich um den ganzen Zirkus, der wegen »Freiheitsberaubung (II)« stattfand. André spielte in seinem eigenen Stück seine eigene Rolle. Er hatte ein paar längere Monologe ans Publikum. In einem Monolog sagte er zum Beispiel, daß »Freiheitsberaubung (II)« aus einem dürftigen und billigen dramatischen Material besteht. Dieses Stück ist weder besonders gut noch besonders wichtig. Es gehört nicht viel dazu, einem Waschlappen ein Parteiabzeichen ins Knopfloch zu stecken und ihn eine Stunde lang sächseln und Kopfstände vollbringen zu lassen. André sagte, es ist blöd, daß all das im Nachspiel unterging. Es lief alles bloß auf die alberne Diskussion hinaus, ob dieses Stück antisozialistisch ist oder nicht. Es wäre doch, sagt André in seinem Monolog, viel vernünftiger, erst mal darüber zu diskutieren, ob es ein gutes oder ein schlechtes Stück ist. Ich war wirklich überrascht. Ich hatte mir darüber tatsächlich noch keine Gedanken gemacht. Ich fand »Freiheitsberaubung (II)« einwandfrei, aber André hatte mir mal erzählt, daß er es in den Spielplan seiner Theatertruppe aufnehmen lassen wollte und seine Leiterin dagegen war. Ich dachte damals, diese Leiterin traut es sich nicht. In Wirklichkeit war es so, daß sie das Stück zu schwach fand, um es auf die Bühne zu bringen.

»Nachspiel« ist kein bißchen schwach. Seine Leiterin hat es genommen und inszeniert. Es ist wirklich gut gemacht. Wie ihm alle Schüler auf die Schultern klopfen und dann die Lehrerschaft Stunk gegen ihn macht. Er hat diesen Stunk ein bißchen mehr ausgeweitet, als es in

Wirklichkeit war. André sagte, das war für die Konfliktmotivation notwendig. Zum Beispiel macht der Klassenlehrer einen Hausbesuch. Den hat es in Wirklichkeit nie gegeben. Aber ansonsten hat er alles hingekriegt. Der verbissene Direktor, der Klassenlehrer, der bloß keinen Ärger will, und die Lehrer, die sicherheitshalber auf Distanz gehen. Dann sind da noch seine Eltern, die immer nur »Junge, mach es dir doch nicht so schwer!« sagen. Und die Klasse traut sich nicht, sich für ihn einzusetzen, obwohl alle finden »Das können die doch nicht machen!« und »Schweinerei!«, und nur der FDJ-Sekretär hat schließlich die rettende Idee, das Stück als uneingeschränkt fortschrittlich zu interpretieren.

Allerdings war das noch nicht alles. Ich meine, es ist bestimmt nicht leicht, die Zustände an unserer Schule in einem Theaterstück in den Griff zu bekommen. André kriegte das in den Griff. Und noch mehr. Zum Beispiel sah es eine ganze Zeit so aus, als ob dieser André im Stück wegen der Zurschaustellung eines antisozialistischen Theaterstückes von der Schule fliegen wird. Er flog dann aber zum Schluß doch nicht von der Schule, und man konnte denken, daß es noch mal gut ausgegangen ist. Aber dann kam noch ein Monolog. Es ging darum, daß man in einer Atmosphäre von Verbissenheit nie zur Wahrheit kommen wird. Er brachte wirklich ein paar starke Sachen. Er sagte sogar wörtlich: »Für das Denken dürfen keine unbequemen und verbotenen Zonen existieren. Unanfechtbare Wahrheiten werden in einem offenen und ehrlichen Disput bewiesen. Langweilige Didaktik, deklarative Thesen können den denkenden Menschen nur abstoßen und diese Wahrheiten verdunkeln.« Ich dachte, ich höre nicht richtig. André war plötzlich ein richtig starker Stückeschreiber. Mit Übersicht und so. Außerdem hat er es geschafft, zum Schluß so was wie gemischte Gefühle stehenzulassen. Man war ja froh, daß dieser André an der Schule bleiben konnte. Aber auch die blöden Verhältnisse blieben. Diese Verhältnisse, die die Wahrheit bloß verdunkeln.

Wir hatten uns verabredet, nach den letzten mündlichen Prüfungen das Schuljahr gemeinsam ausklingen zu lassen. So eine Art tagelanger Abschlußfeier. Ich muß sagen, ich hatte 'ne Menge übrig für den Gedanken. Ich wollte einfach wissen, wie die anderen sind, wenn sie mal nicht an Schule und Zensuren und so was denken müssen.

Wir wollten uns alle auf dem Grundstück der Eltern von Evelin Zahn treffen. Es lag irgendwo in der Toten Hose, etwa hundert Kilometer von Berlin weg. Evelin malte an einem der letzten Schultage eine Lageskizze an die Tafel, damit auch alle das Grundstück finden. Dabei brach ihr andauernd die Kreide ab, und das verunsicherte sie sehr. Sie hatte wahrscheinlich nicht mit Schwierigkeiten gerechnet. Sie hatte furchtbare Angst, die Jungs würden jeden Abend besoffen sein.

Natürlich war ich einer der letzten, die noch eine Mündliche hatten. Staatsbürgerkunde. Als alles fertig war, rannte ich aus der Schule und zog erst mal mein FDJ-Hemd aus. Ich konnte unmöglich im FDJ-Hemd trampen.

Ich stand vor der Schule, und mir wurde *bewußt*, daß es sich mit der Schule jetzt endgültig erledigt hatte. Ich wollte unbedingt wissen, was das für ein Gefühl ist. Man hätte vielleicht so was wie »Juchu!« schreien sollen, aber das hätte doch nur wie eine Lüge geklungen. Klar war ich froh, daß die Schule endlich *vorbei* war – ich war wirklich froh –, aber für Freudentänze gab es einfach keinen Grund. Früher oder später wäre ohnehin Schluß gewesen mit dem ganzen Zauber. Nur eins begriff ich ganz, ganz deutlich, als ich mein FDJ-Hemd in die Plastetüte stopfte: Daß ich niemals wieder dieses Gebäude betreten will. Ich würde sonstwas für Beklemmungen kriegen, wenn mir wieder einfällt, wie das alles war und wieviel kostbare Zeit von meinem Leben ich hier verplempert habe. Ich sah plötzlich überaus deutlich, daß ich durch leere, kühle Gänge gehen würde und mir das Herz stockt, weil mir klar wird, daß ich hier zwei lange, nutzlose Jahre zubringen mußte. So ungefähr war das. Ich wollte nicht »Juchu!« schreien.

Als ich in der S-Bahn saß, malte ich mir aus, was ich später alles machen werde. Ich hatte zu allem möglichen Lust, besonders zu Taxifahrer. Irgend etwas, wo ich mir selbst gehöre. Wo mir kein Schneider und kein sonstwer die gute Laune versauen kann. Irgendwas, wo ich mich immer so fühlen kann wie jetzt gerade. Ich fühlte mich nämlich *frei*, wenn Sie die Wahrheit wissen wollen.

Schöneweide stieg ich aus. Es war ziemlich viel los auf dem Bahnhof. Himmel und Menschen sozusagen. Ich ging die Treppen runter und blieb im Tunnel stehen. Jede Menge Leute, die zu den Zügen wollten. Oder gerade ankamen. Außerdem hörte ich eine laute Stimme, aber ich konnte sie nicht zuordnen. Es war eine Männerstimme, die rief immer wieder: »Gibts hier auch einen Ausgang? Wo ist denn der Ausgang? Irgendwo muß doch ein Ausgang sein!«

Ich ging durch den Tunnel raus auf die Straße. Draußen war es irrsinnig heiß. Es war eine dieser irrsinnig heißen Mittagsstunden im Juni, in denen man durch die geringste Bewegung erledigt ist. Bis zur Tankstelle hat man es aber nicht weit. Diese Tankstelle ist die erste Möglichkeit. Vorher hat man als Tramper keine Chance.

Der Verkehr war mäßig. Zum Glück stand ich allein an der Tankstelle. Trotzdem kann man beim besten Willen nichts einplanen. Manchmal steht man ewig. Ich habe schon die dollsten Pleiten erlebt. Einmal habe ich geschlagene sechs Stunden an dieser blöden F 96 gestanden, und kein Schwanz hat mich mitgenommen. Die Autos fuhren ununterbrochen an mir vorbei. Irgendwelche verdammten Witzbolde machten dazu ihre Faxen. Das machte mich fast rasend, besonders dann, als es zu regnen anfing. Ich erinnere mich sehr genau an diesen Tag und an die Leute, die vorbeifuhren. Meistens waren es Ehepaare in ihrer Pappe. Die kann man total vergessen. Eher nimmt dich noch ein Radfahrer auf seinem Gepäckträger mit, als daß eine Pappe hält und *sie* aussteigt, damit du dich hinten reinquetschen kannst. Das ist die ganze traurige Wahrheit. Jedenfalls haben diese Ehepaare mit Pappe immer irgendwohin gestiert. Meistens hat sie die Landschaft und den Himmel beglotzt, und er hat auf die Straße gestiert, als ob sie in der Verkehrsdurchsage vor Fallgruben gewarnt hätten. So ging das stundenlang, und dann fing es an zu regnen. Da konnte ich einfach nicht mehr. Ich konnte nicht mehr dastehen und winken und mitansehen, wie diese verkrampften Ehepaare so taten, als ob sie mich nicht sehen. Ich setzte mich in den nächsten Zug und fuhr zurück und schwor mir, daß ich nie wieder trampen werde. Man wird ja geradezu krank, wenn man stundenlang nur solche deprimierenden Typen an sich vorbeifahren sieht. In diesem Land ist man als Tramper manchmal völlig aufgeschmissen. Je mehr Autos es gibt, desto länger stehst du. Im Ernst, so siehts aus. Ich rede jetzt nicht von den Tramper*innen*. Da liegt der Fall ganz anders. Ich finde, die Tramper müßten schon durch die Verfassung geschützt werden, am besten gleich im Artikel 1. Bei der nächsten Verfassungsdiskussion werde ich diesen Satz für Artikel 1 vorschlagen: »Die DDR ist ein Staat der Arbeiter, Bauern und Tramper.« Der Satz muß rein, sonst stimme ich gegen den Entwurf, verlaßt euch drauf.

Ich hatte halbwegs Glück, und nach einer Viertelstunde hielt ein weißer Skoda. Der Fahrer war allein. Auf dem Rücksitz lagen zwei Stiegen Stiefmütterchen, eine mit gelben und eine mit blauen. Unterwegs redeten wir kein Wort. Er war wohl ein schweigsamer Typ. Vielleicht einer, der aus Prinzip Tramper mitnimmt, weil er früher selbst viel getrampt ist. An Unterhaltung war er offenbar nicht interessiert. Er hatte nicht mal sein Radio an. Er war schon ein merkwürdiger Typ, aber wenn du an der Straße stehst und weiter willst, dann ist dir das egal.

Der Verschwiegene setzte mich nach einer halben Stunde wieder raus. Ich mußte auf der Autobahn bleiben, aber er nahm die Abfahrt. Wahrscheinlich ging es diesem Philosophiestudenten so ähnlich, denn er stand schon da, wo die Auffahrt in die Autobahn mündet. Genau da wollte ich mich auch hinstellen.

Ich fragte ihn, wie lange er schon steht. Er sagte, daß er keine Uhr hat, aber er steht schon eine ganze Weile. Na ja, das Übliche, woher man kommt und wohin man will und seit wann und mit wem . . . Dann fragte er mich, was ich sonst so mache. Normalerweise stört mich so eine Frage. Man will dadurch denjenigen bloß in der entsprechenden Schublade unterbringen. *Jetzt* störte es mich nicht. Ich sagte: »Ich bin gerade mit der zwölften Klasse fertig. Seit zwei Stunden.«

»Ach ja? Letzte Prüfung gehabt?«

»Mmh.«

»Und was für eine?«

»Stabü.«

»Ach ja? Und womit kamst du ran?« Er war geradezu heftig interessiert, aber ich hatte keine Lust, darüber zu sprechen. Ich hatte allerdings noch keine Ahnung, daß er ein Philosophiestudent war, obwohl das gewiß die passende Studienrichtung zu seiner ganzen Erscheinung war. Zum Beispiel fuchtelte er beim Reden immer mit den Händen rum. Es war die reinste Pantomime.

Ich machte ein lustloses Gesicht und sagte: »Weiß ich nicht mehr. Hab ich schon wieder vergessen.«

»Nee, ernsthaft! Worum ging es denn?«

»Weiß ich nicht mehr. Ist doch egal.«

»Komm, überleg doch noch mal! Ich wills wirklich wissen!« Junge, so was von hartnäckig!

»Ich kriegs nicht mehr wörtlich zusammen . . .«

»Wie bitte?« Er konnte mich nicht verstehen, weil gerade ein Laster vorbeifuhr. Ich hatte schon etwas lauter gesprochen, aber er verstand mich trotzdem nicht.

»Ich sagte, ich kriegs nicht mehr wörtlich zusammen ...«

»Ist auch nicht nötig, nur ungefähr ...«

»... aber ich sollte darlegen, warum die Beschäftigung mit Marxismus den Menschen zu Positionen des Marxismus führt, ihn also zum Marxisten macht.«

»Moment mal«, sagte er, und dabei *untermalte* er seine Worte durch irgendwelche Handbewegungen, »du solltest sicher beweisen, warum allein die Beschäftigung mit Marxismus den Menschen *noch nicht* zum Marxisten macht.«

»Nee.«

»Was ›nee‹?«

»Es ist so, wie ich es gesagt habe. Ich sollte darlegen, warum ...«

»Das gibts doch nicht! Das kann doch nicht wahr sein!« Er warf sich ins Gras, schüttelte den Kopf und brachte ein paarmal dieses sogenannte ungläubige Lachen an, das sowieso nie gelingt. Dann sah er mich von unten an.

»Und was hast du so erzählt? Ich meine, womit hast du's bewiesen?«

»Hör mal, vielleicht finden wir ein interessanteres Thema ...«

»Das ist hochinteressant ...«

»Findest du vielleicht ...«

»... und ich sage dir gleich, warum. Aber sag doch mal, wie bist du an die Frage rangegangen?« Er machte sich offenbar nicht mal darüber lustig.

»Ich habe gesagt, na ja – der Marxismus ist allmächtig, weil er wahr ist, und er ist die einzige wissenschaftliche Weltanschauung, und daß die ganze philosophische Entwicklung in den Marxismus mündete und all das.«

»Heiliger Bimbam! – Und was hast du darauf gekriegt?«

»'ne Zwei.«

Er schüttelte entgeistert den Kopf. Dann zog er sein Taschentuch aus der Hosentasche, nahm seine *Nickelbrille* ab und begann in aller Seelenruhe seine Brille zu putzen. Nebenher redete er.

»Also – du mußt wissen, äh, ich bin zunächst mal Philosophiestudent im dritten Studienjahr. Und vom Marxismus weiß ich zumindest soviel, daß er das genaue Gegenteil dessen lehrt, was du beweisen solltest. Ich wills ganz kurz machen . . .«

»Sei doch bitte so freundlich!«

»Was? – Ach so. Also, um es ganz einfach zu sagen: Durch Philosophie werden Klasseninteressen zum Ausdruck gebracht. Weltanschauung ist klassengebunden. Und der Marxismus ist nicht jedermanns Weltanschauung, sondern die Weltanschauung der Arbeiterklasse. – Wie gesagt, das ist die maximale Reduzierung, sozusagen der gedankliche Ausgangspunkt aus marxistischer Sicht. Wenn man tiefer in die Materie eindringt, wird das Problem wirklich interessant: Welche Zwangsläufigkeiten wirken bei der Herausbildung des gesellschaftlichen Bewußtseins, und welche Bedeutung hat das gesellschaftliche Bewußtsein des einzelnen für sein Agieren in der Gesellschaft tatsächlich, oder, um das ganze Problem noch zugespitzter zu formulieren: Wie kann . . .«

»Hör mal, das interessiert mich nicht! Ich habe wirklich genug davon!« Ich kann es nicht ausstehen, wenn sich einer gerne reden hört und dabei seine Nickelbrille putzt.

»Ah, laß mal. Ich hab mir vor ein paar Wochen mal meinen alten Stabühefter vorgenommen, also ich dachte, ich lese Klosprüche. Der Stabüunterricht war unter aller Würde. Stabü kann vor dem Marxismus ungefähr den Anspruch an Wissenschaftlichkeit erheben, den die Alchemie vor der Chemie hat.«

»Der Spruch ist eingeübt . . .«, sagte ich genervt. Diese Leute reden nur darüber, was *sie* interessiert. Sie wollen immer *ihre* Sprüche an den Mann bringen.

Er grinste. »Der ist wirklich eingeübt«, sagte er.

»Na ja – aber er gefällt mir«, sagte ich.

Er grinste schon wieder. Obendrein war er also auch noch eitel. Jetzt fehlte bloß noch, daß er mir *auseinandersetzt,* wie er sich diesen Spruch gedanklich *erarbeitet* hat. Das war sicherlich sein Stil.

»Sag mal«, fragte er statt dessen, »glaubst du denn das, was du heute in der Prüfung erzählt hast?«

»Nö.«

»Und warum erzählst du's dann?«

»Weil ich es nicht besser weiß.«

»Klar, war eine dumme Frage von mir.« Er nestelte sich sagenhaft umständlich die Brille auf die Nase. Diesen Akt hatte er wahrscheinlich stundenlang zu Hause geprobt. Als er sein Ritual erfolgreich verrichtet hatte, sprach er weiter.

»Nee, aber wie stehst du dazu, zu dem, was du gelehrt kriegst und zu dem, was du sagst, weil du es nicht besser weißt?«

Ich überlegte einen Moment. Ich wollte erst sagen: Es widert mich an. Aber dann dachte ich, daß das vielleicht eine zu dramatische Formulierung ist. Bei diesen Nickelbrillen muß man immer sehr genau formulieren. Die ziehen sich an jeder Kleinigkeit hoch und wollen alles auf zwanzig Stellen hinterm Komma wissen. Deshalb überlegte ich, ob ich noch eine bessere Antwort finde, aber mir fiel nichts ein. Um ehrlich zu sein, ich fand es oftmals ziemlich widerlich oder zumindest belastend. Deshalb sagte ich ihm dann auch, daß es mich meistens anwidert. Er hatte nur auf diese Antwort gewartet.

»Genau da liegt das Problem. Ich finde M/L hochinteressant, aber ich habe vollstes Verständnis dafür, daß du diese Begeisterung nicht teilst. Ich finde es schade, jammerschade. Vor allem tut es mir um den Marxismus leid, mit dem hier fast alle gebrochen haben, ehe sie ihn überhaupt kennengelernt haben.« Er war schon wieder mittendrin. »Weißt du, als ich mit dem Studium angefangen habe, haben uns die Dozenten unmißverständlich zu verstehen gegeben, daß wir uns diesen Stabü-Marxismus schnellstens abgewöhnen müssen. Sie redeten dann immer vom ›Hysterischen Materialismus‹ und von ›Karl Murks‹. Das ganze erste Studienjahr war einzig unserer geistigen Enttrümmerung gewidmet. Und der Methodik. Wie stellt man sich den Fragen, wie durchdringt man Probleme, was läßt sich schematisieren, ordnen, vergleichen.« Ich wollte ihn des öfteren unterbrechen, aber wenn er sah, daß ich Luft holte, sprach er gleich viel lauter. Er überschrie mich jedesmal prophylaktisch, und ich mußte mir seine ganze schlaue Rede anhören. »Ohne zu übertreiben – man lernt denken. Klar, andere können auch denken, ob als Ingenieur oder Tankwart, aber man lernt, *als Philosoph* zu denken. Übersichtliches Denken, schrittweises, planvolles Denken, man kann Bezüge herstellen und eine regelrechte gedankliche Architektur zusammendenken. Und wenn dir nach dem ersten Studienjahr jemand mit Sätzen wie ›Der Marxismus ist allmächtig, weil er wahr ist!‹ was beweisen will, dann kannst du mit einer regelrechten gedanklichen Handkante antworten, wie überhaupt auf all das, woran man gar nicht glauben kann, weil sich von vornherein schon alles in dir sträubt. Jedenfalls bin ich im ersten Studienjahr richtig verrückt geworden vor lauter Freude. ›Mann‹, sagte ich mir, ›du hast ja einen Kopf, mit dem sich denken läßt, den du fordern kannst!‹ Das war wirklich meine schönste Erfahrung.«

Er riß einen Löwenzahn aus, rollte ihn zwischen den Fingern und schwieg für ein paar Momente. Ich mußte mich übrigens die ganze Zeit daran erinnern, daß ich schon mal eine richtige Philosophin kennengelernt habe. Das war am Anfang der Elften. Sie sollte in unserer Klasse das Studienjahr machen. Leider kam sie nur ein einziges Mal, weil sie dann bei der Akademie anfing. Wir bekamen danach wieder einen dieser Propagandisten von der Kreisleitung. Aber diese Philosophin, die war ganz gut. Obwohl – es war ja alles einleuchtend, was sie erzählte – aber irgendwas fehlte. Es ist nicht leicht zu beschreiben.

Vielleicht lag es daran, daß es letzten Endes bloß Wissenschaft war, was sie betrieb. Ich glaube nämlich nicht, daß sich damit wirklich *alles* fassen läßt. Ich meine, sie sagte nichts zutiefst *Schönes* oder eben auch nichts, was mit dem Wesen des Menschen zu tun hat. Und ich bin mir fast sicher, daß sie darüber auch nichts sagen *konnte*. Das ist im wesentlichen der Grund, weshalb mir Philosophie verdächtig vorkommt. Ich glaube jedenfalls, daß es auch Dinge gibt, die bloß *schön* sind, so daß man einfach wehrlos ist vor lauter Was-weiß-Ich, aber das hat nichts mehr mit Philosophie zu tun.

Ich fragte ihn trotzdem noch was Philosophisches.

»Sag mal, gibt es einen Ausspruch oder so was Ähnliches von Karl Marx – äh – ›Eine fremde Sprache ist eine Waffe im Kampf des Lebens!‹ . . .?«

»Wo hast'n den her?«

»Steht an der hinteren Wand von unserem Russischkabinett. Mit Ausrufungszeichen.«

»Und dieser Ausspruch soll von Karl Marx sein?«

»Behauptet zumindest das Spruchband.«

»Oha! – Und wie findest du den Spruch?«

»Na ja – doof.«

»Ich auch.« Er rekelte sich zurecht, blinzelte die Sonne an und hielt mir wieder einen Vortrag. Es war ja ganz interessant, aber er brachte sich so allwissend an den Mann. Trotzdem war ich ihm dankbar, echt.

»An Marx fällt auf, daß er sehr genau formulierte. Ich habe in seinen Reden oder Schriften keine einzige ungenaue Formulierung gefunden. Auf genaue Formulierungen legte er großen Wert, man kann fast sagen, daß er penibel war. Die Kritik am Gothaer Programm ist da sicher das bekannteste Beispiel. Marx übte inhaltliche Kritik, indem er nebulöse Formulierungen aufspürte und entsprechend kommentierte. Wenn ich den Satz höre: ›Eine fremde Sprache ist eine Waffe im Kampf des Lebens!‹, dann fallen mir gleich mehrere sprachliche Mängel auf. Mal abgesehen davon, daß dieser Satz keinen Sinn ergibt.

Ich kann zum Beispiel kein Wort Türkisch. Also ist Türkisch für mich eine fremde Sprache. Und das soll nun eine Waffe im Kampf des Lebens sein? Na, ich weiß ja nicht ... – Lach nicht, so muß man da rangehen! Also es muß natürlich erst mal heißen: Das *Beherrschen* einer fremden Sprache ist eine Waffe im Kampf des Lebens. Beherrscht man eine Sprache, ist sie nicht mehr fremd. Sagen wir: Das Beherrschen einer Fremdsprache ist eine Waffe und so weiter. Der Unterschied ist klar, ja? – Gut. Zum zweiten Teil des Ausspruchs: Eine Waffe im Kampf des Lebens. Tja – Kampf des Lebens, Kampf des Lebens ... Wieso *Kampf* des Lebens? Ist wohl ein sehr kämpferisch veranlagter Mensch, dein Russischlehrer? Vielleicht Armeegeneral der Reserve? Nehmen wir ›Waffe im Kampf‹ *oder* ›Waffe im Leben‹, dann ist gesagt, was ausgedrückt werden soll. Also, was haben wir jetzt? Das Beherrschen einer Fremdsprache ist eine Waffe im Leben. – Na ja, sprachlich ist der Satz jetzt einwandfrei, aber so schön, daß ich ihn mit ›Karl Marx‹ unterschreiben würde, finde ich ihn wiederum nicht. Und dein Original, was du mir aus deinem Russischkabinett präsentiert hast, ist zweifellos ein Machwerk ultraorthodoxer Marxfälscher, derentwegen er euch langsam zu den Ohren rauskommt. – Mann, habe ich einen Knast. Hast du was zu essen mit?«

»Äpfel?« Ich kramte in meiner Plastetüte.

»Klar! – Danke! Daß man keinen Hunger haben darf, um zu philosophieren, hat er ja gesagt, aber daß man vom Philosophieren Hunger kriegt, das hat er hübsch für sich behalten.«

Wahrscheinlich sollte das ein Philosophenwitz sein, aber ich steh nicht auf Witze, für die man mindestens Professor sein muß, um sie zu verstehen. Überhaupt sind mir diese Nickelbrillen nicht ganz geheuer. Jedes zweite Wort ist »Problem«. Sie diskutieren immer bis morgens früh um vier und hauen sich bei der Gelegenheit die wildesten Fremdworte um die Ohren. Sie finden auf die kompliziertesten Fragen eine Antwort, nur mit den einfachen hapert es noch. Außerdem halten sie sich für die klügsten Männer der Welt, aber außer Spaghetti können sie nichts kochen. Obwohl ich natürlich zugebe, daß es ziemlich billig ist, wenn man sich auf die Art über Nickelbrillen lustig macht. Alle Welt macht sich über die Nickelbrillen lustig. Ich glaube nicht, daß das besonders gut ist. Es kann nämlich leicht passieren, daß man sie dabei unterschätzt. Man kann nie wissen, was in so einer Nickelbrille wirklich steckt. Zum Beispiel kann dir eine Nickelbrille binnen zehn Minuten einleuchtend erklären, was man von sechs Jahren Stabü zu halten hat. Aber wenn man gerade dabei ist, eine Nickelbrille für voll zu nehmen, stürzt sie sich *jedesmal* in das übliche Gewäsch über Hermann Hesse und über damals, achtundsechzig und so. Das geht mir dann immer sehr auf den Keks.

Der Philosophiestudent rieb sich meinen Apfel an seinem Hemd blank und biß ab.

»Was machst'n nach dem Abi? Studium?« fragte er mit vollem Mund.

»Nö. Ich studiere das Leben.« Ich hatte diesen blöden Satz mal irgendwo gehört und brachte ihn bei jeder Gelegenheit an.

»Hast du keinen Studienplatz?«

Ich schüttelte den Kopf.

»Wieso nicht?«

»Ich wollte Journalistik machen, aber das geht nicht, wegen Westverwandten.«

Er hörte sofort mit dem Kauen auf. »Das ist doch nicht dein Ernst?!«

»Doch, bei der Studienberatung . . .«

»Du, meine Schwester fängt in diesem Jahr mit Journalistik an, und wir *haben* Westverwandte. Kann sein, daß sie später nicht im Ausland arbeiten darf oder nur im sozialistischen Ausland, aber sie fängt im September das Studium an.«

»Mir haben sie gesagt . . .«

»Dann haben sie dir etwas Falsches gesagt! Sie haben

dir etwas Falsches gesagt! Man kann trotz Westverwandtschaft Journalistik studieren.«

Er saß da und rollte wieder einen Löwenzahn zwischen den Fingern, und ich mußte ihm glauben. Die Autos fuhren schnell an uns vorbei, und er stand auf und fing wieder an zu winken. Ich war völlig durcheinander, und wenn er mich etwas fragte, dann sagte ich höchstens »ja« oder »nein«. Einmal fragte er mich nach meinem Namen. Ich konnte es ihm nicht sagen. Ich hatte erst mal meinen Namen vergessen. Ich könnte Journalistik studieren.

Wir hielten einen Wagen an, fragen Sie mich nicht. Und wenn es ein Porsche gewesen wäre – ich hätte es nicht mitgeschnitten. Der Fahrer setzte mich an einer Stelle ab, von wo aus es nur noch eine halbe Stunde bis zu dem Grundstück sein sollte. Ich hätte schwören können, schon einmal an diesem Ort gewesen zu sein. Der Weg, den man gehen mußte, um zu dem Grundstück zu kommen, führte durch ein Haferfeld. Die Sonne schien wie verrückt, der Himmel war ohne Wolken, und am Ende des Feldes waren ein paar Bäume. Ein Bach sollte dort auch sein, hatte Evelin gesagt. Mir kam das alles so bekannt vor. Es war so eine Ahnung, aber mir war klar, daß ich mich nicht wirklich erinnern würde. Vielleicht war ich einmal an einem ähnlichen Ort. Oder ich habe mich einfach einmal so gefühlt wie jetzt, und es ist nur die Erinnerung an ein Gefühl, das verlorenging. Jedenfalls kam mir der Gedanke, daß mir so was schon mal in meinem früheren Leben passiert sein muß. Anders konnte ich es mir nicht erklären. Die Erinnerung an das, wonach ich suchte, lag außerhalb dessen, was sich mit Erinnerung erreichen läßt.

Mittlerweile war ich am Ende des Feldes angekommen. Hier war tatsächlich auch der Bach. Ich setzte mich unter einen Baum und dachte darüber nach, ob ich überhaupt noch Journalistik studieren wollte. Die Wahrheit ist die, ich wollte es nicht. Zumindest jetzt nicht. Das ganze letzte Jahr mußte ich den Gedanken an ein Journalistikstudium immer nur fortschieben. Vielleicht deshalb. Irgendwann werde ich wieder durchsehen. Aber eher fange ich kein Studium an. Ich fange nichts an, was ich nicht wirklich anfangen will.

Zwischen dem Haferfeld und den Bäumen war noch ein Stückchen Wiese. Ich dachte mir, daß das ein geeigneter Platz wäre, um Federball zu spielen. Gegen Abend wollte ich versuchen, Nicole zu überreden, mit mir Federball zu spielen. Wir hatten schon einmal zusammen Federball gespielt. Das war so ziemlich genau ein Jahr her. Anfangs spielte sie sehr schlecht, weil sie von der Sonne geblendet wurde. Sie traf fast nie den Federball, wenn sie ihn über dem Kopf zurückschlagen wollte. Ich machte mich darüber lustig und spielte erst recht so, daß Nicole die Bälle über dem Kopf zurückschlagen mußte. Schließlich wollte sie, daß wir die Seiten tauschen. Das konnte ich natürlich nicht ablehnen. Ich war lange genug schadenfroh gewesen. Allerdings machte mir die Sonne nicht viel aus. Natürlich blendete sie mich, aber trotzdem konnte ich die Bälle zurückschlagen. Das Ungewöhnliche war nur, daß sich Nicole dafür so begeisterte. Sie war regelrecht hingerissen und lobte mich buchstäblich bei jedem Schlag. Bei jeder anderen wäre ich mißtrauisch geworden. Soviel Lob für die gewöhnliche Fähigkeit, einen Federball gegen die blendende Sonne zu spielen, ist normalerweise unangemessen. Es machte wirklich Spaß, und Nicole ist sowieso der ideale Mitspieler. Sie ist kein bißchen schadenfroh. Sie ist das genaue Gegenteil davon. Leider gibt es kein Wort dafür. Sie freute sich einfach immer wieder wie verrückt darüber, daß ich mit der blendenden Sonne klarkam. Ich muß zugeben, daß ich mich für *meine* Schadenfreude dann doch irgendwie schämte. Es war ja nicht ernst gemeint, aber ich fand es trotzdem schlecht, einfach nur aus Spaß schadenfroh zu sein.

Ich wünschte mir, daß ich sie dazu kriegen könnte, am Abend mit mir Federball zu spielen. Sie stößt beim Federballspielen immer die verrücktesten Laute aus, ohne es zu merken, und von Zeit zu Zeit lacht sie sich halbtot. Zum Beispiel, wenn der Federball im Schläger steckenbleibt. Das passierte uns ziemlich oft, und jedesmal konnten wir nicht weiterspielen, weil Nicole erst mal lachen mußte und einfach nicht aufhören konnte.

Nicole ist schon in Ordnung, überhaupt keine Frage. Sie ist vielleicht die einzigste in der Klasse, die mir fehlen wird. Leider werde ich ihr kein bißchen fehlen. Es wird ihr egal sein, mit wem sie in Zukunft Federball spielt. Es gibt leider keinen zwingenden Grund, sie auch weiterhin regelmäßig zu sehen. Außerdem ist das speziell bei Nicole einfach unmöglich. Sie ist original der Typ, der einem tausendmal verspricht, sich mal zu melden, und auf den man dann monatelang vergeblich wartet. Sie ist wirklich eine taube Nuß, was Verabredungen angeht.

Ich dachte noch über ein paar andere aus der Klasse nach, besonders über Martin. Er ist ja so was wie unser Primus. Er hat nicht nur die besten Zensuren – er hat nur Einsen –, man kann ihn deshalb nicht mal verachten. Er kann zum Beispiel erklären. Wenn man etwas nicht begriffen hatte, dann konnte man ihn fragen, und er erklärte es meistens noch besser als der Lehrer. Er hatte eben die richtige Erklär-Geduld. Außerdem brachte er das Kunststück fertig, bei Schülern und Lehrern gleichermaßen beliebt zu sein. Wahrscheinlich haben sie ihn sich deshalb von uns zum FDJ-Sekretär wählen lassen.

Manchmal habe ich mit Martin zusammenarbeiten müssen. Wenn kein Lehrer da war und wir in der Stunde ein paar kernige Aufgaben lösen sollten, machte er das immer so, daß er mit dem jeweils Klassenbesten in dem Fach zusammenarbeitete. Zu mir kam er, wenn wir in Physik Aufgaben bekamen. Und in Russisch oder in Geographie oder in Mathe ging er zu einem anderen. Der Rest der Klasse quatschte, spielte Karten oder las Zeitung, und wenn die Aufgaben fertig waren, wurden sie der Klasse präsentiert. Auf die Art habe ich ein paarmal mit Martin arbeiten können. Mit ihm geht alles recht flott, und man spricht auch viel miteinander, wenn man an den Aufgaben sitzt. Man disputiert sozusagen. Wir lösten die Aufgaben immer *miteinander*. Das war eigentlich das schönste daran. Wir überlegten gemeinsam, dann hatte einer eine Idee für den nächsten Schritt, und danach überlegten wir gemeinsam weiter. Zwischendurch mußte auch viel gerechnet werden. Das machte immer er. Er rechnet sehr flott. Er kann auf dem Rechner die Zahlen schneller eintippen, als man sprechen kann. Es war immer eine Freude, mit ihm zu arbeiten. Außerdem ist er kein bißchen überheblich. Er ist allerdings eine starke Persönlichkeit. Man ließ sich was sagen von ihm. Einmal – es war bei der Klassenfahrt – saßen wir zu sechst in einer Bahnhofskneipe. Martin war nicht dabei. Aus Langerweile fingen wir an, den Kellner wegen jeder Kleinigkeit loszuschicken. Das ganze Sortiment, in allen Einzelheiten. Dann kam Martin. Wir sagten ihm zwar nichts, aber er kriegte es selbst mit. Es ging ja die ganze Zeit nur so: Bringense doch bitte noch eine Cola – Der Kellner brachte die Cola – Ach, bringense doch bitte noch 'ne Schachtel Karo – Wir wollen dann zahlen – Einzeln oder zusammen? – Einzeln bitte – Ich habe fast keine Streichhölzer mehr, bringense doch bitte noch eine Schachtel Streichhölzer – Er brachte die Streichhölzer – Wissense, jetzt könnte ich direkt noch ein Stück Kuchen vertragen und ein Kännchen Kaffee, komplett bitte ... Als der Kellner wiederkam und den Kuchen brachte, sagte ich, daß der Kuchen ja gut aussieht, man kriegt direkt Appetit, ich hätte gern das gleiche. Der Kellner verschwand, und Martin sah mich mit einem sehr fremden Blick an und fragte bloß: »Was soll das?«

Es war eben eine von meinen tausend Riesenblödheiten. Martin kriegt immer gleich mit, daß es eine Riesenblödheit ist. Mir muß man so was sagen. Manchmal erkenne ich mich selbst nicht wieder, wenn ich in einer Meute bin. Man wird zum Tier, ohne es zu wollen. Man schickt dann immer den Kellner los und findet sich sonstwie toll dabei.

Ich saß immer noch am Feldrand und dachte über solche Leute wie Martin oder Nicole nach. Ich glaube nicht, daß Martin in der Meute ein anderer wird. Ich sagte wohl schon, daß er eine starke Persönlichkeit ist. Wenn ich mir etwas wünschen könnte für die Zukunft, dann würde ich mir wünschen, daß ich nur mit solchen Leuten wie Martin oder Nicole arbeiten muß. Wenn man mit ihnen zusammen ist, dann wird man wahrscheinlich so, wie man schon immer sein wollte. Man braucht dann keine Riesenblödheiten mehr zu machen. Man ist dann schon wer, wenn man einfach nur gegen die Sonne Federball spielen kann. Man muß keine Riesenblödheiten mehr begehen, um wer zu sein.

Irgendwann kamen Mario und Corinna vorbei und nahmen mich mit. Sie waren ein bißchen durch die Gegend geradelt und hatten mich getroffen, als sie wieder zurück zu dem Grundstück wollten. Es war nicht mehr weit bis dorthin. Wir gingen zusammen – sie mußten ihre Räder schieben – und unterhielten uns ein bißchen. Sie wollten von mir wissen, wie meine Prüfungen abgelaufen sind und so. Reine Routinefrage. Die Prüfungen waren also das Thema hier draußen. In der nächsten halben Stunde erzählte mir andauernd jemand, daß Kai mit seiner Vier als Vorzensur in die Russischprüfung kam und die Prüfungskommission fragte, ob sie sich auch gesundheitlich in der Lage fühle, ihn zu prüfen. Kai hatte also den Vogel abgeschossen, und so ziemlich jeder beneidete ihn jetzt um seine Vier in Russisch. Wahrscheinlich träumten alle davon, mal schlechte Schüler zu sein und es nicht so drauf ankommen zu lassen. Aber das war nun vorbei. Die Hälfte der Klasse hatte ihr »Ausgezeichnet« geschafft, und trotzdem würden sie lieber so sein wie Kai. Sie hatten eben aufs falsche Pferd gesetzt.

Das Grundstück war abschüssig und lag an einem See mitten im Wald. Es war viel größer, als ich dachte. Man konnte es nicht so ohne weiteres überblicken. Außerdem war es wenigstens halbwegs verwildert. Englischer Rasen und so fiel aus. Gehwegplatten gabs auch nicht. Hier draußen waren nur Trampelpfade.

Mario und Corinna hatten mir schon erzählt, daß für den Abend ein Lagerfeuer geplant war. Ich ging runter zu den Jungs, die auf einer kleinen Wiese am See standen. Es sollte wohl gerade mit dem Holzsammeln losgehen.

Als ich aufkreuzte, fragten mich alle aus, wie die Prüfung so war. Aber die war zehn Jahre her. Ich machte mir eine Flasche Bier auf und gab Antworten, die sie langweilen mußten. Bei der erstbesten Gelegenheit verkrümelte ich mich wieder. Ich wollte lieber Holz sammeln.

Ich ging einen dieser Trampelpfade am See entlang. Nach einer Weile – ich war noch nicht weit gekommen – hörte ich eine Stimme, die mir bekannt vorkam. Es war das Gequatsche von Czybulla. Wenn dieser Kerl im Wald zu quatschen anfängt, ist aller Frieden der Natur dahin. Er kann einfach nicht leise sprechen. Wahrscheinlich hat ihn seine Mutter bis zur Jugendweihe zweitausendmal täglich ermahnt, daß er laut und deutlich sprechen soll und bitte im ganzen Satz antworten möchte. Aus solchen Sprüchen muß seine ganze tadellose Erziehung bestanden haben.

Mittlerweile *sah* ich ihn auch. Er sprach mit Nicole. Ich wollte Nicole guten Tag sagen und ging zu ihnen hin. Nicole saß auf einer Holzbank und hatte die Beine ausgestreckt und verkreuzt. Czybulla hockte vor ihr im Gras und sah sie an.

»Hallo!« sagte ich. Ich keuchte etwas. Ich mußte ein paar Schritte bergan gehen.

Czybulla drehte sich um und nickte mir zu. Nicole sagte auch »Hallo!« und sah mich freundlich an, aber sie mußte kneisten, denn die Sonne kam von vorn. Sie kneistete mich sozusagen freundlich an.

»Was macht ihr denn hier?« Mir fiel keine dußligere Frage ein.

»Ach, ich habe gerade von diesem Buch erzählt«, sagte Nicole.

»Was denn für ein Buch?« Ich setzte mich neben Czybulla auf die Erde.

»Na, das ich gerade lese.« Es lag neben Nicole. Sie nahm es in die Hand und hielt es kurz hoch. Sie hatte es in Zeitungspapier eingeschlagen.

»Das ist ein Buch über Frauen. Es ist nach Tonbandprotokollen entstanden.«

»Aha.«

»Na ja, und davon habe ich erzählt.« Sie machte eine kurze Pause.

»Erzähl doch weiter!« sagte ich.

»Ja, gleich.« Sie sah zu Czybulla. Er beobachtete eine Mücke, die sich auf seinen Handrücken gesetzt hatte. Mit der anderen Hand holte er langsam aus und schlug die Mücke tot. Dann blickte er auf und sah uns an wie einer, der erwartet, daß wir mindestens in Ovationen ausbrechen. Er hielt es wahrscheinlich für eine respektable sportliche Leistung, eine Mücke zu erschlagen. Er ist so *widerlich*.

»Erzähl weiter!« bat ich Nicole noch mal und zeigte wieder auf ihr Buch.

»Ach ja. – Ja, ich bin gerade bei einem Mädchen, Gabi, die ist sechzehn. Und die sollte sagen, was Glück ist. Und sie hat geantwortet, daß für sie Glück war, als sie zur Jugendweihe einen Kassettenrecorder geschenkt bekam.«

»Ist ja finster.«

Nicole strich sich über die Haare. »Ja, aber was ist denn nun Glück?«

Das war das Stichwort für Czybulla.

»Ja, was ist Glück?« Er war aufgesprungen und ging in dieser aufdringlichen Auf-und-ab-geh-Pose auf und ab, so nach dem Motto geniales Gehirn arbeitet mit Großrechnergeschwindigkeit. Alles nur Mache.

»So ein Mist . . .«, knurrte er. »Ich habe *seit heute Mittag* einen Fleischfussel zwischen den Zähnen, glaubst du . . . den kriege ich raus?« Er polkte mit seinem Fingernagel zwischen seinen Zähnen und ging dabei auf und ab, und dann blieb er stehen, nahm den Finger aus dem Mund und fing wieder mit seinem Laut-und-deutlich-Gequatsche an.

»Glück ist . . .«, verkündete er und schnalzte mit seiner dußligen Zunge, »ein kurzfristiger emotionaler Zustand, der . . . durch die eindringliche Bewußtwerdung . . . einer Deckungsgleichheit von Wollen und Sein gekennzeichnet ist. Das heißt, daß nicht nur Wollen und Sein identisch sind, sondern daß dem Bewußtsein diese Deckungsgleichheit auch bewußt wird. Kann man das so sagen?« Er hatte so einen blöden S-Fehler, der machte seine dämliche smarte Stimme nur noch dämlicher. Er sagte zum Beispiel Bewuftsein. Dieses Wort war für mich ein rotes Tuch. Ich kann mich daran erinnern, wie Czybulla mit all seiner smarten Pathetik bei einer Diskussion in der Hofpause verkündete: » Hier irrte Marx!« Und dann trommelte er bis zur Bewuftlosigkeit auf dem Bewuftsein herum. Ich kann solche Predigten nicht ausstehen.

Nicole lächelte vor sich hin. Sie hatte ein verträumtes Gesicht und war nicht ganz bei der Sache. Aber es gefiel ihr wohl trotzdem, daß Czybulla so gelehrte Sätze baute. Czybulla stand immer noch und sah mich an. Ich sollte ihn wohl loben. Jedenfalls dämmerte mir, daß er auf Nicole scharf ist. So wie er dastand und sich die Brust kratzte und dazu quatschte wie ein Buch, sagen wir mal, wie ein Mathematikbuch, oder *wie* er die Mücke totschlug und dabei immer einen Seitenblick auf Nicole warf – er war scharf auf Nicole, überhaupt kein Zweifel. Das machte mich fast rasend. Dieser Schleimbatzen, der keine drei Schritte gehen kann, ohne sich wie die deutsche Antwort auf Omar Sharif zu benehmen, der von jedem seiner bescheuerten Sätze ernsthaft glaubt, sie seien es wert, als Kulturgut der Menschheit zitiert zu werden, und der all seinen penetranten Smart tatsächlich für *Charme* hält, ausgerechnet dieser Schleimbatzen versucht, bei der einzigen Perle unserer Klasse zu landen. Ich hatte überhaupt keine Lust, weiterhin Czybullas Balz beizuwohnen. Irgendwann würde er Nicole seine geölten Bizeps prüfen lassen oder aus seinem erstklassigen Gedächtnis seine erstklassige Abschlußbeurteilung hersagen. Man kann so was nicht ausschließen. Solche Typen wie Czybulla haben jegliche Kontrolle über sich selbst verloren.

Ich stand einfach auf und haute ab. Ich sagte nichts und war weg, ehe einer fragen konnte. Hoffentlich halten Sie mich nicht für komisch oder introvertiert. Man muß nur mal abhauen, weil man Czybullas und so nicht ausstehen kann, und schon kommt man ins Gerede. Man ist nie sicher.

Ich sammelte ein bißchen Holz und fand irgendwo ein paar Meter Schnur, die noch nicht vergammelt war. Ich änderte jetzt meine Strategie. Ich trug alles Holz zusammen. Nachher wollte ich es zusammenbinden. Man schafft viel mehr so.

Es dauerte eine halbe Stunde, bis ich genug gesammelt hatte. Ich ließ mir Zeit. Zwischendurch hatte ich die Idee, auch Pilze zu suchen, aber ich fand keine. Vielleicht würde ich die Jungs dazu bringen, nachher Pilze zu sammeln. Wir könnten am Abend Pilze essen, wenn alle mitmachten.

Ich band das Holz zusammen und lud es mir auf den Rücken. Es war ganz schön schwer. Vier Tonnen. Man traut so einem Reisigbündel überhaupt nicht zu, daß man so daran buckeln muß.

Als ich mit meinem Reisigbündel dastand und keuchte, erinnerte ich mich an dieses Bild aus der Galerie, in der ich kurz vor Weihnachten war. Das mit dem alten Mann und dem Reisigbündel auf dem Rücken. Sein Reisigbündel war doppelt so groß wie meins, aber er hatte sich auch auf einen Stock gestützt. Das war ein guter Gedanke. Mit einem Stock würde es bestimmt leichter sein. Außerdem hatte dieser alte Mann sicher auch die richtige Art des Reisigbündeltragens erlernt. Dann fiel mir wieder sein Blick ein. Wie er einen eben ansah. Als ob er etwas sehr *Kostbares* weiß, was wir nicht wissen und was sich für ihn auch nicht lohnt, einfach so mitzuteilen, weil man eben von selbst dahinterkommen muß. So ungefähr war sein Blick. Man kann nur raten. Vielleicht wußte er, was *Glück* ist.

Ich buckelte mit dem Holz zurück zur Wiese, wo wir das Feuer machen wollten. Kein Aas war zu sehen. Ich schmiß mein Holz ab und holte tief Luft, so tief es ging. Allerdings war ich doch nicht allein. Auf dem Steg, der hinter ein paar Büschen war, saß Martin. Er hatte sich einen Schreibblock auf die Oberschenkel gelegt und lehnte an einem Geländerpfosten, oder wie diese Dinger eben heißen. Ich ging zu ihm rüber.

»Hallo!« sagte ich.

»Hallo, Anton!« Er tat ziemlich gestreßt, aber er war nicht unhöflich. Er ist wahrscheinlich nie unhöflich.

»Was ist'n los mit dir?«

»Ach . . .« Er winkte ab. »Ich soll diese Rede halten.«

»Was denn für eine Rede?«

»Auf der Abschlußfeier. Die Danksagung der Schüler.«

»Aha. Und darüber sitzt du jetzt?«

»Mmh.« Er hatte sich schon wieder in seine Niederschrift vertieft.

»Und das machst du hier? Du gibst ein ideales Mückenfutter ab, weißt du das?«

»Es geht. Ab und zu muß ich mal mit dem Block rumfuchteln.«

Ich sagte nichts. Er dachte wahrscheinlich, ich glaube ihm nicht, deshalb sagte er nach einer Weile noch mal: »Es geht. Es ist wirklich nicht so schlimm.«

Es gab eine Pause. Er seufzte.

»Sag mal, Martin, was willst du eigentlich sagen?«

»Was?«

»Na, in dieser Rede?«

»Ach so. – Na ja, im Grunde das, was immer bei solchen Anlässen gesagt wird, also daß sich jetzt zeigen wird, was wir wirklich gelernt haben und daß wir den Dank gegenüber den Lehrern am besten zeigen können, indem wir unser Wissen entsprechend anwenden. Und so weiter.«

»Was – und so weiter?« Mir war nicht ganz klar, was er meinte.

»Darüber zerbreche ich mir jetzt auch gerade den Kopf. Hast du 'ne Idee?«

»Nee.«

Die Wellen plätscherten an den Steg. Nach einer Weile fragte mich Martin: »Sag mal, Anton, was, glaubst du, ist die Farbe der Jugend?«

»Die Farbe der Jugend?« Er fragte es zwar wie eine Testfrage, aber ich verstand nicht, was er damit wollte.

»Na ja, Liebe ist rot, Hoffnung ist grün und so weiter. Welche Farbe hat dann Jugend?«

»Keine Ahnung. Aber was deine Rede angeht – ich hätte eine Idee. Ich würde keine Danksagung verfassen, sondern eine Abrechnung. Damit hätte ich keine Schwierigkeiten. Da könnte ich 'ne runde Sache vorlegen von vorn bis hinten.«

Er unterbrach mich ziemlich heftig.

»Was soll der Quatsch? Das kann man doch unmöglich auf einer Abschlußfeier bringen!«

»Wieso nicht!«

»Zum Beispiel aus Rücksicht. Sie haben Fehler, okay, aber es ist einfach nicht fair, sie zu brüskieren!«

»Für mich ist Rücksicht kein Grund . . .«

»Für mich schon!« Wir gerieten ganz schön aneinander. »Die Abschlußfeier ist nicht die passende Gelegenheit, dreckige Wäsche zu waschen! Okay, okay, es gibt sicher einiges zu kritisieren, aber warum haben wir es nicht eher getan?«

»Weil wir nicht durchgesehen haben . . .«

»Blödsinn!« Er schüttelte widerwillig den Kopf. Diese Debatte ging ihm aufs Gerät.

»Hör doch mal zu, Martin, hör bitte nur einmal zu, ja? – Ich sollte heute in der Stabüprüfung einen Beweis erbringen, mit dem ich Marx so weit links überhole, daß ich schon frontal mit der Wirklichkeit zusammenkrache. Oder der Spruch ›Eine fremde Sprache ist eine Waffe im Kampf des Lebens!‹ ist nicht von Marx, sondern von einem Hundertfuffzigprozentigen, von denen es an dieser Schule nur so wimmelt. Außerdem ist dieser Spruch unmarxistisch. Soll ich dir mal was verraten? – Ich habe meinen Abituraufsatz über ein Buch geschrieben, das es gar nicht gibt . . .«

»Waaas?«

»Genau, hab ich. Und das ist nicht rausgekommen. Ich

habe einfach nur was mit Frieden reingerührt, und davor ist die Apentin wahrscheinlich in die Knie gegangen.« Unsere Deutschlehrerin hieß Apentin.

»Sei doch froh!«

»Bin ich aber nicht! Was soll das, wenn du immer nur deinen Spruch runterleierst . . .«

»Soll ich etwa auf der Abschlußfeier sagen, daß es unerträglich ist, unter einem falschen Marx-Zitat Russisch zu lernen? Wenn ich darauf rumreite, das würde garantiert keiner . . . nachempfinden können. Ich glaube, du regst dich hier künstlich auf . . .«

»Himmelherrgottnochmal, du bist doch sonst nicht so schwer von Begriff. Es geht doch um diesen Mief, diesen Moder, der in allem, in allem drinsteckt, was mit Schule zu tun hat. Wenn dieser Spruch einfach nur erfunden ist, wieso heißt es dann nicht, daß eine fremde Sprache eine Brücke ist oder meinetwegen eine entgegengestreckte Hand oder . . .«

Ich suchte noch einen Vergleich, aber ich fand keinen. Martin starrte nur vor sich hin und schüttelte nach einer Weile wieder den Kopf.

»Martin, sei so gut und, und . . . und nimm jetzt dein Herz in die Hand!« Ich fing mit einem Mal ziemlich kindisch zu betteln an. »Es ist . . . Mensch Martin, du warst doch immer so was wie ein Vorbild, und das geht auch in Ordnung, an dir konnte man sich ein Beispiel nehmen, und . . .«

»Kannste mal aufhören mit diesen Reden?«

». . . und deshalb solltest du auch derjenige sein, der mit dem ganzen Zauber Schluß macht. Es beeindruckt jeden, wenn ausgerechnet du auf der Abschlußfeier sagst: Unsere Klasse hat zwar den besten Leistungsdurchschnitt, den es je an dieser Schule gab, aber das nutzt uns gar nichts, weil wir im Grunde nur *Stuß* gelernt haben. Glaub mir, das beeindruckt jeden. Denn das ist die ganze traurige Wahrheit dieser zwei Jahre. Sage ich die Wahrheit? Sage ich die Wahrheit?«

»Ja.« Er war kaum zu verstehen.

»Dann sag du sie auch! Vor allen!«

»Nein!«

»Himmelherrgott, wieso?«

»Ich habe dir schon dreimal gesagt . . .«

»Dann laß mich die Rede halten! Ich will – äh . . .« Junge, war ich vielleicht erregt.

»Nein.«

»Aber wieso denn nicht?« Ich heulte fast, so aufgedreht war ich.

Martin sprach nur noch mit tonloser Stimme. Er hatte ein schlechtes Gewissen. Er saß in der Zwickmühle, aber er gab nicht nach. »Ich habe doch schon dreimal gesagt, daß die Abschlußfeier nicht der Ort für Abrechnungen ist. Ich werde so eine Rede nicht halten und du auch nicht . . .«

»Glaub nicht, ich werde auf Protest verzichten! Wenn ich zum Zeugnisempfang aufgerufen werde, mache ich irgendwas, meinetwegen halte ich mir ein Brett vor 'n Kopp, auf das ich ganz groß EOS schreibe . . .«

»Mach dich doch nicht lächerlich!«

»Ich nehm das nicht hin! So was Halbherziges wie EOS ist mir in meinem ganzen Leben noch nicht untergekommen. Und was ist mit dir? Ist es denn so schwer, etwas zu sagen, was *wahr* ist? Haben sie dich schon so weit geschafft, daß du nicht mal dazu Mut hast?«

»Quatsch! Ich will es nicht, verstehst du das nicht, ich will das nicht! Zweihundertfünfzig Schüler mit ihren Eltern und dann noch etwa fünfzig Lehrer können endlich aufatmen – aber nein, da kommt ein Martin Krawczewski und kippt Dreck aus. Das ist nicht mein Stil!«

»So? Was denn dann?«

»Was weiß ich! Ich werde darüber mal in aller Ruhe nachdenken.« Er hatte sich wieder beruhigt. Er sprach völlig normal. So wie immer. »Was du sagst, ist ja alles richtig, und ich werde darüber nachdenken. Aber ich werde keine Abrechnungsrede halten, und ich werde auch nicht mit einem Brett vorm Kopf mein Zeugnis entgegennehmen. Wilde Posen geben uns nur das trügerische Gefühl, schon alles getan zu haben.«

»Eine gute Rede ist keine wilde Pose.«

»Aber dein Brett vorm Kopf ist eine Pose.«

Er war nicht mehr zu retten. Er war eben durch und durch anständig.

»Und wenn du in dieser Richtung die Rede hältst? Ich meine, daß du was über Nachdenken und so sagst.« Es war mein letzter Versuch. Martin antwortete nicht sofort. Er überlegte.

Ich scharrte mit dem Daumennagel ein paar Sandkörnchen zusammen. Mir fiel nichts mehr ein. »Sag mal«, fragte ich ihn, »was ist denn nun die Farbe der Jugend? Aber sag jetzt nicht: Intensives Grau.«

Er beugte sich über den Steg und holte mit der Hand etwas Wasser hoch.

»Wasserfarben«, sagte er und hielt es mir hin. »Unsere Jugend ist wasserfarben.«

Ich sah zur Seite und nickte ein bißchen. Er hatte ja recht. Alles so blaß, so ohne Eindruck, so beliebig. Und so langweilig.

Er ließ das Wasser wieder aus der Hand laufen. »Okay, wir haben uns über alles unterhalten, und ich werde mir das noch mal durch den Kopf gehen lassen. Ich nehme das ernst, wirklich. Aber zwing mich zu nichts. Ich werde eine Rede halten, die ich vor jedermann verantworten kann, und unter anderem vor dir, okay? Es wird eine Rede für *alle* Schüler.«

Ich nickte. So ist das mit Martin. Man kann sich mit ihm streiten, und dann verträgt man sich wieder. Er ist kein bißchen verbissen. Man kann sich eigentlich jederzeit wieder mit ihm vertragen – wenn man es nicht gerade aus Prinzip auf Streit mit ihm angelegt hat.

Ich fragte ihn noch, was er von der Idee hält, daß wir alle für eine halbe Stunde Pilze suchen gehen, aber er sagte, daß es keinen Sinn hat. Er sagte, daß es Ende Juni noch keine Pilze gibt. Daran hatte ich nicht gedacht. An so was denke ich Dussel nie. Ich sagte ihm, daß ich noch mal Holz sammeln wollte. Offenbar war ich der einzige. Kein Aas hatte sich die ganze Zeit über blicken lassen. Allerdings war mir das im Moment egal. Denn in Wirklichkeit wollte ich bloß gehen, um darüber nachzudenken, was er mir gesagt hatte. Daß wir uns mit Rebellion nur was vormachen und so. Über all das wollte ich mir noch mal Gedanken machen.

Ich ging in dieselbe Richtung, aus der ich gekommen war, aber bald änderte ich meinen Weg. Ich wollte ins nächste Dorf, um meine Mutter anzurufen. Sie hatte mir ständig in den Ohren gelegen, daß ich sie noch heute anrufen sollte. Ich hatte es ihr versprochen. Wahrscheinlich wird für sie eine Welt zusammenbrechen, wenn ich ihr sage, daß es mit Auszeichnung nicht geklappt hat. Ich hätte in der Stabüprüfung eine Eins machen müssen.

Wir telefonierten nicht sehr lange. Ich sagte einfach, daß ich nicht viel Kleingeld habe. Sie sagte, daß ich ein R-Gespräch führen soll, aber das war mir zu umständlich. Sie wollte natürlich von mir wissen, wie die Prüfung gelaufen ist. Als ich es ihr erzählte, glaubte sie mich trösten zu müssen. Das war mir wirklich sehr peinlich.

Dann kam sie aber noch mit einer wichtigen Neuigkeit. Sie sagte, daß Leff heute bei uns war und sich eine Bohrmaschine ausgeliehen hat und jetzt mit einem Riesenstapel Platten in seiner Wohnung sitzt und Platten überspielt. Das war ein sehr günstiger Zufall. Ich hatte ihn schon Ewigkeiten nicht mehr gesehen.

Auf dem Rückweg kalkulierte ich ein bißchen hin und her. Ich hatte genug Zeit und konnte noch ein paar Stunden bleiben. Am Abend wollte ich mit dem Zug zurückfahren. Irgendwie würde es schon klappen. Ich wollte zu Leff.

Ich ging wieder in den Wald und hatte plötzlich große Lust, mich zu verlaufen. Ich ging schnurstracks in eine Richtung, in der ich mich garantiert verlaufen würde.

Wenn man sich verläuft, ist es immer am schönsten, zumindest am Anfang. Man entdeckt viel mehr so. Eichhörnchen zum Beispiel. Eichhörnchen sind meine Lieblingstiere. Echt. Außerdem sind sie die absoluten Sportskanonen unter den Tieren des Waldes und der Tierwelt überhaupt. Aber ich *entdeckte* schließlich etwas ganz anderes. Und zwar Pilze. Es waren insgesamt drei kleine Steinpilze – ich glaube, es waren Steinpilze –, die ziemlich dicht zusammenstanden. Ich überlegte, ob ich sie mitnehmen sollte, aber letzten Endes ließ ich sie stehen. Mir wäre ja doch nichts Gescheites damit eingefallen. Aber es gab sie, Ende Juni.

Auf einmal stand ich vor Nicole und Czybulla. Ich erschreckte mich wie verrückt. Ich hatte nur auf die Erde gestarrt, und sie hatten aufgehört zu reden, als sie mich kommen sahen, und so bemerkte ich sie erst, als ich direkt vor ihnen stand. Czybulla war kein Stück weitergekommen. Er saß immer noch da, wo er vorhin gesessen hatte und Nicole auch. Ich setzte mich dazu und ertrug eisern das Blech von Czybulla. Beispielsweise, daß er »ein Mensch mit konsequent liberalen Anschauungen« sei. Es kam noch mehr in dem Stil, und alle naselang riß er seinen großen Mund auf und kramte darin herum nach seinem Fleischfussel. Das machte er natürlich nur, wenn Nicole etwas sagte. Ich hätte wetten können, daß er ihr überhaupt nicht zuhörte. Er schnappte immer nur ein belangloses Wort auf und sülzte dann, daß er darüber mal einen Aphorismus oder was-weiß-ich *gelesen* hat. Das ging eine ganze Weile so, und dann zog er endlich Leine. Genau das wollte ich. Ich wollte ihn loswerden. Dann fragte ich Nicole, ob ihr das Buch mit diesen Tonbandprotokollen gefällt. Es war schon wieder so eine dußlige Frage.

»Na ja«, sagte sie, »das ist zumindest ein Griff ins bunte Leben. Aber in ein paar Jahren kräht danach kein Hahn mehr.«

»Wie alt ist denn das Buch?«

»Weiß nicht.« Sie blätterte auf den Umschlagseiten hin und her.

»Vielleicht zehn, zwölf Jahre. Ich habe es auch nur mitgenommen, weil ich was zum Lesen haben wollte, also, was ich in den Tagen hier auch schaffe.«

»Und wieso soll das in ein paar Jahren keiner mehr lesen?«

»Also, der eine oder andere wird es natürlich auch da noch lesen. Aber in ein paar Jahren wird ein Griff ins bunte Leben eben anders aussehen. Natürlich gefällt es mir sehr, also, das Buch hier. Ich hätte das vielleicht zuerst sagen sollen. Also, es ist ja nicht so, daß es mir nicht gefällt.«

»Ob es interessant wäre, über EOS-Schüler Tonbandprotokolle zu veröffentlichen?«

»Interessant – sicher. Also . . .«

Ich unterbrach sie. »Weißt du, was ich auf jeden Fall sagen würde?« Allerdings passierte mir in dem Moment etwas völlig Verrücktes. Ich hatte diesen Gedanken, und einen Moment danach hatte ich ihn schon wieder vergessen. Es war völlig verrückt. »Ich, äh, ich habs wieder vergessen . . .«, sagte ich.

Nicole lachte. »Mann, Anton!« sagte sie.

»Nee, echt. Ich habs wieder vergessen.«

Nicole lächelte und schüttelte langsam den Kopf.

»Äh – ich habe dich unterbrochen«, sagte ich.

»Ach so – Ja, solche Tonbandprotokolle von EOS-Schülern sind vielleicht ganz interessant, aber über Schule oder über Jugendliche wird doch schon genug geschrieben, also Romane meine ich.«

»Ich finde übrigens dein ständiges Also sehr hübsch. Es steht dir gut.«

»Na hör mal! –Also . . .« Sie lachte.

»Na, schon gut. – Nee, diese Bücher, die über Schule und so geschrieben wurden – ich glaube nicht, daß sie aufrichtig geschrieben sind . . .«

»Wieso? Wie meinst'n das? Also . . .«, sie lachte wieder, ». . . das ist doch ein ziemlich harter Vorwurf.«

»Wie soll ich sagen – in jedem dieser Bücher muß einer sterben. ›Eine Anzeige in der Zeitung‹ – Lehrer stirbt, ›Zwei leere Stühle‹ – der ewig verkannte Schüler stirbt, sogar heldenhaft. In ›Den Wolken ein Stück näher‹ ist wieder der Lehrer dran, und bei den ›Neuen Leiden des jungen W.‹ muß der jugendliche Held dran glauben. Weißt du, wie mir das vorkommt? Als ob mit aller Macht irgend so was wie Konflikt oder weiß der Geier was glaubhaft gemacht werden soll. Und *so* oft wird doch im wirklichen Leben nicht gestorben. Kann man nicht *ehrlich* eine Geschichte erzählen, bei der mal alle überleben? Als ob sich Haarsträubendes nur dort ereignet, wo jemand stirbt.«

Nicole stand auf und setzte sich längs auf den Stamm. Sie zog die Knie ans Kinn und schlang ihre komischen Arme um die Beine. Sie saß neben mir und sah mich an. Ich sah sie auch an, und dabei fiel mir ihr Blick auf. Ich merkte sofort, was los ist. Sie wollte, daß jetzt was *passiert.* Sie wartete nur darauf. Sie hatte mir schon die ganze Zeit in die Augen gesehen. Wir saßen da und schauten uns in die Augen, und sie wartete darauf, daß was passiert. Ich muß dazu sagen, daß ich wirklich nicht in der Stimmung war. Ich dachte bisher immer, daß ich jederzeit Nicole küssen würde oder so – jedenfalls wenn sie nur darauf wartet –, aber jetzt war es einfach nicht drin.

Ich hielt das nicht lange aus. Ich stand auf und wollte ihr irgendwas erzählen. Nicht dieses übliche Geplapper über Bücher oder Hör-mal-die-Vögel-zwitschern. Ich finde es immer sehr belastend, wenn man dieses Zeug herbeten muß.

Sie saß auf dem Stamm und hatte die Knie ans Kinn gezogen. Sie machte überhaupt nicht den Eindruck, daß sie etwas sagen wollte. Sie machte eher den Eindruck, daß sie lieber noch ein halbes Jahr so dasitzen wolle, als auch nur ein Wort hervorzubringen.

Mir paßte das alles nicht, und es sollte irgendwie anders sein. Ich wollte nicht, daß sie da mit angezogenen Knien sitzt und sich innerlich dauernd fragt, ob ich sie noch küsse oder nicht. Ich wollte ihr etwas erzählen. Etwas, das sie fesselt.

Ich fing dann an zu erzählen und starrte dabei auf diesen schwarzen Klecks, den sie an ihrem Hosenbein hatte. Von schwarzen Klecksen wird man nicht abgelenkt oder so.

»Als ich im letzten Jahr im Urlaub war, habe ich mal eine Nacht auf einem Hügel vor Budapest geschlafen. Ich hatte erst ein oder zwei Stunden geschlafen, als ein fürchterlicher Regen runterkam. Es goß wie aus Kannen. So was hatte ich noch nie erlebt. Ehrlich, das war der sagenhafteste Regen, den man sich nur vorstellen kann.«

Ich glaube, spätestens hier war die Stelle, wo sie ihre verdammten Knie vom Kinn zurückzog. Ich bemerke das deshalb, weil sie ihre aufdringliche Erzähl-mir-was-Pose einfach vergaß. Sie war plötzlich ehrlich interessiert, was ich ihr erzählen würde. Sie hatte dieses ganze blöde Getue vergessen. Sie hörte *richtig* zu.

»Ich bin gleich aus dem Schlafsack geschlüpft und habe mein bißchen Gepäck und den Schlafsack schnell in die Plane eingewickelt, die unter dem Schlafsack ausgebreitet war. – Wie gesagt, es goß *wie aus Kannen*, ehrlich, das pladderte nur so. Das war so ein warmer Regen, mit großen schweren Tropfen. Meine Turnhose war sofort durch. Ich hatte nur die Turnhose an, aber die zog ich auch noch aus. Ich stand splitternackt im Regen und unter mir lag Budapest.

Das ist normalerweise kein Zustand. Ich meine, wenn man im Regen steht, dann tut man doch irgendwas, aber kein Mensch steht nackt im Regen rum. Aber ich *wollte* nichts tun. Was hätte ich auch tun sollen? Ich konnte gar nichts machen. Es regnete eben, und das machte mir eigentlich auch nichts aus. Aber dann tat ich doch noch was. Ich weiß nicht, ob du von Gerhard Schöne dieses Lied kennst: ›Wer dorthin will, hebt die Hand, nach Kinderland, Kinderland‹, jedenfalls habe ich dieses Lied gesungen. Und noch ein paar andere von der Art.«

Ich machte eine minimale Pause und sagte dann: »Ich glaube, es hat 'ne ganze Menge mit Glück zu tun, wenn man so mutterseelenallein im Regen steht und dabei solche Lieder singt.«

Nicole sagte eine Weile nichts. Sie starrte nur vor sich hin, aber sie war bei der Sache, überhaupt kein Zweifel. Sie war vielleicht irgendwie betroffen, *ich weiß es nicht*, aber sie sagte kein einziges dämliches Wort. Das ist Nicole. Man kann ihr alles mögliche erzählen, aber sie sagt danach kein einziges dämliches Wort. Man kann dann immer glauben, sie würde einen *verstehen*.

Ich ging dann auch bald. Ich sagte ihr nur, daß mein Bruder endlich mal in Berlin ist und daß ich ihn sehen will. Nicole war insgesamt ziemlich durcheinander. Als ich ging, blieb sie sitzen. Ich drehte mich noch mal um und kam zu ihr zurück. Ich hatte einen Marienkäfer gesehen, der auf ihrem Rücken krabbelte, und ich erinnerte mich, daß sie immer »Mariechenkäfer« sagte. Das gefiel mir immer sehr. Ich nahm ihn von ihrer Bluse und setzte ihn ihr auf den Finger. Sie lächelte und schüttelte ein wenig den Kopf und sagte »Danke!«, aber das Wort »Mariechenkäfer« hatte sie diesmal leider nicht drauf. Wie gesagt, sie war ziemlich durcheinander.

Den Bahnhof fand ich ziemlich schnell. Als ich telefonieren ging, war ich an einer Orientierungstafel vorbeigekommen. Der Bahnhof lag irgendwo außerhalb des Dorfes. Kein Haus und nichts war zu sehen. Nur der Bahnhof. Ich holte mir am Automaten eine Fahrkarte und sah auf den Fahrplan. Der nächste Zug würde in fünfundzwanzig Minuten kommen. Das war erträglich. Ich ging raus auf den Bahnsteig und setzte mich auf eine Bank. Es gab nur eine. Ich langweilte mich und wurde müde und hätte gern ein wenig geschlafen. Ich nahm mir vor, im Zug zu schlafen.

Nach einer Weile kam ein Mann, dem man auf hundert Meter ansah, daß er nach Zigarre stinkt. Diesen Leuten fehlt immer irgendwo ein halber Finger. Er hatte sich eine Schiebermütze auf seine fettigen Haare gelegt und schleppte eine olle Aktentasche mit, die wenig appetitlich wirkte. Er selbst wirkte auch sehr wenig appetitlich. Er schlenderte ein paar Schritte, bis er an der Bahnsteigkante war. Dann drehte er sich in die Richtung, aus der der Zug kommen mußte, und beglotzte mich, wobei er seine Unterlippe hängenließ. Nach einer Weile machte er ein Geräusch, als ob er gleich zu aulen anfangen würde, aber letzten Endes tat er es doch nicht. Er starrte nur weiter in die Richtung, aus der der Zug kommen sollte.

Als der Zug endlich kam, suchte ich mir einen Wagen, in dem ich meine Ruhe haben würde. Das war nicht schwer. Der Zug war fast leer. Es war so ein Doppelstockzug, und ich ging nach unten. Da hat man es ein bißchen bequemer, wenn man schlafen will. Ich hatte wahrscheinlich eine lange Nacht vor mir. Ich schlief ziemlich schnell ein. In Zügen habe ich keine Probleme damit. Ich wachte nur einmal zwischendurch auf, weil sich zwei Soldaten miteinander stritten. Ich habe keine Ahnung, worum es ging. Ob das *System* versagte – aber mehr kriegte ich auch nicht mit. Ich wachte erst wieder auf, als der Zug schon in Königs Wusterhausen stand und ich in die S-Bahn umsteigen mußte. Kurz bevor sie abfuhr, rannte ein Mann über den Bahnhof und rief andauernd: »Margot! Du hast was Wichtiges vergessen! Margot!« Er schrie so laut, daß man kaum das »Zurückbleiben!« verstehen konnte.

Die S-Bahn wurde von Station zu Station voller. Irgendwo schnappte ich auf, daß ab Adlershof gependelt wird. Zwei Frauen redeten sehr lautstark darüber. Sie waren nicht sehr begeistert. Ich auch nicht. Mir hängt dieser ewige Pendelverkehr zum Halse raus. Es war früher Abend, und es ist nahezu unmöglich, am Samstagabend auf der S-Bahn um den Pendelverkehr herumzukommen.

In Adlershof stand der neue Zug schon da. Ich erwischte einen Sitzplatz gegenüber einer jungen Frau mit einem kleinen Sohn. Er war vielleicht fünf oder sechs Jahre alt und hatte ein Matchboxauto, mit dem er die ganze Zeit spielte. Er fuhr mit dem Auto an der Fensterscheibe lang und auf der Armlehne und so. Sogar in seinem Gesicht, aber dann zog ihm die Mutter immer seine Hand weg und sagte »Nicht . . .!« und »Nein, Markus, habe ich gesagt!« und solches Zeug. Als der Zug endlich losfuhr, sah der Junge aus dem Fenster. Er wollte wahrscheinlich eine Feuerwehr oder so was sehen. Nach einer Weile drehte er sich um und sagte: »Mutti, Mutti, wir haben gestern ein neues Wort im Kindergarten gelernt, ein ganz schweres. Wie heißt'n das?« Er war ein ziemlich zappliger Typ.

»Weiß ich doch nicht.« Sie sprach sozusagen tonlos. Offensichtlich wurde sie ständig mit solchen verrückten Fragen konfrontiert.

»Doch, das war ein ganz schweres Wort, mit ›soll‹ und ›muß‹.«

»Das weiß ich doch nicht, was ihr für Wörter im Kindergarten lernt.« Es nervte sie wahrscheinlich. Sie starrte einfach nur aus dem Fenster.

»Mutti, Mutti, du weißt doch sonst immer alles! Ein ganz schweres Wort war das, so mit *soll* und *muß*. Das, was wir hier haben!«

»Junge, ich *weiß* es nicht!«

»Mutti . . .! Muttiiää!«

Ich beugte mich ein Stück nach vorn und sagte leise: »Markus!«

Er sah mich groß an, und ich sagte langsam: »*So*llzialismus.«

»Mutti! *Sollzialismus*!« Er strahlte wie sonstwas.

Sie verdrehte die Augen. »Markus, das heißt Sozialismus!«

»Nein, Solllllzialismus. Frau Fischer hat gesagt, Solllllzialismus.«

»Frau Fischer hat Sozialismus gesagt. Du hast wieder mal nicht richtig hingehört. Ich muß dir wahrscheinlich jeden Tag die Ohren waschen!«

»Nein . . .«, jammerte er und hielt sich die Hände an die Ohren.

»Doch. Du hörst auch sonst schwer. Ich habe dir heute *viermal* gesagt, daß du die Erbsen in der Soljanka nicht aussortieren sollst.«

»Esse keine Erbsen . . .«, maulte er.

»Unsinn. Du ißt keine Kapern. Erbsen sind was ganz anderes. Außerdem macht man so was nicht. So was ist unhöflich. Mußt du zu Hause Kapern essen?«

»Nöö . . .«

»Na siehst du! Mutti macht dir zu Hause immer Essen ohne Kapern. Also wenn wir zu Besuch sind, mußt du nicht so ein Theater machen, bloß wegen ein paar Erbsen.«

Der Zug hielt, und alle rammelten zu den Türen. Ich drehte mich noch mal zu Markus um und sagte: »Tschüß, du Erbse!«

»Bin keine Erbse«, sagte er trotzig.

Draußen suchte ich den Bahnhofsvorsteher, aber er war nirgends zu sehen. Der Bahnhof war voller Leute. Ich wollte einfach bloß etwas wissen. Ich hatte nämlich den Gedanken, am nächsten Tag wieder zu den anderen rauszufahren.

Schließlich sah ich den Bahnhofsvorsteher. Er kam ungefähr in meine Richtung. Er hatte es ziemlich eilig. Ich stellte mich ihm in den Weg und fragte ihn: »Sagen Sie, wird morgen auch gependelt?«

Er war fast einen Kopf kleiner als ich, und er sah mich nachdenklich von unten an und griff sich dabei ans Kinn. Dann fragte er mich überaus nachdrücklich: »*Wollen* Sie denn, daß wir morgen pendeln?«

»Nö«, sagte ich.

Er nickte und sah mich immer noch so nachdenklich an.

»Gut«, sagte er und nickte. »Dann pendeln wir morgen nicht.«

Mir klappte schätzungsweise der Unterkiefer runter, und er schob sich an mir vorbei und stiefelte weiter den Bahnsteig runter. Er kam aber bald wieder zurück und ging in sein Häuschen. Der neue Zug kam. Er war proppevoll. Es dauerte eine Weile, bis alle raus waren.

Ich hatte Glück und kriegte einen Sitzplatz. Es war leider kein Fensterplatz. Ich war nämlich hundemüde – fragen Sie mich nicht, wovon –, und ich wollte wenigstens für ein paar Minuten die Augen zumachen. Da ist es besser, wenn man am Fenster sitzt.

Der Bahnhofsvorsteher kam aus seinem Häuschen und ließ zuerst den anderen Zug abfahren. Dann unseren. Als er in sein Sprechfunkgerät sprach, stand er genau vor unserem Abteilfenster. Ich bemühte mich wahnsinnig, ihn zu verstehen. Ich wollte es mir nicht entgehen lassen, falls er irgendwelche Gags durchgibt. Leider verstand ich kein bißchen. Diese Bahnhofsvorsteher rasseln ihren Spruch runter wie nichts.

Dann passierte mir diese blöde Geschichte. Als der Zug nämlich anfuhr, stand der Mann auf, der mir gegenüber saß, und sagte zu einer alten Frau, die neben ihm stand:

»Na, dann setzense sich mal, *wenn der junge Mann zu bequem ist.*« Die alte Frau setzte sich. »Vielen, vielen Dank!« sagte sie zu dem Mann. Der machte nur eine Handbewegung.

»Bitte entschuldigen Sie«, sagte ich zu dem Mann, »aber ich habe die Frau nicht gesehen.«

»Bei *mir* brauchen Sie sich nicht zu entschuldigen. Bei *ihr* müssen Sie sich entschuldigen.«

Ich sagte zu der alten Frau: »Bitte entschuldigen Sie, aber ich habe Sie wirklich nicht gesehen.« Es war mir vielleicht sonstwie unangenehm.

»Sie wurden von ihr sogar *angesprochen*! *Zweimal*!« sagte er.

»Tut mir leid, aber das habe ich nicht gehört«, sagte ich.

Das regte ihn sehr auf. Er wurde sehr laut mit mir. »Nicht gesehen, nicht gehört. So was von ... dummfrech, bei soviel Intelligenz – was bildest du dir überhaupt ein?«

Mann, wenn man zu hören kriegt, daß man intelligent ist, kann man sicher sein, daß man wieder mal Scheiße gebaut hat. Intelligenz ist in der Öffentlichkeit nie von Vorteil. Ich merkte, daß ich knallrot wurde und daß mein Mund austrocknete.

»Er hat Sie nicht gehört!« sagte er wieder zu der alten Frau. Er verstellte dabei seine Stimme. Die alte Frau sah ihn groß an und war ziemlich erschrocken. Sie blickte nicht mehr ganz durch.

»Tut mir wirklich leid!« sagte ich, und meine blöde Stimme zitterte zu allem Überfluß. Ich stand auf und sagte: »Wenn Sie wieder sitzen möchten, dann können Sie natürlich ...«

»Bleib man ruhig sitzen!« sagte er.

Ich muß ein sagenhaft blödes Gesicht gemacht haben.

»Na, setzense sich!« befahl er. Ich Idiot setzte mich wieder. So ein Idiot bin ich. Ich war fix und fertig. Ich hätte die alte Frau nicht übersehen dürfen. So was *darf* nicht passieren! Ich saß wahrscheinlich da wie ein Schluck Wasser und konnte keinen Ton mehr sagen. Er hatte die Situation voll im Griff. Er redete jetzt zu der alten Frau, aber eigentlich meinte er mich.

»Also, ich habe ja für vieles Verständnis, aber für so was *habe ich kein Verständnis*!«

Die alte Frau pflichtete ihm bei, und er sprach weiter. Er hatte sich ein Stück zu mir gebeugt, um seine Vorwürfe besser vortragen zu können. »Sie sollten Ihr Gesicht mal sehen! Damit haste nicht gerechnet, stimmts? Hoffentlich merkste dir das für die Zukunft! Jaja – solltest dein Gesicht jetzt mal sehen.« Wahrscheinlich war ich wirklich knallrot im Gesicht.

Die S-Bahn war mittlerweile in Ostkreuz. Wir mußten wieder alle aussteigen. Ich paßte sagenhaft auf, daß ich nicht drängelte oder trödelte. Wenn einer was gesagt hätte, von wegen »Drängelnse nich so!« oder »Schlafense nich ein!«, dann hätte ich mich schätzungsweise vor die nächste S-Bahn geworfen. Ich hätte keine Vorwürfe mehr ertragen.

Der Bahnsteig war wieder voller Menschen. Ich konnte gut untertauchen. Als meine S-Bahn kam, stieg ich in den letzten Wagen ein und stellte mich in eine Ecke, wo keiner an mir Anstoß nehmen konnte. Ich mußte sowieso nur noch eine Station fahren.

Ich versuchte zwar immer, an Leff zu denken und daß ich ihn endlich wiedersehen werde, aber das besserte meine Laune kein Stück. Es war dieses blöde Gefühl, daß ich mich immer und bei allem zu dämlich anstelle und mir dabei bloß Ärger mache. Manchmal großen und manchmal nicht so großen und manchmal riesengroßen. Ich kenne dieses blöde Gefühl leider ziemlich gut – ich hatte es mindestens tausendmal –, aber ich wurde noch nie so richtig damit fertig. Meine gute Laune ist immer rettungslos hinüber, wenn es Ärger gibt, weil ich eine alte Frau übersehe oder überhöre oder so. Meistens denke ich hinterher über alles nach, und dann fällt mir ein, wie ich es garantiert besser gemacht hätte, aber das bessert meine schlechte Laune kein bißchen auf. Im Gegenteil – es macht mich fast rasend. Zumal es mir *jedesmal* so geht.

Frankfurter Allee stieg ich aus. Diese blöde Geschichte ließ mir keine Ruhe. Ich habe ein Gemüt, das mich zugrunde richtet. Ich bin am Ende. Oder zumindest kurz davor.

Diese deprimierenden Gedanken schleppte ich bis zu Leffs Haus. Genau vor seinem Haus stand ein Müllcontainer. Ich machte die Augen zu und griff mit beiden Händen meinen Schädel. Ich hatte den Wunsch, meinen Kopf mit allen deprimierenden Gedanken am besten erst mal in den Müll zu werfen.

Auf dem Hof sah ich, daß bei ihm noch Licht brannte. Er wohnt im zweiten Stock. Er war tatsächlich zu Hause.

Ich klingelte, und es dauerte einen Moment, bis er öffnete.

»Ah, du!« sagte er. »Komm rein!«

»Hallo!« sagte ich.

»Ich hab jetzt Zeit«, sagte er. »Soviel du willst.«

»Gut«, sagte ich. Er rieb sich die Nase.

»Warte mal, ich muß nur . . .« murmelte er und verschwand in der Küche. »Geh schon mal ins Zimmer!« rief er von da.

Die Zimmertür stand offen. Er hat immer noch keine Türklinke an der Tür. Seit sonstwann steckt eine halbe Schere in seinem Schloß. Mit seiner Flurbeleuchtung ist auch nicht viel los. Er hat nur eine Vierzigwattbirne, die einfach von der Decke baumelt. Ohne Lampenschirm oder so. Wahrscheinlich sind ihm solche Sachen völlig egal.

Sein Zimmer war auch nicht viel besser. Regale aus Kisten. Ich war ewig nicht mehr hier gewesen. In der Zimmermitte standen sich zwei Stühle gegenüber. Auf dem einen stand eine Schreibmaschine. Ich wußte gar nicht, daß er eine Schreibmaschine hat. Der Bogen war sogar noch eingespannt. Neben der Schreibmaschine stand eine Flasche Selters. Ansonsten war sein Zimmer öde wie eh und je. Nicht mal ein einziges Poster hat er an der Wand. Einmal kreuzte eine Journalistin von der »Jungen Welt« bei ihm auf. Vor ihr ist keiner sicher. Oder zumindest keiner, den man irgendwie kennt. Sie macht diese »Zu-Hause-bei-sonstwem«-Rubrik. Sie trinkt ihr Täßchen Kaffee mit irgendeiner Kulturprominenz oder so, und nach anderthalb Stunden sagt die Kulturprominenz, was jetzt noch für ein Termin anliegt, und aus all dem macht diese Journalistin immer einen Artikel. Wie raffiniert derjenige doch Kaffee kocht oder daß derjenige noch zur Probe für »Ein Kessel Buntes« muß. Und Proppleme natürlich. Proppleme werden auch zur Sprache gebracht. Mit Leff wurde es aber nichts. Wegen seiner Wohnung. Diese Journalistin weigerte sich, ihn in seiner Wohnung zu fotografieren. Sie sagte, sie könne ihrem Chef unmöglich einen beachteten Künstler inmitten einer solchen Einrichtung präsentieren. Ob er nicht wenigstens einen *Bücherschrank* habe, vor den er sich setzen könne.

Irgendwie interessierte mich, was Leff gerade geschrieben hatte. Ich war sozusagen ziemlich neugierig. Der Bogen war ja noch eingespannt. Ich warf einen Blick darauf. Wahrscheinlich war es ein neuer Text oder so was, aber leider war es nur die dritte Strophe und der Refrain. Ich verstand nicht viel von dem, worum es in der Strophe ging. Sicherlich lag das daran, daß ich die ersten beiden Strophen nicht kannte. Ich kann mich jedenfalls nur an den Refrain erinnern.

Entweder du kapierst oder nich'
Glaube an gar nichts oder glaube an dich
Leg dich zur Ruhe oder leg dich schräg
Geh vor die Hunde oder geh deinen Weg

»Willst du was trinken?« schrie er aus der Küche.

»Was hast'n da?« schrie ich zurück.

»Cabernet.« Er schrie nicht mehr so laut.

Ich brummelte: »Ja, gerne.«

Er kam ins Zimmer. Dabei sah er, daß ich seinen Text gelesen hatte. Ich stand immer noch neben der Schreibmaschine.

»Sag mal«, fragte ich, »für ein Gedicht finde ich es ziemlich unförmig.« Es sah wirklich nicht wie ein Gedicht aus. Höchstens der Refrain. Aber von der Strophe waren alle Zeilen unterschiedlich lang.

»Ist ja auch kein Gedicht«, sagte er. »Das ist ein Song. Und Song ist Song. Die ganzen Unregelmäßigkeiten kannste beim Singen wieder . . . reinholen.« Er hatte sich hingekniet und sah unter sein Bett.

»Was suchst'n?«

»Mein Geschirrtuch«, keuchte er.

»Unterm *Bett*? – Es ist hier.«

»Wo?« Er sah zu mir.

»Unter der Schreibmaschine.«

Er schlug sich vor die Stirn. Dann stand er auf und zog den Text aus der Schreibmaschine. Er zuckte mit den Schultern und sagte: »Dieses Ding läßt sich doch einwandfrei singen. Ich habe da auch noch die ersten beiden Strophen . . .« Er kramte in seinem Regal rum und zog einen A5 -Zettel raus. Dann wippte er mit dem Fuß und fing an zu singen. So was macht er immer. Er hat keine Hemmungen, was singen angeht. Er hat es sich zur Angewohnheit gemacht, immer in der Lautstärke zu singen, mit der er in sein Mikro singt. Er singt sozusagen aus vollem Halse, aber man merkt, daß es der *echte Leff* ist, der da singt.

Als er mit der ersten Strophe und dem Refrain durch war, fragte er mich: »Und? Geht doch! Merkst du, daß es geht?«

Ich war etwas verunsichert. Ich sagte, daß ich gar nichts damit anfangen kann und daß ich überhaupt nicht bemerkt habe, was daran nun das *Lied* ist.

»Na ja«, sagte er, »das war nur das, was *ich* mache. Es kommen ja noch die anderen Instrumente dazu . . .« Er griff die Gitarre und hängte sie sich schnell um. Dann fing er noch mal an. Diesmal mit der zweiten Strophe.

Es war tatsächlich ein Song. Weiß der Teufel, wie er das macht. Es stimmte vorn, und es stimmte hinten. Ich mußte sogar leise lachen. Einfach, weil ich mich freute. Ich fand es einfach schön, meinen Bruder zu sehen und zu hören, wie er aus vollem Halse einen Song sang.

Als er fertig war, lachte ich immer noch. »Alles klar!« sagte ich.

Er hatte die Gitarre wieder in die Ecke gestellt und hob die Schreibmaschine an. Ich zog das Geschirrtuch hervor und gab es ihm. Leff ging aus dem Zimmer. Er kam aber gleich mit einer Weinflasche und zwei ollen Preßglasgläsern zurück und sagte: »Kannste mal kommen? Ich will dir was zeigen.«

Ich ging ihm hinterher. Er wollte aus der Wohnung gehen. Als er die Tür aufmachte, fragte er mich: »Wolltest du nur mit mir quatschen, oder ist sonst noch was?«

»Nö«, sagte ich. »Nur quatschen.«

Er ging mit mir nach oben, bis auf den Dachboden. Es war stockduster. Leff sagte zu mir: »Halt mal!« und drückte mir die zwei Preßglasgläser und die Weinflasche in die Hand. Sie war eiskalt. Er stellt seinen Wein immer in den Kühlschrank. Er stellt überhaupt alles in den Kühlschrank. Sogar den Zucker.

Leff stieg auf eine Leiter, öffnete die Dachluke und stieg ins Freie. Er stand tatsächlich auf dem Dach. Dann ließ er sich von mir die Flasche und die Gläser geben. Ich kam hinterher. Als ich draußen war, fragte er mich: »Und?«

Es war eine herrliche Nacht. Die Luft war lau und, weiß der Kuckuck, sie war *weich*, und wir standen auf einem Dach irgendwo in Berlin. Die Häuser in der Gegend hatten alle ungefähr dieselbe Höhe. Man hatte also einen Rundblick über die Dächer von Berlin.

Wir setzten uns auf diesen Schornsteinfeger-Holzsteg, gossen uns Wein ein, und ich fing dann einfach an zu erzählen. Von der Schule und so. Eben von allem, was mir so passiert ist, mit dem Philosophiestudenten und mit Martin und das in der S-Bahn. Eben über all dieses Zeug. Wahrscheinlich redete ich zwei Stunden lang. Eine halbe Ewigkeit. Ich war gerade in der Stimmung dazu. Leff unterbrach mich auch nicht. Er ließ mich einfach reden. Aber trotzdem hörte er sehr genau zu. Er ist sowieso der beste Zuhörer, den ich kenne. Ganz im Ernst.

Als ich fertig war, sagte er eine ganze Weile nichts. Er nahm statt dessen die Weinflasche in die Hand und drehte sie. Er ließ sich Zeit mit der Antwort. Außerdem sprach er erst mal ziemlich stockend.

»Weißt du, ich muß dir vielleicht als erstes etwas sagen, was für mich . . . sehr wichtig ist. Es klingt vielleicht idiotisch – aber laß mich trotzdem ausreden.«

Er stand auf und zeigte über die Dächer.

»Berlin ist eine Riesenstadt. Millionen Menschen. Unter all diesen Dächern wohnen sie, und *jeder*, jeder einzelne von denen ist . . . 'ne reichlich komplizierte Kiste.«

Er holte tief Luft. Dann setzte er sich wieder.

»Weißt du, ich würde die Vorstellung unerträglich finden, daß die Millionen Menschen unter all diesen Dächern Sorgen mit sich herumschleppen, für die es keinen Ausweg gibt oder nicht mal Trost. Und ich habe nicht nur die Hoffnung, daß jedem geholfen werden kann – es ist mehr als eine Hoffnung. Ich spüre es in den *Knochen*. Ich kann mich auch irren, aber eines weiß ich so sicher wie nur irgendwas: Dir kann geholfen werden.«

Er hielt plötzlich inne. Ich hörte unten die Haustür zuschlagen und sah, wie im Treppenhaus des Vorderhauses Licht anging. Es dauerte eine ganze Weile, bis Leff weiterredete. Er kreiselte dabei mit dem Finger auf dem Rand der Weinflasche. Ich kann dieses Kreiseln nicht leiden. Ich muß dann immer pinkeln.

»Dein Problem ist wahrscheinlich, daß du glaubst, es gibt nichts in der Welt, von dem du ganz und gar gepackt werden kannst. Du hast kein Ziel und also auch keinen Grund, dich in irgendeine Richtung zu bewegen. Du stehst patt.«

In diesem Augenblick ging das Licht im Vorderhaus wieder aus. Leff sprach jetzt irgendwie entspannter. Der Anfang war ihm wohl doch etwas schwergefallen.

»Nun werden dir solche superklugen Sprüche nicht viel nutzen. Du stehst patt und weißt nicht weiter. Was kannst du tun?«

Er hörte endlich mit dieser blöden Kreiselbewegung auf und sah mich von der Seite an. Dann grinste er.

»Frage die Dinge! Sie werden dir antworten«, sagte er.

Ich drehte mich erst mal weg. Ich sah ihn zwar nicht an und sprach gewissermaßen ins Leere, aber ich meinte ihn.

»Immer wieder Sprüche, Sprüche, Sprüche. *Es steht mir bis hier.* Du grinst mich an und verteilst Weisheiten. Weißt du«, ich drehte mich wieder zu ihm, aber dann sagte ich nur genervt, »ach . . .« Ich wurde ziemlich krötig, vor allem, weil er mich so angegrinst hatte.

»Anton«, er stockte einen Moment und überlegte, »das sind keine Sprüche. Wenn du einfach mal in alles reinriechst, dich mit allen denkbaren und undenkbaren Dingen beschäftigst und dich völlig zwanglos mit möglichst vielen Sachen auseinandersetzt, wenn du also *die Dinge fragst,* dann wirst du etwas Wunderbares erleben, etwas wirklich Wunderbares. Du wirst erleben, daß die Dinge beginnen, sich für dich zu interessieren. Du wirst erleben, daß nicht nur du dich ihnen näherst, sondern sie sich auch dir.«

Er machte eine kurze Pause, aber ich sagte nichts. Allerdings begann ich es überzeugend zu finden, was er sagte. Er sprach dann leiser, aber dadurch klang es noch eindringlicher.

»Und du wirst auf eine vollkommen neue Art von Wissen stoßen. Eine Art von Wissen, das dich *mitten ins Herz* trifft – sofern du dich dafür offenhältst. Nenn es, wie du willst, ich nenne es – Gegenseitigkeit. Ich nenne es – Harmonie. Ich nenne es – . . .«

»Bitte keine poetischen Entgleisungen!« sagte ich. Es war eine sagenhaft blöde Bemerkung, aber sein Grinsen hatte ich noch nicht ganz weggesteckt.

»Okay, es ist ja auch nicht so wesentlich. Wesentlich ist vielmehr, *daß* du suchst. Und so eine Suche ist . . .«

Ich unterbrach ihn schon wieder, aber diesmal war es mir ziemlich wichtig.

»Du redest immer von einer Suche, aber . . .«

»Genau . . .«

». . . aber es ist mir furchtbar unangenehm, und sag

jetzt bitte nicht, daß es eh sinnlos ist, mir was darüber zu erzählen, also über Suche und alles Weitere, aber . . .« Ich setzte noch mal neu an, aber ich hatte trotzdem meine Schwierigkeiten. »Du sagst mir, wie ich suchen soll, und sicher ist da auch was dran, aber ich weiß ja nicht mal – oh Gott! Ich weiß ja nicht mal, *was* ich suchen soll oder was ich finden soll – klingt das nicht idiotisch?«

Er sah mich entgeistert an.

»Ist das alles? Ist das wirklich schon alles, was dir zu schaffen macht?« fragte er.

»Nein. Weiß ich nicht. Ich glaube aber, es hat damit zu tun. Weiß ich nicht. Weiß ich nicht! Ich glaube, ich weiß überhaupt nichts.«

Er trank erst mal einen Schluck Wein. Genaugenommen trank er sein ganzes Glas aus. Dann sagte er: »Sachte, sachte. Mal undramatisch: Du kannst dir nicht so richtig vorstellen, was am Ende steht.«

»Ja. So etwa. Irgendwie anders als jetzt wird es sein. Und hoffentlich irgendwie besser. Aber ich weiß nicht mal, wie das *ungefähr* aussehen soll. Irgendwie . . .« Ich hätte mich auf den Kopf stellen können, aber ich kriegte es nicht genauer hin. Es war zum Verrücktwerden.

»Du erwartest hoffentlich nicht von mir, daß ich dir jetzt sage: Werde Arzt, werde Journalist, werde Philosoph oder werde Rocksänger. Du suchst doch . . . eine heiße Spur.« Er grinste wieder, aber diesmal mehr für sich. Dann wurde er ernst und sprach sehr konzentriert. Er starrte in die Nacht und konzentrierte sich, wahrscheinlich an einem Schornstein oder so.

»Es kommt dir doch darauf an – und früher oder später wirst du dir dessen auch unmittelbar bewußt werden –, es kommt dir doch darauf an, etwas zu finden, was zutiefst deiner Natur entspricht. Was das sein wird – ob Journalismus oder was anderes –, mußt du schon selbst rausfinden. Ich halte das ›Was‹ auch nicht für weiter wichtig. Ich halte für wichtig, daß du suchst, dein *Wesen* einzubringen, und daß du etwas findest, mit dem du in so viel Wahrhaftigkeit verbunden bist, daß du gar nicht anders kannst, als Gutes vorzulegen. Dementsprechend . . .«

»Das klingt ziemlich utopisch, wenn ich dich mal unterbrechen darf«, sagte ich.

»*Oh, nein*, das ist nicht utopisch! Das ist eine Art von Vollkommenheit, okay – aber eine Vollkommenheit, die jeder schöpferische Mensch, *jeder* schöpferische Mensch sucht – und finden kann.« Er kippte sich sein Glas wieder voll. »Wenn ihr doch nur wüßtet, wie nahe ihr manchmal dran seid, aber dann, tja, dann laßt ihr euch eure Beete wieder zertrampeln – oder ihr macht es sogar selbst.«

Er machte eine Pause und grinste schon wieder vor sich hin. »Ich kannte zum Beispiel mal einen Hochspringer. Aber er legte die Latte immer auf zweisiebzig, und weil er jedesmal riß, glaubte er nicht mehr an sich und wurde schließlich ein sehr mittelmäßiger Weitspringer. Kapiert?«

Er nahm ganz unvermittelt sein Glas und kippte sich den Wein hinter. Er verschluckte sich fast, weil er gleich weitersprechen wollte.

»Anton, deine ganze Situation und alles ist doch eine Herausforderung. Eine Herausforderung an dich selbst. Du hast die Chance, deine eigene Entwicklung mit so etwas wie *Wahrhaftigkeit* in Einklang zu bringen. Ich will den sehen, der direkt von der POS in die EOS und Uni umgetütet wurde und das von sich behaupten kann. Es liegt jetzt an dir. Es ist *deine* Chance. Ich kann nur hoffen, du begreifst diese Chance und . . .«

»Jaja.« Ich unterbrach ihn mittendrin. Ich war ziemlich aufgeregt. Nur deshalb passierte es. Es war wieder mal völlig unpassend.

»Begreifst du wirklich, ja?«

»Ja.« Ich meinte es vollkommen ernst. Ich begriff es wirklich.

»Gut . . .« Er grinste wieder. »No future ist eben noch nicht alles. Aber ich . . .«

In dem Augenblick mußte er niesen. Ziemlich laut sogar.

»Aber ich will dir trotzdem noch was sagen. Laß mich

mal bitte einen Moment nachdenken. Manchmal ist es gar nicht so leicht, einem anderen zu erklären, was einem selbst sonnenklar ist.«

Er machte eine Pause, und ich ging alles durch, was er schon gesagt hatte. Ich versuchte mir alles zu merken. Ich wollte nichts vergessen. Daß man die Dinge fragen soll und sie einem dann schon antworten und daß ich vor einer Herausforderung stehe und so. Über diese Geschichte mit dem Hochspringer dachte ich auch nach. Leff kommt immer mit solchen Gleichnissen, wenn er etwas erklären will. Er sagt zwar nie, daß es ein Gleichnis ist, aber mit der Zeit gewöhnt man sich daran. Ich nahm mir vor, später noch mal intensiver über diesen Hochspringer nachzudenken.

»Anton«, sagte er, »kann es vielleicht sein – es ist nur eine Vermutung –, kann es vielleicht sein, daß du in allem, was du tust, kein richtig gutes Gefühl hast?« Er holte noch mal tief Luft. »Und daß du vielleicht unter idealer Lebensgestaltung nur perfektes Krisenmanagement verstehst?«

Er hatte wie vorhin sehr langsam und konzentriert gesprochen. Man hätte sonstwas erwarten können. Immerhin hatte er eine längere Denkpause eingelegt und sich ziemlich konzentriert. Ich wußte leider nicht so richtig, worauf er hinauswollte. Deshalb mußte ich auch erst einige Augenblicke nachdenken, ehe ich antworten konnte.

»Also meinetwegen, ja«, sagte ich. »Das kann schon sein. Genau weiß ich das auch nicht. Also es kann schon sein, daß du recht hast. Bestimmt hast du recht. Es ist mir jedenfalls noch nicht aufgefallen« – ich mußte mich für eine Sekunde unterbrechen, weil ich die entsprechende ironische Formulierung suchte –, »daß ich jederzeit mit durch und durch guten Gefühlen auf Erden wandle.« Ich betonte das auch so ironisch, als ob es etwas sehr Albernes wäre, immer ein gutes Gefühl zu haben, aber Leff ließ sich davon nicht anstecken. Er starrte auf diesen Schornstein und sprach weiterhin konzentriert. Er war konzentrierter als jeder Schachspieler.

»Ich glaube, du mußt ein *von Grund auf positives Le-*

bensgefühl suchen. Lebensfreude, Lebensintensität. Wenn du dich selbst kennenlernst, wenn du also auch deine *dunklen* Seiten kennenlernst, dann brauchst du eine gewisse innere Balance. Ansonsten zweifelst du dich kaputt, du zweifelst sogar an deinen starken Seiten. Das ist dann schon kein Spiel mehr. Keine Koketterie. Das ist wie ein *Strudel*, in den man reingerät. Wieder Fuß zu fassen, an etwas zu glauben, etwas zu wollen – das kann dich Jahre kosten. Wenn nicht noch mehr.«

Ich verstand mit einem Schlag, was er meinte. Er sprach von einer Bedrohung, und zwar von einer ziemlich nahen Bedrohung. Nämlich als er das Wort »Strudel« sagte, wußte ich plötzlich, was er meinte. Er redete von etwas, wovor ich wirklich *Angst* habe. Ich hatte schon öfter ein Gefühl, das mit Strudel zu tun hatte, aber ich machte es mir nie so richtig bewußt. Strudel. Und man ertrinkt. Und dann ist man tot. Und man weiß nicht, was dann passiert. Aber auf jeden Fall ist man tot. Man hat seinen Tod schon hinter sich und lebt trotzdem weiter. Ich könnte vor Angst wahnsinnig werden, wenn ich darüber nachdenke. Ich hatte plötzlich ein sehr großes Bedürfnis nach einer Zigarette, aber ich hatte keine bei mir.

»Glücklicherweise kann man für dieses positive Lebensgefühl einiges tun. Welche Arbeit man momentan macht, das hat damit zu tun. Oder welche Freunde man hat. Welche . . . Mechanismen zu guter oder schlechter Stimmung führen. – Ist es dir egal, welche Arbeit du jetzt erst mal anfängst?«

»Ja. Eigentlich ja.« Im Grunde mußte ich ihm recht geben. » Es ist eben nur ein Job. Ich weiß noch nicht, was ich erst mal mache, aber ich messe dem nicht übermäßige Bedeutung bei.« Ich hatte mir darüber tatsächlich noch nie großartige Gedanken gemacht. Ich habe immer nur über die Studienrichtung nachgedacht.

»Das ist es, was ich meine. Man soll auch den Alltag wichtig nehmen und sich entsprechend verhalten . . .« Er mußte grinsen, als er das sagte.

»Gut, ich werde mich entsprechend verhalten«, sagte ich und grinste ebenfalls.

»Na ja, und wenn ich schon mal dabei bin, will ich gleich noch was loswerden.«

»Bittesehr, bittesehr!« sagte ich. Es wurde jetzt richtig locker zwischen uns.

»Nee, es geht einfach mal um Kritik, ums Kritikäußern. Ums Kritisieren. Mir ist aufgefallen – auch bei dir-, daß viele in deinem Alter, die nicht alles hinnehmen wollen . . .«

Er schüttelte den Kopf und fing noch mal an. »Wenn ein Mensch nicht mehr durchsieht – zum Beispiel, wenn ihr Achtzehnjährigen aus der Käseglocke fast direkt zur Armee kommt-, kippt er schnell aus den Latschen und legt sich eine viel zu umfassende und prinzipielle Sichtweise zu, weil er glaubt, nur so läßt sich die Welt erklären. Man ist nur noch zu einer Kritik fähig, und die betrifft dann gleich alles. Und wenn du dich nicht schleunigst davon frei machst, sondern weiterhin prinzipiell anstatt produktiv zweifelst, dann sehe ich schwarz für dich. Schon manch einer hat sich systematisch ins Abseits gekrittelt. Ich sage ja nicht, daß du artig und brav hier oder da mal einen Zweifel anmelden darfst, und auch nur dann, wenn du gleich noch eine jedermann beglückende Lösung nachreichst. Nee, nee. Wenn du einen tyrannischen Stuben-E hast, dann mußt du schon nach mehr als nur deinem unmittelbaren Peiniger fragen. Bloß halte deine gedankliche Abrechnung deshalb nicht gleich mit dem ganzen System, oder – was das andere ebenso ohnmächtige wie unreife Extrem wäre: Reduziere deine Affronts nicht auf den Fuß- oder Mundgeruch deines Stuben-E.«

Er atmete tief durch und sagte: »Du kannst noch ’ne Flasche Wein holen. Ich hab noch eine, okay?«

Ich nickte. Im Grunde war es mir egal.

Er stand auf und kramte in seiner Hosentasche. Er suchte den Wohnungsschlüssel. Ich fragte ihn, ob er denn noch *so viel* erzählen könnte. Immerhin war es schon eine

Menge gewesen. Er meinte, daß ihm sicher noch was einfällt. Ich sagte ihm, daß ich mich natürlich sehr gerne weiter mit ihm unterhalten würde. Mehr wollte ich ursprünglich auch nicht sagen. Aber dann redete ich los und fand einfach kein Ende mehr. Ich sagte, daß ich eigentlich nicht so gespannt darauf bin, was er mir noch sagen wird, sondern daß ich diese Atmosphäre einfach schau finde. Daß ich zu ihm nach Hause komme und er mir seinen neuesten Song vorsingt und daß wir in dieser lauen Nacht auf einem Dach sitzen und Wein trinken, und daß endlich mal einer da ist, der mich nicht so von oben herab kurieren will und mir auf die schnelle irgendwelchen *Mist* einredet, sondern daß endlich mal einer meine ganzen Sorgen ernst nimmt wie seine *eigenen* Sorgen. Wahrscheinlich habe ich wieder ziemlich ungeschickt gewirkt, aber das war mir nahezu egal. Dieser Abend war ja wirklich ein *Ding*. Daß sich Leff so viel Mühe mit mir gab und alles. Um ehrlich zu sein, ich würde wahrscheinlich mit keinem so reden wie er mit mir. Ich würde nicht mal auf die Idee kommen, es zu *versuchen*. Das wollte ich ihm ungefähr sagen, aber ich hatte Schwierigkeiten, mich auszudrücken. Es ging wieder mal drunter und drüber.

»Na ja . . .«, sagte er, als ich fertig war. Er wußte nicht so richtig, was er sagen sollte.

»Also, ich hol dann erst mal den Wein«, sagte ich. Als ich die Leiter runterkletterte – ich war schon unterhalb des Daches –, rief er mir leise hinterher: »Warte mal!« Ich kletterte wieder hoch und steckte den Kopf aus der Dachluke. Er fragte mich noch was. Er war etwas befangen. Er fragte mich, ob ich mich an seine Katzen erinnern kann. Ich sagte: »Ja, wieso?«, aber er wollte, daß ich erst mal runtergehe und den Wein hole. Leff hatte mal eine Unmenge Katzen. Das war noch zu der Zeit, als alle glaubten, es nimmt mal ein schlimmes Ende mit ihm. Er hatte seine Katzen sehr lieb. Einmal – ich erinnere mich sehr deutlich – wurde eine seiner Katzen überfahren. Sie hatte gerade Junge gekriegt, und die waren erst zwei oder drei

Tage alt. Sie waren völlig hilflos und blind und so. Als sie Hunger kriegten, fingen sie an zu schreien. Sie waren aber noch sehr klein, und deshalb konnten sie nur so dünn fiepsen. Leff hat zwar versucht, eine andere Katzenmutter für die Jungen zu finden, aber das klappte nicht. Dann ging er dazu über, die Jungen durch eine Pipette zu füttern. Ich glaube, sie mußten Kaffeesahne oder so was kriegen. Er mußte sie alle zwei Stunden füttern. Er nahm Urlaub, um immer bei den Katzen zu sein. Er hatte aber nicht mehr sehr viele Urlaubstage übrig, und deshalb war er drauf und dran, wegen der Katzen zu kündigen. Er war dazu fest entschlossen und völlig ruhig. Er arbeitete damals bei NARVA. Das war diese Zeit, wo er noch jeden Job machte. Als meine Mutter erfuhr, daß Leff kündigen wolle, um seine Katzen durchzubringen, kriegte sie fünfeinhalb Nervenzusammenbrüche. Es kam aber nicht zu der Kündigung, weil Leff doch noch irgendwo eine Katze auftreiben konnte, die seine Jungen säugte. Er erzählte mir, daß die neue Katzenmutter total erschöpft neben ihnen liegenblieb. Sie soll fix und fertig gewesen sein. Leff machte ihr Gesicht nach, als er mir davon erzählte.

Seine Katzen wurden eines Tages krank und starben. Keine einzige blieb übrig. Ich hatte nicht den Eindruck, daß es eine große Tragödie für ihn war. Ich besuchte ihn mal, und als mir auffiel, daß seine Katzen nicht mehr da waren, fragte ich ihn, und er erzählte mir das mit der Krankheit. Er schaffte sich danach auch keine Katzen mehr an.

Als ich mit dem Wein zurückkam, bemerkte ich, daß Leff für einen Moment eingeschlafen war. Er wachte aber auf, als ich durch die Dachluke kletterte. Wir sprachen erst mal nicht. Ich goß uns wieder etwas ein. Er stand auf, streckte sich und setzte sich wieder. Dann nahm er einen großen Schluck.

Ich habe lange überlegt, ob ich das schreiben darf, was er mir dann erzählt hat. Es war nämlich etwas, was er bis dahin vor allen geheimgehalten hat. Außerdem ist es für ihn nicht gerade schmeichelhaft. Ich glaube, ich sagte schon, daß er etwas befangen war. Er redete ziemlich langsam, und nach jedem Satz machte er eine Pause. Um die Wahrheit zu sagen, es war die langsamste Rede, die ich je in meinem Leben hören mußte. Außerdem hielt er das Glas in beiden Händen, so zwischen den Knien.

»Als das mit der Band langsam Konturen annahm, wurde es mit den Katzen problematisch. Ich hatte ja immer die Technik oder Instrumente bei mir, und es kam öfter mal vor, daß die Katzen irgendwas beschädigten. Überhaupt . . .« Er schluckte. Ich mußte auch schlucken. Ich konnte mir schon ausmalen, was da noch kommt – bloß daß er so gottverdammt langsam sprechen mußte! Ich habe einfach keine Nerven für so was.

»Überhaupt wurde klar, daß ich für die Band auch die Katzen aufgeben muß. Die Wahrheit ist die, daß die Katzen nicht an einer Krankheit gestorben sind. Ich habe sie ersäuft. Es waren letztendlich noch sechs Katzen, und ich habe sie alle ersäuft.«

Ich hatte mächtig zu tun, um nicht loszuheulen. Ich hätte um ein Haar die Beherrschung verloren und wie wild losgeheult und mich in seinen Arm oder seinen Schoß oder weiß ich wohin geworfen und ihm gesagt, daß es mir so *leid* tut für ihn, daß ausgerechnet er so was getan hat. Mein Gott, es war so schrecklich, und er sprach so verflucht langsam!

»Ich erzähle dir das deshalb, damit du heute schon weißt, daß alles seinen Preis hat. Wenn du eines Tages endlich weißt, was du willst, dann wirst du auch konsequent sein müssen. Und du wirst eben nicht nur hart arbeiten müssen – das sowieso –, sondern du wirst auch *deine* Katzen ersäufen müssen. Und ich kenne keinen, der etwas gilt, der darum herumgekommen ist. Jeder von denen hat mal seine sechs Katzen ersäuft. Und was mich angeht – du kannst von mir denken, was du willst.«

Wir sagten eine Weile nichts. Wir saßen einfach nur nebeneinander und schwiegen. Ich hätte es gerne, wenn Leff noch irgendwas erzählt hätte, *irgendwas*, aber er hatte sich wahrscheinlich leergeredet. Jedenfalls *fehlte* mir etwas, als er nichts mehr sagte.

Ich beschloß, nach Hause zu gehen. Ich wollte soviel wie möglich aufschreiben von dem, was er mir erzählt hatte. Mir war von vornherein klar, daß einem solche Dinge von sonst niemandem gesagt werden. Es war das erste Mal, daß ich *jedes* Wort von einem Gespräch behalten wollte.

Auf dem Heimweg änderte ich meine Absicht. Ich wollte nicht nur aufschreiben, was Leff gesagt hatte, sondern auch den ganzen Rest der Geschichte. Ein Buch eben. Ich fing noch in derselben Nacht damit an.

Im Grunde bin ich jetzt fertig. Ich will auch nichts Wesentliches sagen über das, was jetzt kommt. Ich werde auf Leff hören. Ich werde mir unter anderem eine Arbeit suchen, die mir gefällt. Auch wenn es was Ungelerntes ist oder so – es ist mir ziemlich wichtig, daß mir die Arbeit erst mal gefällt. Es ist mir keineswegs egal mit der Arbeit – auf keinen Fall. Trotzdem habe ich Idiot in einer der letzten Nächte einen ganz verrückten Traum gehabt. Ich habe geträumt, daß ich mit einem Motorrad im Wald rumfahre. Ich saß auf dieser Maschine, und es ging drunter und drüber. Mir war vielleicht sonstwie zumute, zumal ich kein bißchen Motorrad fahren kann. Ich kann mich aber trotzdem nicht erinnern, wie diese ganze Geschichte letzten Endes ausging. Kann sein, daß sie gut ausging. Ich weiß es nicht. Ich kann mich nicht mehr daran erinnern.

Anhang

ABV – Der »Abschnittsbevollmächtigte« war der Revierpolizist.

Aktuelle Kamera – Die Hauptnachrichtensendung des Fernsehens, die jeden Abend um halb acht kam. Wurde nur von Menschen gesehen, die sich hervortun wollten. Sie war einseitig und wenig informativ. Erst nach dem Wegfall der Zensur im Herbst 1989 wurden die Journalisten nicht mehr daran gehindert zu zeigen, daß sie auch spannende Nachrichtensendungen machen konnten.

Eggesin – Die verrufenste Kaserne der DDR. Eggesin liegt »im Land der drei Meere: Waldmeer, Sandmeer und sonst gar nichts mehr«.

EOS – Die »Erweiterten Oberschulen« waren die Abiturschulen und nur bedingt mit dem Gymnasium vergleichbar. Die Schüler kamen (in den achziger Jahren) erst nach der 10. Klasse auf die EOS. Es gab eine strenge Auslese, meist durften nur zwei bis drei Schüler jeder Klasse auf die EOS. Bei der Auswahl spielten nicht nur Zensuren eine Rolle, sondern auch Berufsziel (Offiziersanwärter und zukünftige Lehrer hatten Rückenwind), sowie die politische Einstellung und die Herkunft. Oft wurden z. B. Kinder von Pastoren nicht für die EOS zugelassen; sie waren begabt, aber nicht geeignet. Auch die Lehrer an der EOS waren durch die Schulbehörde handverlesen und hatten daher wie ihre Schüler ständig das Gefühl, daß sie etwas zu verlieren hätten.

FDJ-Gruppe – Die FDJ, die »Freie Deutsche Jugend«, war eine politisch-ideologische Massenorganisation, laut Statut und in der Selbstdarstellung »die Kampfreserve der Partei«. Fast jeder Jugendliche war Mitglied der FDJ; die bewußte Entscheidung war also nicht, Mitglied zu werden, sondern *nicht* Mitglied zu werden. Dazu brauchte es Rückgrat und Rückhalt.

Freß-Ex – Es gab drei Handelsketten, die besonders verrufen waren: »Intershop« deshalb, weil nicht jeder Westgeld hatte, außerdem »delikat« (Feinkost) und »exquisit« (Mode) wegen der hohen Preise. Die Läden wurden kurz *shop, deli* und *ex* genannt. Freß-Ex (sprich: fressex) war eine schnoddrige Bezeichnung für die delikat-Geschäfte.

Goldene Eins – Das »Abzeichen für gutes Wissen im Straßenverkehr«.

GOL-Wahlen – Die »Grundorganisations-Leitung« war eine Art Schülervertretung mit beschränkter Courage. Alle FDJler einer Schule (an einer EOS faktisch alle Schüler) waren zu einer »Grundorganisation» zusammengefaßt. Da die FDJ eine politisch-ideologische Massenorganisation war, hatten viele FDJ-Veranstaltungen einen entsprechenden Einschlag. Die wurden von den Schülern nicht gemocht, aber in Kauf genommen, da die Schuloberen im Gegenzug Gelder für Veranstaltungen, die die Schüler wirklich wollten, bereitstellten (z. B. Klassenfahrten). Die wesentlichen FDJ-Aktivitäten an einer Schule wurden in der GOL besprochen, in die jede Klasse ihren Vertreter schickte. Die Zusammensetzung der GOL wurde einmal im Jahr bei den GOL-Wahlen entschieden.

Jugendweihe – Ab der Jugendweihe hatte man das Recht, sich von seinen Lehrern siezen zu lassen, denn die Jugendweihe war das Fest, zu dem man »in den Kreis der Erwachsenen aufgenommen wurde«. Die Jugendweihe war nicht nur ein großes Familienfest (ähnlich der Konfirmation), sondern hatte auch einen weltanschaulichen Touch. Jeder bekam ein dickes Buch »Der Sozialismus – Deine Welt« (heute auf jedem Trödelmarkt erhältlich), und alle sprachen ein gemeinsames Gelöbnis.

M/L – Marxismus-Leninismus.

NARVA – Eine große Glühlampenfabrik in Berlin.

Oertel, Heinz Florian – Der populärste Sportreporter der DDR.

Pappe – Ein »Auto« mit einer Karosserie aus Kunststoff – der Trabbi.

POS – »Polytechnische Oberschule«, die Zehnklassenschule.

shop – Die Intershops waren Geschäfte, in denen Westwaren (z. B. Snickers und Whitney-Houston-Platten) für Westgeld gekauft werden konnten. Wer Westgeld hatte, durfte sich freuen.

WPA – »Wissenschaftlich-praktische Arbeit«. Unterricht in der Produktion, Produktionsarbeit als Unterricht. Irgendwie analytisch sollte es sein. Als Unterrichtsziel waren zumindest auf dem Papier hehre Ansprüche formuliert, praktisch waren es Arbeiten wie Kabelgraben schippen, Bohrung entgraten, Teile entrosten und »Geh mal mit dem Kollegen da mit«.

Martin R. Dean im dtv

Foto: Isabelle Blaser

Die verborgenen Gärten
Roman · dtv 6359

Manuel, ein junger Mann ohne Arbeit, wird von einem exzentrischen Millionär als Hüter seiner abgelegenen, ziemlich verwahrlosten Villa in der Provence engagiert. Der Aufenthalt in dem beängstigend großen Haus mit dem wildwuchernden mediterranen Garten wird zur Reise in ein Labyrinth… Der Roman ist eine Parabel auf den Umgang des Menschen mit der Natur, eine Satire auf den Junggesellenmythos und vor allem eine raffinierte psychologische Kriminalgeschichte.

Die gefiederte Frau
Fünf Variationen über die Liebe
dtv 10758

Surrealistische Männer- und Frauenphantasien. »Martin R. Dean ist fast ein Einzelfall in der jungen deutschen Gegenwartsliteratur, seine Geschichten zeugen von einer ungewöhnlichen Bildphantasie und vertrackten Fabulierkunst.« (Frankfurter Allgemeine Zeitung)

Der Mann ohne Licht
Roman
dtv 12139

Ein junger Journalist interviewt einen alternden Schweizer Schriftsteller, der seit zehn Jahren nichts mehr veröffentlicht, aber offenbar an einem interessanten Werk gearbeitet hat. Das Tonband wird zum Vermächtnis … »Dean gelingt das Kunststück, etwas von der Problematik des Edison-Mythos sichtbar zu machen.«
(Die Zeit)